延边作家协会重点扶持作品

生根

申长荣

著

中国言实出版社

图书在版编目（CIP）数据

生根 / 申长荣著 . -- 北京：中国言实出版社，2021.12

ISBN 978-7-5171-3985-0

Ⅰ . ①生… Ⅱ . ①申… Ⅲ . ①长篇小说－中国－当代 Ⅳ . ① I247.5

中国版本图书馆 CIP 数据核字（2021）第 270536 号

生 根

出 版 人：王昕朋
责任编辑：代青霞
责任校对：王战星

出版发行：中国言实出版社
　　　　　地　址：北京市朝阳区北苑路 180 号加利大厦 5 号楼 105 室
　　　　　邮　编：100101
　　　　　编辑部：北京市海淀区花园路 6 号院 B 座 6 层
　　　　　邮　编：100088
　　　　　电　话：64924853（总编室）　64924716（发行部）
　　　　　网　址：www.zgyscbs.cn　E-mail：zgyscbs@263.net

经　　销：新华书店
印　　刷：北京温林源印刷有限公司
版　　次：2022 年 1 月第 1 版　　2022 年 1 月第 1 次印刷
规　　格：710 毫米 ×1000 毫米　1/16　14 印张
字　　数：230 千字

定　　价：56.00 元
书　　号：ISBN 978-7-5171-3985-0

目 录
CONTENTS

1

一个午后，看大门的老头进来说，外面有个姑娘找他。

那阵子，郭长民给一家海鲜公司挑拣冻鱼。带着一身腥臭和疑问，他跟那个从来不与他说笑的老头走了出去。

她站在门房前面，太阳从脑后照过来，背光中，在他看来面目算不上好看，年轻健康的脸颊右侧，明暗交界处，细微绒毛格外清晰生动。

郭长民迎着光略微有点眯眼睛，难道丽美说的就是她吗？

其实，才两年多时间，不至于忘这么干净。

她烫了发，擦了粉，涂了口红，穿着新西服、新瓢鞋，并且背了个新的乳白色人造革小方包。与在砖厂太阳底下码砖坯子时相比，形象反差太大。

"你可能想不起来了，前年，咱们在南山砖厂一块儿……"她笑得牵强僵硬，随后情不自禁地有一点忸怩，多少释放了紧张。

"哎呀，是嫂子呵！我，我……军哥现在在干啥呢？"

原来，她那个急躁的男人现在啥也干不了了——春天时，被人失手打死了。

他总是攻击别人或者被别人攻击，从小到大。有的人从生下来，命就注定了，早早晚晚。

"我打这儿路过，想起你好像在这个厂子干活儿。"

她语气有点儿虚，像是理由不充分，也似乎有点儿担心他实心眼，把这完全当作一句彻头彻尾的老实话。

郭长民问她现在在干什么，那个小酱菜作坊在什么地方。

告诉他后，她急急说了句"那我不耽误你干活儿了"，忙掉头走掉了。

高跟鞋逼着人直腰挺胸抬头，可她的背影还是像逃走。郭长民盯着她，透视着淡蓝色西裤里的两条腿。他心里觉得轻松，掺杂着说不大清楚的愉悦。

他印象里，她不是太会作假。这次来找他，事先一定鼓了很大勇气。

以前，郭长民从来没想过她的岁数。她多大呢？他二十五，她绝对不会有他大。

她的背影很快拐过了街角。

郭长民有点轻浮地看了看右手，似乎在揶揄那几个手指忆起了某种柔软和温润。

她大白天的形象，总也没法让人相信她身上存在那种东西。但他的手指记忆鲜活了。

晚上，郭长民吃完饭，照常从他租的那一小间八平方米的红砖偏厦子出门。溜溜达达走出好远，发现脚下不是平时去夜市的路。

她说的那个小酱菜厂，在原县食品加工厂院里。去年，郭长民和一个朋友进去过一次，在厂房旁边草丛里拆过一个电机。厂里欠着那朋友九个月工资。那人说起来理直气壮、骂骂咧咧，可他俩是半夜来干的。

大门前犹豫了一会儿，郭长民轻轻推开了旁边的小门。一进门，街上的灯火就全关在了背后，院里立即黑暗寂静下来，郭长民不由自主地减弱了呼吸。

不难看出，她说的小作坊只占用了东厢房。其他厂房仍然闲置着，那些空房子门窗玻璃剩得不多，好几个地方连门窗扇都没了，夜色中显得黑洞洞、深不可测。

他脚下，整个院子全平铺了红砖，但大部分区域少人走动，从砖缝间拱出来的草比膝盖还高，跟人争地盘似的，在黑暗里弥合成片，看着跟草甸子差不多。

只有一间屋的灯光从窗子漫溢到院中，窗口附近的大缸釉面上反射着光影。

郭长民黑暗中悄悄靠近些，小屋里有女人说话。

是她吗？

对了，她姓什么？叫什么名字？

郭长民遇到她，是在前年开春，一个远离小城郊区的砖厂。

之前，郭长民跑过全国很多地方，还在海南混了半年。干过各种各样杂活儿，好几回接近挨饿。经历慢慢告诉他，要想长期保险吃饱饭，工厂工地更有把握一点，活计粗累，可稳定得多。有时候，憋屈窝囊一点也就算了。

他是山里孩子，自小拿出力不当回事，干起活儿来筋舒血活，常常干着干着就高兴起来。那时，郭长民还不会想到这一点对自己的一生有多重要。

开发热潮刚刚兴起，那家砖厂新建投产，每天比别处能多挣一块来钱，引来很多人。另外一个宿舍仍在建筑中，开头一些日子，他们男男女女挤在一个大通铺上。男女的分界是一对年轻男女，郭长民的行李挨着那个男的。

那个男的叫程国军，是个出窑的小工头，二十七八岁，上唇留着小黑胡子，眼睛经常像很多中年人那样混浊发红，要么因为随口叫骂，更多时候是由于喝了酒。

一日，程国军夜班，女的在他的位置上挂了一条蓝白格子布帘。

郭长民梦到了女人。他梦里的女人，大多裸着健康的白腿。年轻时，那样的腿几乎每个晚上都会出现。

他突然醒了。黑暗里明白过来，刚才梦里一部分内容是具体真实的。郭长民吓坏了，身上当即又泌出一层汗。不过，她也累了一天，睡得很实。均匀的呼气喷到他脖子上，一只手臂抱着他的右臂。郭长民谛听着整个宿舍的动静，一动也不敢动。然后他只得屏住呼吸，慢慢将右手从她线衣前襟下抽出来，在布帘底下潜了回去。

过了一阵子，对方也翻了个身。

她比一般年轻的姑娘媳妇体格高壮些，一看就知道是个能干活儿的。此外便说不上哪里有能让人多看两眼的地方。大食堂里，有时她男人一杯酒下肚，乖张暴戾的劲头上来，她就低头抱碗吃饭。

如果不是那个睡梦中的偶然，郭长民大约会对程国军印象更深些。

不多日子，新宿舍能用了。又过了没多久，他俩消失了。

另一个女人的丈夫把程国军打了。眉骨开了一道口子，虽不能要命，但程国军视自己的面子如命，无法顶着一个屈辱的疤痫继续在那家砖厂干下去了。

郭长民在小酱菜厂的暗影里，夜色一样渐渐浓稠起来的凉意无法冷却他周身的火烫，他搜肠刮肚想着下午那个去找自己的年轻女人。

若是没有大通铺上的小插曲，即便今天他俩单独见了一面，他对她的印象也仍会是平淡的。但是，仿佛自己手上的触感记忆印象更深、说服力更大。

不管怎么说，此刻自己行径鬼祟，大致有流氓行为的嫌疑，若被小屋里的女人发现就不好了。他从小门溜出来，激荡的火热欲望却无法留在空寂的院子里。他的朝夜市方向走着，仍半醉一般，浑身燥热，头昏脑涨。

后来郭长民甩了甩头，轻蔑地笑了一下，他在笑话自己：一只煮熟的鸭子，自己送上门来——犯得着这样吗？

2

她就在那间小屋里，大家都管她叫二娥。

由于没像其他普通女人那样，经过婚姻程序正式改换身份，所以日常一直被称呼着这个乳名。第一段姻缘是这样，接下来的第二段也是。

直到五十岁，他仍然管她叫二娥。

白天去找了郭长民，这个晚上二娥便没有出去。

她和一个三十多岁、更年轻的女工们称呼刘姐的妇女，在这间小屋里住五个月了。

程国军丧事过后没多久，她俩在街上遇到了。二娥说想换个活儿干，刘姐便把她领到了这儿。

晚上，整个大院里就她们两个女的。关严了门窗，小屋里豆子发酵的腥咸仍然很浓郁。那同时也是一种浓郁的人间烟火味道吧，她俩从没觉得有啥好怕的。

作为白吃白住的补偿，她俩每天额外给女工们中午做一顿饭。二娥对此格外满意。

打十七岁起，二娥一直跑砖厂。砖厂里轻活儿不多。她体格好，无论是程国军还是她，从没考虑过换轻活儿干，总挑一天多挣几毛钱的活儿。活儿没少干，钱没少挣。

程国军被一砖拍倒，凶手跑了。凶手的女人在警察面前哭号发疯，拿不出一分钱。

二娥知道程国军不会存下什么钱，但她没想到还是靠砖厂把他俩工资结清才勉强给他办了后事。从他身上，连买棺材的钱也没找够。程国军太趿鼻，不知什么家庭长大的，根本没有女人把钱的想法。

奇怪的是，把钱攥在自己手心里心里踏实这个意识二娥也是在他死了才觉醒的。她跟他走那年，才十六。之前，二娥懵懵懂懂只知道干活儿，居然和好多她从没见过的前辈女人差不多，从不想钱与自己有什么紧密关系。似乎自己只要没摸它没花它，便不会有罪过。

不过时代变了，二娥再无机会赶上那种一辈子脚不离家门、手不离孩子的宿命。

好几个已婚的女工，流出了同情的眼泪。

"二娥才二十出头，六七年来跟着这个死鬼，过的哪是人的日子……"

二娥哭得那么厉害，更多的是惊吓吧。

她尽量想程国军的好。不管怎么说，他死了，心里念着他的好是她的本分。他总与外人动手，却没过打她——程国军是不说打先动手的脾气，却认回家打女人丢人的死理——仅仅这一宗，二娥就有充分理由觉得他比不少男人强。

那些同情她的姐妹，眼神仿佛在说，老天爷到底开了眼。

砖厂总是建在很荒凉的地方，即便是县城跟前的，和城里也像远隔了两个世界。可现在二娥就待在城里。

下班吃完饭，刘姐坐在灯下稳稳当当打毛衣、刺绣，跟个老辈女人似的，有干不完的针线活儿。

来这儿没多久，二娥晚上就坐不住了。

出了大门，街上立刻热闹起来。路灯底下，人像水一样往夜市流。二娥晕晕乎乎，裹挟在人流里。

出去逛够了再回来，两个多小时，二娥常常一分钱都没花。哪怕那么空跑，她也很上瘾、很满足。

那条路线上，隔几个门脸就有小咖啡厅和卡拉OK，细链般的霓虹灯泡，幻化着俗艳的招牌。门口招揽顾客的小姐，浓妆艳抹，衣饰和发型是二娥永远也来不了的。

她们大多裸露着脖子、胳膊、大腿，胸衣前面，乳头鼓溜溜像两个纽扣。她们多数人都比二娥岁数大，其中不乏有人经历了比二娥更为离奇曲折的不幸婚恋遭遇。

但二娥当时年轻，从没细想过她们的身世。让她炫目着迷的，实际上是一种她说不清的炫目浮华——与录音机里的曲子对郭长民的吸引力差不多吧。

一次，大约二娥看得有点儿发傻了。咖啡店的女老板，从房子里走过来，问她是不是想找工作。二娥狼狈逃走，差点儿崴了脚脖子。

一次，二娥在夜市摊上买了两个连体肉色裤袜。回来，她俩在灯底下试了。

二娥年轻腿长，真没治了。

刘姐那肚子、屁股和大腿，根本穿不出去。她硬是套上了，像电影里的下流女人那样，夸张地扭着胯骨屋地上走来走去，她俩乐疯了。刘姐是最正派的女人，却经常以说一些下流话为乐。

过了很久，二娥自己也没穿出去。裤袜得配一条合适的短裙。那种裙子，好看的都挺贵的。她花钱总是犹豫。想想自己也像"光着腚"出现在大街上，二娥又勇气不足了。

虽然刘姐一再说自己穿不得，二娥还是硬送给了她。

没刘姐她找不到这个活儿。给刘姐买礼物补人情，是二娥最近才想到的。虚岁，她才二十三。

二娥明显长肉了。夜晚在被窝里，轻轻按压着自己明显鼓胀很多的乳房，身体深处的喜悦，潮水一样涌起来。像角落里悄悄开放的花一样，没人留意到，自己也欢喜。

刘姐骂二娥睡觉添了新毛病。好几回刘姐醒来，一条大腿搭在刘姐身上，她就是被那条大长腿压醒的。刘姐随手一巴掌把二娥的腿打走："梦着啥了你？"

后来，刘姐的巴掌里，越来越充满稀罕怜爱了。

二娥是看跳舞时，认出郭长民的。

她看跳舞的地方，在夜市西头的"转向街"。

"转向街"是一条集结了多家烤肉店的小街，不是东西方向，严格说也不是南北的，还有点拐弯儿。被开发热潮流水般吸引到这个小城的外地人，常常被舞曲的喧嚣、青年男女的兴奋笑骂，不知不觉勾到这条街上，在弥漫的烤肉味儿里，晕晕乎乎地失去了方向。

那帮人跳的迪斯科难看死了，他们也故意卖弄，越丑态百出越得意扬扬。

有很多年轻人被吸引过来。狂乱的舞蹈激动着血液，魔力难以抗拒，像是要把身上的衣服统统扒掉，拉扯着人跃跃欲试。

第一次来旁观的人大多很沉默。那群张牙舞爪的家伙，有一种沾火就着的味道。观众们将自己置身于距离较为安全的范围内，一旦感觉那些狂呼乱叫跟自己的女友或年轻妻子有一丝一毫的关联，他们就赶紧牵着自己女人走掉了。

二娥第一次过来，就察觉到了某种风险，但她同样有点儿拔不开腿。围观的人非常多，观察一下，她悄悄站在了两个陌生男人中间。外人看来，会觉得他们是一伙的吧。

二娥五音不全，不会唱歌。即便小时候过年大人扭秧歌，她也从没模仿过。

不会跳，不等于不喜欢看。

一个光着膀子的身影使她陷入了迷惑。

随即，她想了起来，这小子姓郭，他们一起在砖厂干过活儿。

他跳得不错。虽然同样的动作他未必格外就比别人做得规范，可看着的确有股说不出来的舒服顺眼。

怎么说呢？二娥觉得，他用的力不大不小不多不少，跟舞曲正好搭调。曲子就像是专为他放的。

这是天生。有的人连音乐都随不上，就在那儿随大溜胡乱扭动、癫狂傻笑，眼里一副夸张的狂野劲儿，细品却很空，有点像玻璃做的假眼。

一起干活儿时，郭长民的眼睛就总是那么似笑非笑的。此时他的眼神与舞蹈长在了一起，笑意收敛到深处，看着没有笑，却发自内心在笑。眼眸干净，像蓝色夜空里的星子，刚在清水里洗过。

旁边两个男人相继走开了。二娥原地又站了好一阵子，直到身边人稀疏了才离开。

二娥往回走着，心里不禁可惜，小郭比那时脸变白了，好看了些——怎么混成了个小流氓呢？

没错，就是个小流氓了。他还比较含糊，可那个不离他左右、长了一头黄毛的女的张狂露骨，一举一动都在向所有人卖弄似的：他俩之间，有着男女小流氓才有的开心勾当。

前年，有一两个月吧，他和另外两个男的，推着板车给她和吴霞供应砖坯子。

一车六板泥坯一千来斤，从机器那儿下来，一气推着跑过来。她俩快速码完了，他们再推着空车跑回到机器跟前去，重新等新坯子从机器里出来。都是一块坯子一块坯子分毫不差的计件工资。码坯子的手慢，推坯子的腿慢，就没人跟你合伙了。

那个活儿不管空车重车，你争我跑，每一趟身上都跟水洗似的。那头空车回去要尽量插到别人前面等机器，这头重车过来也要咬住上一个伙计，别让她俩停下手。只有体格好、有力气、能跑还麻利的小伙子能干。三十岁出头，就有点儿大了。

总在太阳底下推着板车跑来跑去的年轻后生，个个光着膀子，晒得黑黢黢的，脸上只有眼白和牙齿是白的。

单看郭长民自己，他比一般男的个头要高那么一点。可真要站进男人堆里，其实也没高多少，腰身臂膀并不格外粗壮，可就是显魁实。有的男的，就那样子。

另外两个男的总跟吴霞饶舌。通常男工女工们说说笑笑就跑偏了，虚虚实实引到男女那点事情上去——总比见天闷着头干活儿强。就像二娥一样，郭长民那时也从不掺和。

他是个耍单帮的，似乎总有一点留意自己不要忘乎所以。更主要的是，岁数还小一些吧。

一回，郭长民推过来一车坯子，等在上一辆车屁股后面。她俩把面前车上的砖坯子码完了，那个男的和吴霞的兴头还没有过劲。

那人推着空车撒腿跑路，边逃走边回头回脑、嘴巴不饶："你这娘儿们太猛，我可顶不下来了，后半段机会你给小郭吧，他年轻……"

"他呀？还是个生瓜蛋子吧……"

连邻近砖架的男女们都跟着哄笑起来。

郭长民也咧了咧嘴唇，牙很齐很白。显然天天都刷牙的，在砖厂的年轻男女里，比较稀罕。

"再好的小伙子，也得让你这样的娘儿们给带坏喽……"旁边一个女的说。

吴霞说："哪个混账爷们儿不是好小伙子长起来的——看着挺文明一个孩子，你知道他肚子里装的什么虫子？"

郭长民龇着牙，就不接话。脸晒得太黑，也看不出来红没红。

有个晚上，他胳膊往出抽，自己才醒过来。

他一定是睡糊涂了，才从布帘那面骨碌过来的。第二天他不敢看她，目光只是单纯躲闪，一点儿犹豫试探都没有。

那么一个一龇牙没出动静就笑了、一笑眼睛那么好看的小伙子，两年时间，咋就成了个小流氓？

男的，怎么个个都跟牲口似的！

3

"转向街"那头，有个舞厅，是个从韩国打工回来的离婚女人开的。开头，郭长民他们这帮小年轻苍蝇一样糊了上去。慢慢觉得没什么意思，又退了出来。

舞厅里档次高，只跳交谊舞。最红的是个以前在文工团教舞蹈的，腰杆倍儿直，眼神眯眯的，一招一式非常有范儿。他头发上打着发蜡，一丝不乱，可毕竟掉得差不多了。

还有个总是在夜色里独来独往的女人，戴一副黑框眼镜，合体的西服应衬着完美身材。怎么说呢，又细溜苗条，又丰满有肉，皮肤也特别好。不跳舞的时候，坐那里十分文静，基本不说话。正面和人讲话时，非常文雅温和。传说中，她有时是某个中学的老师，有时是某个机关的干部。一旦音乐响起，她在舞池里就活起来了，但嘴还是闭着，像个全身毛孔无声释放迷幻妖雾的鬼魅。就像没人能说清她的来路，也没人能搞准她的年龄。她看起来非常年轻——不过家里有个二十岁的孩子也说不定。

舞厅总是像酒到半酣以后，才时而关那么一小阵子灯。

可能是郭长民他们这伙人太年轻，身体过于热切直接，言行也过于粗鄙下流吧，总之，还弄不了那种含蓄暧昧的把戏。他们与舞厅那些骨干的中年男女，年龄和气质，身份和钱都有差距。他们只好像倾倒垃圾一样，乱说一些污言秽语。比如，私下里管那个女的叫"开电棒儿的"。

这个典故源自一个段子，没准儿就是谁胡编出来的：有两个男女在那个舞厅里跳舞，彼此陌生，关了灯以后，女的小腹感到了触觉，便不满地咕哝："咦？什么呀？"男的回答："电棒儿。"

舞厅里玩不下去，丽美张罗了这么一个地盘。

她烤肉店前面，有一小块空地，电源线从窗户扇中间顺出来，录音机靠在窗户根底下，两盘带子的事儿。

丽美自己一般不跳，她图的是股"母仪天下"的爽。店里一有空闲，她就分开塑料珠帘出来，脸上挂着轻蔑的笑容站在门口。有时抱着膀子，有时候干脆右手掐着腰。

郭长民他们背后说，丽美抱着膀子，像妓院老鸨子；手压胯骨上，活脱脱一个"鸡"。

跟前别的烤肉店串店，从没人站出来表示过不满。丽美觍脸和他们邀功说，跳舞招徕很多顾客，咱们的生意都比以前好多了。

大家说，丽美的男人还得七八年才能放出来。可是，没人敢惹她。不算随进随出、临时掺和进来的，这个队伍的骨干分子有十几二十来个。除了几个"不要脸的小贱货"，那些男的头发正常尺寸的很少，要么老长，要么干脆刮了秃瓢。而且，丽美上面的路子也很野。

"是谁啊——那个一个劲儿盯着你瞅的小娘儿们？"

一天，丽美招呼郭长民进店里帮她穿一会儿肉片。这帮人里，他最勤快，最会干活儿。

"哪个呀，丽姐？"

"不用看——早走啦！她肯定认出你来了——站花坛那面，像个木头橛子似的瞅，个子可不小。"像意犹未尽，丽美又补了一句，"大热天儿的，还穿一套西服，纯是个傻屄。"

郭长民手上干着活儿，没出声。

"你甭急，她以前好像就在那儿站过，八成还会来的。"

丽美说的那个小花坛，属于旁边的房子，由于没打理，草比花茂盛，花被草欺，索性成了野生植物。郭长民他们跳舞时稍不注意，会踢到花坛砖。围观人多时，有的直接站在花坛沿上。

花坛旁边有两棵榆树，树在背灯影里边，人站树底下，丽美怎么留意到的？

郭长民洗完手，没再跳舞。挺晚了，围观者散去不少，跳舞的队伍不见少。他们之中所谓待业青年居多，多半不像郭长民需要白天上班。

他本命年，如果在村子里，相仿年纪不结婚的姑娘，轻易不会有了。

站在暗影里，一声不响盯着自己跳迪斯科。某种直觉告诉郭长民，大概不会是个城里的姑娘——似乎也不是个少女。

他无声地笑笑，要摆脱掉什么似的，夜色里习惯摇摇头。

前一阵子，黄毛疯狂缠上了郭长民。这两天，却又突然不怎么搭理他了。郭长民清晰预感到，黄毛随时随地说变脸就变脸，脸一扬，再也不正眼看他。

女的嘛——也就那么回事儿。

回到他租的小屋，夏天也不用烧炕，郭长民胡乱和衣躺下了。

过了一阵子，发觉自己还没有做梦。

4

一天，二娥发觉郭长民隐约不大对劲。

跳到中间，他从人群里走出来，来花坛旁边，抽了一支烟。二娥想，他今天没笑模样。

然后，又抽了一支。

大录音机里一支新乐曲响起来，他重新加入进去，动作依然舒展自如、准确到位。

二娥觉得他眼里那股星光没有了，默默抽烟之后，一种仿佛落落寡合、若有所思的东西，没有及时清理，带进了舞蹈里。二娥说不清楚，但他肯定不一样了。

郭长民再次毫无征兆地离开了跳舞的人群，把搭在窗台上的半袖一拽，甩到后颈上，朝"转向街"深处，径自离开了。

他这个举动太突然，二娥想也没想两脚就被带着走了。

舞厅门前郭长民没改变步伐，走了过去。

二娥飞快回了一下头，这里看不清跳舞的人群了。

不会错的，那个黄毛也不见了，刚才就不见了。

烤肉店那个女老板，今天也没露头——二娥不明白，自己怎么会想这个。

拐过街角，黄毛站在路灯最明亮的地方。

二娥听不清黄毛说的什么，看口型好像是笑骂了一句脏话，嗔怪郭长民让自己等的时间太长了。

他右胳膊揽在她肩膀上。黄毛右手抬起牵住他右手中指和食指，肉肉的左胳膊扬扬得意绕过他后腰，拇指食指留在空气里，下面三根手指贴着他胯部的皮肉插进腰带内侧。

二娥想离开，两脚反而越跟越紧了。他俩不会回头的。

干活儿的时候，他们总光着膀子。那时二娥居然对这个后背的弧线和肉感视而未见、麻木不仁。

黄毛个子小，烫着大波浪，头顶刚及他的肩膀。二娥不记得自己忌妒过别的女人，此刻却憎恶起小个子女人的那股洒脱爽利来。

黄毛走起来真有劲，架着他一般。到"活人雕像"小松林跟前，黄毛简直是把他扛了进去。

附近有几栋刚建起来的洋气欧式建筑，临街的小广场上有个西洋塑像，被几行密密匝匝的针叶绿树环绕，隔成一个小世界。大理石基座上，是一对真人大小的裸体白种人男女。男的一条腿屈膝半跪，右手拄着一把剑。背靠背，女人双乳朝天仰在他身上，两个人面部左侧耳鬓厮磨，融为一体。

前些日子一天放假，二娥和刘姐溜达到这里，信步进了小松林，她俩不约而同惊讶于小松林隔出的幽僻。咫尺之外，车水马龙。她俩在雕像旁边的木头椅子上坐了一小会儿。刘姐手忽然去捂嘴，却还是笑出了声。那个西方勇士的阴茎上，套着一个看来昨天晚上刚撕开包装的新鲜避孕套。

郭长民和黄毛身影消失的瞬间，二娥心一提，当即转过身。往回走了挺远，鞋底仍惯性地不敢踩实。

舞厅里出来一对中年男女。他俩不说话，脚步轻缓，隔了一小段距离，像留着一层纸。

二娥赶紧逃开，从那群舞者旁边，躲瘟疫般快速走过去。

撞到冰激凌机前，她才意识到自己脸上火烫，嗓子干渴，身体里燥热难耐。

一个冰激凌两块五，她干半天活儿才能挣来。意味着一个小背心、一条短裤、两双袜子，或者四块肥皂。把钱付给对方，二娥举着蛋卷儿木然走开。

软糯冰爽顺着食管滑进胃里，凉顺着神经辐射，没扩散多远便淹没在滚滚热流中。又咽下一口，借助这种凉，在两家面摊中间，努力让自己冷静下来。

左边一对卖凉粉的青年夫妇，占的地盘不小，生意很红火。花格子塑料布棚里有四套桌椅，都坐了顾客。女的照顾前面，稍有空闲立刻回到桌案后面帮男人忙活。男的不住手忙活，头都顾不上抬一下，时不时地，右手抓起肩上的毛巾抹一把汗。

这才是两个人过日子该有的样子。

二娥觉得好多了。

回去的路上，她渐渐平静下来。

他做他的小流氓吧，关自己什么事！

二娥扬起脖子，笑了一下。

她无法看到自己笑容的酸楚。

回到酱菜厂，刘姐正给毛衣收领子。

她有点儿诧异，二娥比往天回来得早。

草草回应两句，二娥很快脱衣服进了被窝。

闭了灯，二娥躺着不动，大气不出。

在街市，在人前，还能装一装，跟自己装一装假。脱了衣服，摸黑躺着，怎么也装不了。

二娥不敢辗转，唯恐刘姐一时睡不着，想出什么话头来和她唠嗑。

那种燥热涌回来淹没了她。二娥不敢动，也不敢出声，像落水者等待溺毙一样，无声流着眼泪。

终于进了梦里，更做不了自己的主。

"魇着了你？"刘姐摸她的额头，"火烫火烫——感冒了吧？"

"嗯……"她带着委屈的哭音。

"对了，我还有镇痛片。"刘姐拉开灯，下地端来半碗凉水。

"我不吃药……"二娥不肯翻身爬起来，眼泪吧嗒像个小女孩。

刘姐又取来一个匙子，坐二娥旁边，将她脑袋搬到自己腿上，把药喂了下去。

刘姐手擦了擦二娥眼睛，探胳膊拉灭了灯。她仍坐了一阵子，摩挲着二娥的头发。

酱菜卖得不好，老板又让大伙"休息"两天。刘姐硬拉二娥回村子住了一夜。一个人住一宿两宿的，二娥也敢，何况老板也会安排别的女工过来做伴。刘姐太热情，拉她的手劲儿忒大。

刘姐家在城北四十里外。她男人体格不怎么好，大儿子念初中二年级，小的才十岁。

晚饭时，小儿子出去把老舅父女叫了过来一起吃。小女孩五六岁，像早晨要去城里，换了新衣服梳了头。二娥想，这孩子应该有个奶奶吧，刘姐的老妈。随后二娥也注意到，小女孩爸爸也洗了脸换了衣服，只不过不像孩子那么明显。

那个男的话不多说，体格也不错。眼睛一直没朝她死盯乱看。起码，一点儿也不烦人。

吃完饭，小孩子不怎么认生了，二娥摸了她的头发和脸。小女孩把手塞到她手里，柔软的小手抓起二娥的手指。

二娥心里涌起一股酸。年纪相仿的女伴，大多数都有了孩子，有人还生了两个。要不是老天爷不开眼，她本来也完全可以有这么大一个。

晚上枕边闲唠嗑，刘姐自然而然把弟弟的情况透出来。

他二十七，原来的妻子风风火火很能干的。除了自己家责任田，两口子还包了不少别人家的地。去年春天上地，兄弟媳妇从四轮拖拉机挡泥板上面摔了下来，脑袋触地时吃了硬，死时才二十五。前年，两口子夏锄后把地基都挖好了，灌了沙子。要不是出了暴事，去年一年备好料，现在，一家人都住进一百平方米的大砖房了。她兄弟伤了家，心也不散。今年地还是种那么多，牛继续养。去年打击太大了，今年缓了过来。前一阵子开四轮车到砖厂，自己一趟一趟往家拉了砖。

后面的话，就不用说到明处了。孩子是个丫头，养大了负担总是比男孩小，奶奶能照顾不少。她这个亲姑姑，也不会一旁瞅着。

刘姐没再说别的。没像不少这样从中撮合的人那样，给你指出一条条明路。

还用人家指吗？自己不会想吗？

这一晚二娥没睡好。她换了陌生地方，开头两宿睡觉总是不习惯。

刘姐不说话了，然后呼吸匀净起来，像往常睡熟了那样打起了小鼾。到后半夜，二娥还是睡不实。刘姐穿着背心裤头从自己身边溜走，再悄悄潜回来，她全知道。

捕捉不到任何动静，连开门关门的声音，连一点儿急促的出气都听不到。东屋里不光有她男人，也睡着两个半大小子。

刘姐像条鱼游回了自己被窝，立即释放出香甜的鼾声。

二娥虽然年纪还轻，但清楚这不全是夫妻间那一件事带来的酥软安然。她说不大清，反正，刘姐是回了自己的家。

家，自己也有过。在刘姐眼里，在大家眼里，那也许算不上是个家。

她们只是看到了她像头牲口一样干活儿，却从来没去领过自己的工资。她们还不知道，她还没来过例假，乳房还没怎么变样，噩梦就开始了。

仅凭她们看到、知道的那一点点，刘姐就觉得，她没有什么理由拒绝。从刘姐的口气，二娥隐约能听出来。

第二天她俩出村时，刘姐把弟弟的家园指给她看。

那个刘姐兄弟姐妹们长大的小草房子旁边，新地基要阔大得多。沙基上已经砌了青褐色料石，高出地面二尺来高，四棱四线的，顶面用水泥找平了。新砖就在旁边整齐垛着。

二娥一眼看出，那些砖出窑没有多久。

5

丽美把黄毛骂了一顿。也没什么大不了的，丽美上来一阵心情不好，要找个人扎筏子，偏赶上黄毛是个不会看脸色的。

黄毛顶了嘴。丽美当场让她滚。

黄毛眼睛一翻就滚了，临走盯了一眼郭长民。他还是她俩吵嘴时那样子，原地站着。不敢那么瞥丽美，黄毛把满腔轻蔑倾撒到了郭长民身上。

丽美一挥手："大家继续——缺个小 ×，还能散伙咋地！"扯脖子叫骂几句，她的好心情回来不少。

郭长民又站了一会儿，无精打采走了。

他也没去找黄毛。

找黄毛就是找挨骂。黄毛会把气全撒到他身上。郭长民没站出来跟她一道走开，换别的女的，也得骂他。

黄毛拿他当出气筒，反复好几次了。她欢天喜地跟他热起来，很快就发现他什么地方不够劲儿，不是一个合格称职的对手。

他不够下流刺激——没搂过她，而且没花过她的钱。

说他是绣花枕头吧？也不是，身体棒着呢。可细品，总像留着后手——这样的家伙，没劲。

丽美没蔑视过郭长民。她说自己二十九，实际上可能已经三十出头，成熟女人的包容缠绵在她身上若隐若现了。

有点逗弄他吧，黄毛就是丽美不动声色给他搭的桥——前面还有一个女的——丽美提前就知道结局，但每次都不点破。她像个喜剧小品导演兼观众。

郭长民开头就很清楚自己和黄毛长久不了。他垂头丧气，一方面是由于在大伙眼前有些丢人，另一方面是他并非有多失望。也许，还掺杂了一种脱离未知莫测的轻松。

离开山村的种种经历，慢慢培养了郭长民敏锐的风险嗅觉。没什么奇怪的，哪怕林子里的每一只羚羊每一只狍子，只要幸运活到了成年，一定都会具备那种嗅觉的。

在山沟子里，自己傻乎乎的，别人也一样。山村里没有任何危险，祖先们在丛林深处当野兽时便深藏在基因里的警觉，经过一些种庄稼的世代，便完全沉睡麻痹了。

郭长民离开家的那个秋天，在宁波一个大堤上，七八个民警挥舞着警棍围追他们几个，最后还放了两声枪。郭长民从堤坝背面径直骨碌下去。那个斜坡太陡了，过后看大有摔死的危险，所以警察未能直线追下来。他竟奇迹般地没有骨折。另外几个东北老乡就没那么幸运了，现在出没出来还不知道。他们搞电动机的铜芯线圈，卖给一个收废品的。

幸亏他那次还没来得及办暂住证，跟别人学着，随口报了个假名字、假地址。侥幸耍了个小聪明，倒真管了用。

在铁西那次，喝多了，莫名其妙裹进一场斗殴，稀里糊涂被人在左肋底下捅了一刀，过后他也不知道是怎么挨的刀子。郭长民被警察吓跑了，可那个洞一直淌血。拿背心摁着伤口，跑到一个小胡同里的诊所，兜里只有十七块钱。那时他才忽然明白过来，偌大一个沈阳城，自己竟然连一个熟人都没有。连跟谁喝的酒，又怎么打起来的都没搞太清楚。

那个长着酒糟鼻子、包治梅毒的江湖医生，开头只想给他包扎一下，打发他到医院去。知道郭长民的处境后，没打麻药给他缝了两针。然后给了他两卷纱布，一瓶双氧水，一瓶利凡诺和两盒螺旋霉素，没要他的钱："小伙子，这几天你得吃口饭——我得做个善事积点德——你要有福气，刀尖就不深，没伤到内脏，刀口也别感染。"过了几天，郭长民去找他拆线，那个小诊所已被取缔了。

在事态恶化之前，事先避开危险。

女人更是一种极大的危险。跟她们处得越深捆得越紧，变数就更加叵测。

黄毛这样的女人，要是有男的竟为她死了，她会得意得不得了。死掉的倒霉鬼，不过是她骄傲的装饰品。

刀尖儿戳破肠子，伤口感染溃烂，她会管他？

那个女老板不在。

有一次二娥发觉她留意了自己之后，再看见女老板在门口，便不靠前了。

那个黄毛也不在。

郭长民依然像平常那样跳着舞，至少动作一点看不出走样。

二娥有一种说不清的感觉，郭长民身上丢了某种东西——或者说少了某种东西。

看着看着，二娥心里一下子豁亮了，那是一种跟女人来又随女人去的东西——他跟黄毛吵架了，或者干脆就闹掰了。他俩，原本就不会是天长地久的勾当。

他落了单，有点儿像丧家犬。

二娥立时像病快快的人打了一针吗啡。

未必全是解恨，好像也有庆幸。

不会错的。他跳着跳着失去了兴趣，或者说始终没有跳出兴趣来。像上次那样，脖子上搭着半袖离开了跳舞的人群。

没朝"转向街"那头走，直奔她走过来。

在离她几步远时，他看了她一眼。她站在了他的去路上。

二娥站着没动，他那么两手拇指插在牛仔裤兜里，摇摇晃晃在她身边走开了。街口人流如织，错过的瞬间，他的光膀子离她不到两拃。

除了个子高一些，她自小没在姑娘堆里打眼过。对此，二娥早就习惯了。但这一次，她为他没多看自己一眼很不舒服。

怎么说，他们毕竟一起搭伙干过活儿。那个大通铺上睡梦中的瞬间，以前是个单纯的误会，现在仿佛成了她怨怨的充分理由。

郭长民摇摇晃晃的身影，总有那么一点街溜子的虚张声势。他那个打击似乎并不是很严重。

很快，二娥这个直觉就便得到了有力的证实。

他拐进了那个夫妻摊的小棚子，坐在凳子上等凉粉时，跷着二郎腿看着人流，抽起了一支烟。

忽然他兴奋起来，忘了抽烟。

二娥还以为他看到了黄毛。黄毛没出现，他眼光发亮，聚焦在一辆摩托车上。

摊子对面，那个骑摩托的人一条腿支在地上，等着烤鱿鱼。

二娥不懂摩托车，但那辆车一定非常好，很可能是进口车。那个戴墨镜的人皮鞋裤子显然非常高档，衬衫板板正正，打着一条发亮的领带。

二娥虽然年轻，但也是一个经历磨难的妇人了。这家伙居然为了一辆别人的摩托车瞬间忘掉了自己的失恋，这未免太过于孩子气、太缺少心肝了。

如果遵从生活的教训，二娥立马就应该转身离开，好好沉下心来想想刘姐的意思。

她的眼睛就是拔不出来。

他光着膀子坐在那里，看摩托车的样子很像在凝视一个年轻性感的姑娘。夜市的灯光涂抹在他饱满的光膀子上，随着一呼一吸，光影像温柔抚摸的手。

她身心漾过一阵不可名状的快乐。这股快感让二娥明白了，自己为什么对刘姐的安排觉得委屈。

二娥好了伤疤忘了疼，听从了自己青春本能的呼唤。没过几天，她一声不响把郭长民现在的情形弄清楚了。

她在坑里栽过一回跟头了。既然走到那家冷库，张嘴麻烦了看大门的老头，也可以说是奔着下一个坑，又迈出了第一步。

6

故事开头那天夜里，郭长民从小酱菜厂溜出来，到丽美那里通过舞蹈释放了一身热汗。回去的路上，他心里还是怪怪的。

黄毛这样的姑娘很过瘾，可总是伴随着刀光剑影的味道似的。

还有个姑娘，也是这小城当地的，在乡下小学校里当老师。去年，他俩有过一个极度快乐又很苦涩的短暂夏天。两个人单独在一起时，她很迷恋他，但在大街上，众目睽睽下，她连眼光都不敢和他对，彼此完全是陌生人。她似乎连承认他俩在恋爱的勇气都没有——既然不是恋爱，那就只能是一段瞎搞了。

今天这个胆战心惊到冷库来的是个最普通的乡下女子。如果郭长民肯在山沟里老老实实再待几年，早晚总会与这样一个姑娘结婚。

那样的简单故事，就像一碗白开水，一点儿味道都没有，想着都没劲。

不过，今天真有这样一位出现时，郭长民发自内心感到安适。她什么地方透着那么一种像与他一个家里长大的熟近感，他说不太好，总之，他很舒服，也很高兴。

同时，虚荣也使郭长民沾沾自喜。她既然自己送上门来，他便决定不去找她，还是随便遇到更好一些。

第二天一整天，郭长民都乐呵呵的。几个一块儿干活儿的妇女，都被感染了好心情。

"给马婶儿好好溜溜须,"一个妇女摘下胶皮手套,在他胳膊上"啪"地给了一巴掌,"赶明儿我把我外甥女儿介绍给你,姑娘可漂亮啦!"

"咋溜须您才能高兴啊?"

"傻小子,总不能就给红娘买个冰棍吧!"

"那我买冰激凌——"

"真你娘的小抠儿,还是得了吧,反正她不稀罕跳舞。"

"我教她呀——"

到第三个白天,郭长民估计到了,这个晚上她仍然不会在"转向街"出现。

她跟那个地方总有那么一点格格不入。不过,那不是最主要的原因。这次,自己得去找人家。轮到他了。

每个人身上都藏着另一个自己。现在的她,跟那个狂暴男人跟前的木偶是两个人。这个新发现,让郭长民心里莫名地兴奋不已。

"妈的——欠揍的货!"骂着这句狠话,郭长民明知自己脸上在笑。

再熬她一个晚上,明天中午去。

他以惩罚对方的名义,自己妥协了。

郭长民找了个临街的小铺,就一碟花生米和一小碟咸菜,慢慢喝着啤酒,眼睛溜着街道。从酱菜厂去夜市,得走这条街。

花生米没剩几粒,剩这半瓶喝下去,得去跳舞了。

这时,她从那面走了过来。

郭长民身子往暗影里移动了一下。

这个举动没一点必要。低矮的小酒馆窗子临街不到两米。她紧靠着街边走,他坐的桌子在窗前。如果她脸稍微偏一下,他俩就脸对脸了。

然而她脸朝着前方,眼珠都不偏一下。

隔着玻璃,郭长民嘴唇闭紧了。

她好像得了重感冒,正处于高烧。脸庞瘦了,从而颧骨醒目,连下巴都比前天显得尖削,眼里射出一股病态的光亮。

他跟在她后面。

路灯亮着，空气依旧闷热。

浅粉长袖衬衫束在腰里，两个袖口的纽扣都扣着。藏青色弹力体型裤，裤脚的脚蹬带踩在那双高跟瓢鞋里，把两条腿的轮廓曲线充分显示出来。

他盯着这两条腿不错眼珠。前天，他还有些低估了它们。

进了夜市，她慢下来，后来在一个酥皮饼摊子前侧身停下。

郭长民看得出来，她没有买饼的意思，也许连那个摊子卖什么都没注意到。

她突然扭头看了一眼，但什么都没入目，十步八步远，根本未把他的脸从人流里区分出来。

拐弯那头，丽美那台双卡录音机喧嚣着——

> 走进一个神秘的山洞
> 里面全是钱财
> 有金银财宝
> 有钻石玛瑙
> ……

她站那儿不动了。

郭长民奇怪地想起了前几年他在河南乡村，遇到的一个十二三岁的小姑娘。

小姑娘没钱买票，孤单地站在马戏团帐篷外面，抻着脖子出神听里面的锣鼓声。头发枯黄，梳两个细辫子，面皮有些皱，瘦瘦的，隔着灰布衣肩胛骨支棱着，似乎比同年岁的小姑娘要高一些。郭长民想把自己的票送给她。小姑娘抬头看看他，一声不响走开了。

郭长民心里一阵不忍，走了过去："我大老远看着像是你，出来玩儿？"

她一哆嗦，转回身来，嘴唇都白了："你呀，这么巧？"

"跳舞去？"他笑盈盈的，轻松友善。她要不是这个样子，他笑容难免会再带一点揶揄。

"出来半天了，我得回去啦。"

郭长民可没想到她会这么说："那我送你回去吧。"

"不用，你快去玩儿吧。"

她立刻顺着来路走了，一转眼就消失在夜市街的那头。

咋回事呢？又不是小姑娘了。

郭长民无意去深想。

他两手插在裤兜里，像电视中男歌星在舞台上那样潇洒地微笑了一下。他不是万众瞩目的明星。夜市人流如织，没人留意他。他穿了自己最贵重的那条韩版裤子，T恤和皮鞋也都很不错。搞得这么帅，对方却没细看一眼。

他心情很愉快。那个范儿充分完成以后他意犹未尽，又向后甩了一下头发，迈步走向那个快乐的阿拉伯青年——

阿里
阿里巴巴
阿里巴巴是个快乐的青年
哦哦哦哦
芝麻开门芝麻开门

次日，郭长民没去冷库上班。走近酱菜场大门时，他两手拇指插进裤兜沿里，吹起了口哨。

白天门房里也没人。可既然到了门前，就没有不进去的道理。

进了院子，手还那么搭裤兜上，口哨吹不出来了。

阳光底下，院子里的草就太稀疏了。细弱的稗草、满天星、狗尾巴草从砖缝间艰难地拱出来，累得营养不足，一副苦相。

"干啥的？"一个戴白帽子扎白围裙的女人，正好抱个竹箱子走出东厢房。

"找个人。"

"谁？"

"前几个月新来的那个。"昨天在夜市上他就没叫嫂子。他把左掌平搭在自己眼眉前，"这么高的个儿。"

她盯着他，没出声，似乎在反感他连姓名都说不出来。

他又把那只手插回裤兜。

她向门口转回身："二娥——"然后抱着箱子擦肩而过。这个女的，很有股干脆利落劲儿。

她在里面已经看到他来了，似乎仍在努力使自己自然随便："今天咋没干活儿？"

"放了一天假。"

虽然没回头，可他知道那个抱着竹箱子的女人就在自己背后不远，一口大缸旁边鼓捣着。也许，正直接看着他俩。想看就看吧，屋里的女人们八成也都盯着呢。

"下午能抽出时间来吗？"

"呃？"

"帮我一个忙吧。"

"我们……"

"你尽量吧，实在为难也没关系。下午一点，我在大桥石狮子那儿等你。"说完，他转身就走了。

那个女人在大缸旁边直起腰，他冲她点点头。

他收敛着自己，不让自己的背影在女人们的目光里显得大摇大摆。口型做了出来，口哨没有响。

连屋里那些他看不见影子的，也都是良家妇女。

刘姐说："你别穿长衬衫了，这天气还是半袖好。"

二娥没听。

刘姐说："反正你也不怕热，这大长腿，牛仔裤运动鞋就行，你这个子高跟鞋……"咯咯笑着咽了后半句。

二娥脑子里一寸一寸地斟酌郭长民的个子，这句她听了。以后，她再没买过高跟鞋。

他两只胳膊撑在大桥石栏杆上，一条腿直一条腿曲，倚着栏杆，背衬大河蓝天。长头发几乎盖住耳朵，大波浪隐隐约约。面皮微黑紧致，没一点儿多余的肉。看她走过来，他打量起她的裤子和鞋，眼里笑意更愉快明朗了，微微张开双唇，露出了牙。

二娥想，要是有照相机照个相就好了，要是头两天把那条裙子买了就好了。

大桥那头没多远便是公园，她临来之前，已经想到了。

五年前，二娥就认得这座桥，但从来没想起城里有个公园。

郭长民掏出一个皮夹子买了门票，她跟在后面走进去。他回过身来，略等了她一下。

并肩一边走，她悄悄打量他半露的耳朵。刘姐说得没错，穿平跟鞋是对的。

公园给二娥的第一印象，和电影里一样又不一样。电影里，公园也都像今天一样阳光明媚。一些开阔的场地上，有很多老人孩子。遛弯儿锻炼身体的，多数都是老头，老太太们带着小孩子玩儿。人们在水池跟前，观赏鲤鱼荷花。小孩子们吃着冰棍儿爆米花，一只手里扯着彩色气球。曲折小径深处，才是恋人们。

二娥一度怀疑今天他俩是不是来错日子了。偌大的公园里死静死静的，跟围墙外面的世界恍若隔世。

见不到老人和孩子，到处是一对一对的年轻男女。情侣们在树荫下草丛里拥抱依偎，耳鬓厮磨。

多少焦虑惶惑，多少纯美憧憬，多少温柔甜蜜的伤感，多少欲火焚身的煎熬，他们终于以爱情的名义，甚或是以婚姻为契约，赢得了这段婚姻之前，或是山盟海誓和菲薄怨恨之间的缠绵。

很难想象这么小一个城里，竟同时有着这么多热恋中的年轻男女。刚刚路过枝叶间两颗贴在一起的脑袋，没走两步，二娥又差一点儿踩到草丛里伸出来叠压在一起的腿。

下意识一躲，挨到郭长民身上，她又赶忙往回缩了一下。

那条小径尽头，终于到了一个较宽阔的丁字路口。

对面树下木椅子上坐着两对。椅子并不长，四个人中间没有多大空隙。但两对情人仿佛在中间设立了一道虚拟的墙，将自己一方隔绝在童话里那片隐身树叶背后。

左面一对脸颊贴着脸颊，闭着眼睛，几乎看不出他们在喘气，像是假死了。

右边女的坐在男的腿上，两个人嘴唇接在一起，男的一只手搂着女的，左手从她底襟下伸进去，她一块白亮肚皮在抖颤的衣襟下时隐时现。二娥和郭长民经过，那两个人的嘴并没有停止交换唾液或是品尝舌头的游戏，只是男人那只手不动了，但并没有抽出来。

拐入又一条岔路，二娥的右手被郭长民捉住了。她嗓子又紧又干，却不敢硬往出抽，只好随着他走。她觉得自己早转向了，连出去的门都找不到。

他那只手温热潮润，有那么一点儿汗意，握得紧，却不是死攥着。

他站下了，真难得还有一块没被人占据的地方。

二娥战战兢兢扬起脸。

他还笑着，努力想做出调皮厚颜的轻松表情，眼里却带着些许尴尬和乞求。

"你这个速度挺快呀。"

晚上二娥回来的时间，比往日去夜市溜达早多了。

因为有那件她俩没说破的事，刘姐把到嘴边的话咽了回去："长得可真不赖。"

"想啥呢你！"

"真不赖，大伙都说不赖。"

"哎呀，就是以前在一个砖厂干过活儿的。"

"我咋没见过？"

"你才干过几个呀！"

"唉，可不是呗！我才一个，恐怕再也没运气干第二个了。"

两个人笑成一团。

"流氓，睡觉！"

"这么早？我可是真能睡着，你能行吗？"

二娥脱吧脱吧进了被窝，"咔嚓"把灯拉了。她说不过她。

刘姐一时半会儿也睡不着。

她有点儿可惜——一桩多好的事儿。她替弟弟可惜，更替二娥可惜。

二娥吃了不少苦，可总归还是岁数小。半道杀出这么个二流子来，搞不好二娥还要吃大苦头的——嗐，自己这不开窍的死脑筋啊，有啥搞不好的？不行的话，就一块儿玩玩儿呗。二娥，也该捞一捞本儿了。要是一块玩玩儿，那个小家伙倒挺不错的。人一辈子，说哭就哭、说笑就笑的年轻好日子，一共才几天呀！

7

二娥拿回来一条亚麻布裙子，平纹，差不多牛仔裤那个色儿。短的，也不是特别短，底边镶着一圈短短的白流苏。她稀罕得放不下，往身上一个劲儿比画。

"他给你买的？"

"什么呀——"

"买的时候没试啊？"

"那咋试啊？"

在街边买的？刘姐捏了捏布料，质地还挺不错。

得三十块钱吧？五十？刘姐有些拿不准。

她心里又替二娥不平起来：五十又怎么了？出去找个女人还不得十块二十块的——才陪人家一宿。

用得着一宿吗？刘姐又拿不准了。

"没试怎么知道腰围合不合适？"

"合适。"

"我就不信，这才几天，你腰粗细，不能让人家掌握得这么准吧？"

二娥说不过她就不说。

"脱了脱了，赶快脱了试吧。跟别人好意思，跟我装什么假？"

这次那个肉色裤袜有用了。刘姐心里也同样拿不准裤袜和这裙子搭不搭。不过，这两件穿在二娥身上可真没治了——年轻就是好！

"真馋人哪，姐也借光摸一把……"

"要死啊你……"

二娥弄回来一个大包裹。

"鼓鼓囊囊的，啥呀？"

"棉花。"

"这么一家伙，得十来斤吧？"

"十斤。"

刘姐手指隔着包裹布捻着："棉花丝儿真不错，做棉衣裳？"

"嗯。"

"早了点儿吧？现在谁还穿自己做的棉袄棉裤？他的，更不能吧？再说了，我会做你会吗？"

"睡觉——"

转天，二娥又拿回来一个布包，被面，褥子面，白布，大格子布。

"嗬，里外三新。我合计得没错，你这是要做嫁妆。"

"快让你家男的过来吧，看把你闲的。"

二娥回一句，等于进一步勾起了刘姐的斗志。

二娥把大红绸被面在炕上铺开，顿时花团锦簇，流光溢彩，把她脸庞都映红了。

刘姐地上盯着她打转："你不是啥也不懂的小丫头了，这是哪一出啊？傻老妹儿，再往前走一步，就是找坑跳啊。"

"怀上了？"

"滚——"

刘姐出其不意在二娥胸上摸了一把。

"啊呀——"二娥惊得一跳，打了她一巴掌。

二娥下班以后再也不出去了，小炕上展开白布，絮棉花。

似乎没有想麻烦她的意思，刘姐没敢贸然伸手。

刘姐先掂量掂量自己：爹妈健在，俩儿子，现在所谓的全和人可不好找了——在村子里，她完全有资格被请去缝制新婚被褥。

又揣摩揣摩二娥：她懂这种规矩，有那样的忌讳吗？应该都不是。瞅她这副小样儿，就是自己给自己酿蜜呢。

表面大大咧咧的人，心底里往往更自觉。除了帮着抻抻布角什么的，刘姐控制着手痒痒——可以织自己家的毛衣嘛。

二娥提前说了自己要走，老板又物色了个女工跟刘姐一起住。白吃白住的好事，可不是谁想来就来得了的。

二娥离开那天，照常干了一天活儿。她什么都没说，本打算下了班悄悄走了完事。

下班以后，五个女工来到小屋里，每个人给了她十块钱。钱都是从老板手里临时拿的。她们下午干活儿中间，才听刘姐透的话，来不及去给她买一对枕巾，或一套衬衣，哪怕是一双袜子。

　　二娥手心里捏着几张钱，强忍着眼泪。

　　原先那套被褥不拿了，以前和程国军一块儿的东西不剩什么了。她衣服什么的，头几天都往那头倒腾得差不多了。本来，也没有啥。

　　就剩下那套新做的被褥。

　　自己抱着行李的新娘子——刘姐当然不会把这句笑话说出来。

　　二娥往一条两个月前新买的薄毯子里包被褥时，刘姐变戏法似的拿出了两副枕套，一副喜鹊登梅，一副鸳鸯戏水。刘姐绣得太水灵了。

　　这会儿，二娥掉眼泪了。

　　"哭什么呢？你个傻狍子，好好管住你那个家伙吧。"

　　她给二娥擦着眼泪，趴在她耳边说了一句过来人的玩笑话。没起到转移效果，二娥还是搂着她哭个不停。后来，到底把刘姐的眼泪也勾了出来。

　　刘姐抱着那个大包送二娥，原来郭长民等在大门外面。搞不清他啥时候鬼一样地来了，鬼一样地站在那儿龇着牙笑嘻嘻的。

　　这让刘姐心里舒服多了。之前她没问二娥，他哪儿去了，咋不来接她。

　　郭长民迎过来几步，满脸堆笑，像是跟她交接二娥似的。也像交接似的，从她手里接过那个大包，同时塞给她两袋糖果。

　　他们在锈蚀破败的笨重铁门跟前道别。

　　两个年轻人到街口拐弯儿，还回过头来跟刘姐笑着摆手。那个小二流子依然一副鬼样子，二娥又眼泪吧嗒了。

　　回到小屋子里，刘姐掂量掂量糖果。八成是这城里最贵的吧，反正自己从来没买过，也没吃过这么好的糖。走亲戚串门，好像都用不着——这么好的东西当礼物反而是浪费，还是拿回家给孩子吃吧——不对，还有几个随礼的呢。

　　两个人拴一块儿，当然不会像是自己趴在二娥耳朵边说的那么简单。光那一件事，可真就简单了。

　　钱是一个好东西，也是一个坏东西。不管钱是好是坏，反正它让自己离开家院禽畜，离开男人孩子，住到了这个又空又大的院子里。

二娥手里没什么钱了。可日后过起日子来她一定错不了，定是个能拿住钱的。这才半年光景吧，翻身了一样，买几件衣服，添些随心的小东西，总免不了的。跟着，这又谈起了恋爱——只做了一床被褥。

钱这个事，总得绑男人身上。像自己这样，女的出来干活儿，日子能有多大奔头呢！一个是挣钱，一个是花钱。二娥头一个男的算是能挣的了，可临了连自己一副棺材板都没攒下。这个花里胡哨的鬼，居然是二娥看跳舞认出来的——"在冷库干活儿呢"，二娥口气真轻巧啊——挣不挣钱的先不说，看看这糖吧，怎么瞅都像有一个花两个的主儿。

二娥这个傻子，现成一个把她当成宝的窝不要，美滋滋自己缝了一套行李，颠颠儿凑了过去。

一分钱一分货。现在笑，有你哭的时候。

夜色浮上来，灯光越来越亮。

郭长民一手扛着包，左手也没空着。他俩手拉着手，脚步挺快。

二娥有时左手不知不觉伸牛仔裤兜里，摸到硬纸币的时候就醒了似的，把手又抽出来，在身旁一甩一甩的。

钱的事，她一点儿都不担心。

结算工资，老板格外给了二十，几个女伴给了五十，这七十块钱还在自己预想之外——到他俩租的小屋子里，二娥才看到刘姐放枕套里的另外二十块钱。

她存的钱花没了，但老板新结了工资。明天就跟郭长民到冷库去，两个人一起干活儿。这个脾气好，钱得归她管。那样，钱没什么可操心的了，两人都干活儿就行。

跟他一说自己也想去冷库，这个傻子脑子都没过一下就同意了。

二娥偷偷地自己笑着，食指在他掌心里挠了一下。

郭长民算不上傻，不过脑子一直晕乎乎的，很少主动转起来。打小他就这样。

别的女的，从来没有谁提出来要租房子。二娥提出来了，他没觉得有什么突兀的。他一个人这里无亲无故，她也一样，一起就一起呗。她明显不是一个胡搞过的，和他有了那个事，要一块儿过日子再自然不过了。

她和她们不一样。哪怕夜很深了，二娥也从来不肯跟他随便在墙角旮旯、街边长凳子上就地干那个事儿。哪怕她身上脸上已经火烫火烫了，就是不行。即便到他租的那间屋子里，她一次也没碰过他的被褥。郭长民心里隐约觉得，她是在意别的女的可能碰过。

他给她买了一条亚麻布裙子。一起在小铺里、小摊儿上吃吃喝喝——后来的钱，是靠跟朋友们借账对付的。

他最初有点儿踟蹰，倒不是不同意租房子，而是他一个钱也拿不出来了，哪怕只预付一个月房费。

又不好不跟着去，二娥好像压根儿没想让他拿钱似的，掏钱给了女房东。搞的郭长民真有那么一点儿不好意思了。

两个人相约请了一天假。买了暖水瓶、脸盆、菜刀、案板、碗筷、米油，还有一块地板革，铺了炕面子。锅不用买，原来灶上就有。

打扫房子时，房东的女儿端着一把旧椅子过来，很有礼貌地说："叔叔、婶儿，我妈说问你们用不用。"

小姑娘扎着红领巾，也就十一二吧。

郭长民手徒劳摸着裤兜，里边连块糖都没有。

叔叔、婶儿……这种感觉怪怪的。

这是个规规矩矩的孩子，这跟前都是规规矩矩的住家。

原先搬走的人家，剩了一点儿柴火，二娥生着火油了锅，打了两个鸡蛋，他俩吃了挂面。

郭长民的男人自尊让他心里搜寻着还能借来一点钱来的对象。下午，自己出去买一点煤，可不能再让她掏钱了。

墙刷了白灰，小屋里挺干净的。

"要不，你自己先过来住吧。"

"到时候咱俩一起来吧。"郭长民知趣地想到了自己的被褥。二娥说了，晚上先不出去玩儿了，她要做被子。

二娥也清清爽爽的，没拿自己以前的被子褥子。

一块两米宽、三米多长的红蓝格子地板革，一床崭新的被褥，两个年轻的新人。

小屋里，除了他俩各自的几件日常衣服、上面说的新买的一点日用品，还有一个新的三角牌电饭锅。

就是这样的。

没感觉缺什么东西，新婚的快乐一点不少。

8

房东住北面正房。

他俩租的是一小间西厢房，长不过五米，宽四米，南面和门房连成曲尺形状的拐弯房子。门房中间留了个两米宽进院子的门洞，左右各住一家租户。

北、西、南三面房子中间还剩一小块院子，房子院子面积加一起，总共二百平方米左右。南面隔着路，是平展展的水稻田。

男房东是法院民事庭的一个法官，比郭长民和二娥上班晚下班早。所以，他的自行车总停在正房前面。

他俩住进来的第四天，郭长民遇见男房东出来擦自行车。四十来岁，短胖，圆脸，有点儿谢顶，戴副黑框近视眼镜。猛一瞅，像个老滑头。没聊几句，郭长民就发觉这个人的亲和不是装出来的。他当过七年知青，农村里的事，比郭长民知道得还多、热情还高。

"你二十五，我在你这个岁数才回城。"

到城郊买了这个自建房，男房东原来想种一块小菜园子。可他爱人不同意，于是加盖了个"L"形简易房出租。男房东手拿着抹布摁着自行车后驮架站着，一只手指画着，忘了擦车子。看不出是法官，倒像个学校的老师。

女房东也是法官，也戴眼镜，可看不到她去法院上班，甚至很少见她从门洞中间走到路上去。女房东很干净，找房子时，二娥进过正房一次，里面干净得让她不敢下脚。女房东常年在家病休，性情却随和。那么爱干净，却从来没挑剔过三家从农村来的租户。

门洞西边这户是湖北人，女的起大早去市场卖菜，傍晚能回到家的时候不多。男的蹬三轮，更是天天半夜回来。三个孩子，老二管着小的，跟村子里散养的状态差不多。大的是女儿，跟房东的女儿同班，两个丫头形影不离。每天放学回家两人一起做作业，女儿以做作业的名义，推卸照顾两个弟弟的责任。

他俩住进来时，湖北女邻居抽空过来礼节性地坐了坐。听二娥说她也出去干活儿，脸上不觉露出失望，没一会儿就走了。她说自己三十二岁，但她面皮糙黑，颧骨突出，眼角皱纹很深，完全是中年妇女的面相。

门洞东面住的也是一对小夫妻。女的抱着孩子也过来坐了一阵子，她和二娥同姓，叫范冬梅。既然是一家子，两人的笑声就立刻高了，热乎了不少。冬梅比二娥小一岁，整天在家带孩子。儿子七个月大，正吃奶。她男的也天天骑三轮回来，但是他不用脚蹬，汽油发动机的。

冬梅说孩子他爸叫彭志山，在百货批发公司。是送货还是管理，还是他们家有股份（她两次提到了"股儿"这个词），冬梅没说准确，却给郭长民、二娥留下了想象的空间。

冬梅很能说，连说带笑的，一句没明说，却把自己的优越感和幸福感不留痕迹地建立在了对比之中。也都具有可靠的事实依据：他与他；她与她。而且，她怀里抱着儿子。

二娥老实，任由冬梅沉醉在良好的自我感觉里。

冬梅对郭长民仿佛视而不见，句句都在和二娥说话，但其实更是在说给他听。是炫耀，也在一定程度上放射着女性魅力。

郭长民清楚，二娥清楚，冬梅却不自觉。

后来郭长民留下她俩唠嗑，自己出去了。真是怪，以前在别的地方，他不会这样的。

没一会儿，冬梅就抱着孩子走了。她不会承认自己扫了兴。她俩初见唠得很热乎，以后她却很长时间没再过来。

小屋里一目了然，这两个人也一目了然。冬梅猜到了，他俩不是明媒正娶到一起的，没准用不了两个月就散了伙也正常。

冬梅只是这样想。聪明的人，都不乱讲话。

二娥左腕子上，有块烟头烫出来的疤。虽然二娥一直穿长袖衬衫，但头一回拉她的手，郭长民就看见了。当时心热在别处，他装作不理会。而后不久，在她大腿根内侧又看见两块，他依然当作没看见。

连大通铺上的那个片段，也没当乐子提过。也许，他俩都觉得那个感觉用嘴不容易说清，说出来没准味道就变了。好像什么地方与他俩眼前的状态，与这个小院子不那么搭调。

不提，也就不提了。

他俩默契地不去触碰对方的从前，开头连身世都不打听。过了很久，他才大略知道他俩命运惊人地相似。

二娥母亲是知青，浙江的，在她还不记事时就离婚返城了。二娥五岁，她爸喝农药死了。她从不去说他，郭长民也不问。

她基本上不识字。

比较岁数相仿的年轻伴侣，他俩之间，总有些说不太清楚的东西，超出了他和她的承受力，只能选择回避。

二娥在旁人眼皮底下，有那么一点若有若无的呆板。刚到一起时，在他跟前也有。可夜里关了灯，眼睛看不到自己，好些的癫狂，连她自己也想不到。即便在那种状态下，她也在战栗中竭力抑制自己，不让啜泣自由发出来。

郭长民隐约发觉，她的激动是自己激发出来的，应该在她之前的经历里没出现过，他心里很是骄傲。

差不多每天下班以后，他们都从水田地北边的门洞出来，穿过城乡接合部的杂乱民房，跨过铁路去夜市。

郭长民有时在街边打打台球，更多时候还是跳舞，身子拧着麻花劲儿，模拟傻子触电、瞎子摸墙。二娥可以大大方方看了，甚至可以大大方方学了，郭长民可以教她。她不会，也没有一点学的念头。二娥啥也不会玩儿，她总帮丽美到厨房里干活儿。

丽美给了他俩一百块钱，舞伴里另外也有七八个给钱的，都是五十，包括黄毛。她跟丽美和好了。他俩请大家吃了一顿饭，吃完饭又找地方唱歌……二娥心里暗暗着急，怕钱不够。到后半夜，大伙总算尽兴散了。

铁路路基这边，躺着一个很大的铁垃圾箱。有一天他俩走过那里，一个五十来岁的男人，仰面躺在垃圾箱跟前，已经死了。

那个人头发上好像刚刚打了发蜡，穿戴很整齐，衣服质地很好——却像个流浪汉一样暴尸路旁。

他们站下看了一眼，二娥抓住郭长民的手，身子紧张贴在他胳膊上。郭长民觉得，好像以前在舞厅里见过这个人指点别人跳舞。

也就脑子里闪一下就过去了，他俩照常去了夜市。

那么一桩不平常的事情，两个人居然一转身就忘了。

第二天尸体仍然没人动，他脚上的新皮鞋不见了，换上了一双五块钱的懒汉布鞋。死尸硬，想必扒衣服挺麻烦。

第三天，死人脚上只剩下一双白袜子，新布鞋又被人脱走了。

这次，郭长民、二娥没有停下看。当时，他俩只沉浸在蜜月里。

没有人打扰他们。只是在最初，那两个女邻居相继礼节性来访过一次。

连那两个自由的淘小子，在他俩回来以后，也从不趴他们门口看一眼。他俩白天不在家的时候，或许有吧。

冬梅沉浸在身为人母的幸福里，她才懒得往西厢房看一眼呢。

拉上了窗帘子，就说明他俩回来了。冬梅觉得自己知道得越来越多。但她既不和西屋嫂子说，也不与女房东讨论。

公司让郭长民跟着去长春取货，五天以后，再坐着货车回来。

那天夜里，他俩疯了似的难解难分，抱紧着打一个盹，不过是给下一次狂欢做短暂休整。好像是四次之后，他听到二娥黑暗里把他买的橘子摸了几个，忍着笑往枕旁的盘子里放。他问怎么回事，她哧哧笑出了声。后来每过一次，她便摸黑往盘子里放一个橘子。天亮，盘子里码了两层橘子，底层五个，第二层三个。

她笑：差一个，就是一个塔。

郭长民便把那个塔修成了。那天他没能去上班。

9

"民子，进来帮我搭把手。"丽美手按着窗台叫他。

郭长民进了店。

厨房里，二娥和那个后厨女人站案子旁边穿着肉串。他跟在丽美屁股后面从她俩身边走过，到隔壁储物间里倒腾啤酒箱子。

储物间外门对着院里，一大摞啤酒箱子卸在院子里。一个很结实的矮个儿年轻男的正从三轮车上往地上卸啤酒。

郭长民问："怎么晚上送过来的？"

"实在忙不过来——是你呀？"冬梅的男人也认出了他。

"小哥俩熟啊？"

"我们是邻居。"

他俩直接从车上往屋子里搬，志山只管往地上卸。他还得往别处送。

"我得走了，要是下趟不往城北去，我就捎你们俩回去了。"志山上车走了。

储物间很窄，郭长民和丽美交错时，肩臂不时擦到对方。

干到后半程，一次郭长民搬箱子进来，丽美没有迎面出来。她将那箱子啤酒放下后，原地没动。

他撂下箱子，扭身看她。她背靠在木门上抱着膀子，眼睛向上斜着看他。笑容亲昵，略带调皮，灼热的目光后面有放纵冒险的快感。在他们俩热火朝天，一个一个往屋里搬箱子的过程中，不知道什么时候她全身膨胀起来，皮肤紧绷绷的，像是有股能量要从里面穿透出来。

丽美后背靠着布帘子，窗帘挡着四片三毫米的白玻璃。木门背面，离二娥后背大约不到两米远。

他隐隐嗅到了一种不祥的味道：那里边，仿佛有一种要打碎另一个女人什么东西的蓄意。

不由面皮也有点热，郭长民略微尴尬地回应丽美的玩笑，小弟弟一般友好。

二娥有些不舒服，浑身没劲儿，下班做了晚饭，自己没胃口吃。

她窝在炕上，郭长民陪她躺着，也没出去。

天黑下来，闭了灯，一道飘忽变幻的色彩从窗帘缝斜透过来，窄窄的光斑从被子上爬过，曲了一个折角，在墙上竖起来一个模糊的蠕动。房东家的彩色电视机，播电视剧呢。

第二天早晨，郭长民在做饭的声响里醒了，他模模糊糊想起了昨晚，闭着眼睛说："你能行吗？我来吧。"

"好了。"

吃了早饭，二娥仍和他一道上班，中午被郭长民赶了回来。

"半道上，你在药店买点药吧。"

"二娥，别听他的。啥药也别吃，回家好好躺着，也别给这傻小子做饭。"马婶儿挤眉弄眼的，几个女的笑起来。

冷库在公园南，离家二里多路。老板中午供饭，否则这个距离他俩每天回家吃都可以。二娥在冷库大门外张望了一下，她浑身难受，两腿酸软，有点儿犯怵。远远有一辆三轮车的影子，刚要招手，发现碰巧是南屋的邻居。

深秋的正午，阳光透彻明朗，热力回光返照般让人猝不及防。二娥身上还是缓不过来，冷库里的寒气太重了。

走到街角，她扭头看冷库大门。来找郭长民那天，她在这个地方踌躇犹豫了老半天才走过去。那个看大门的老头子已经不干了。

二娥心里忽然好像涌起一股莫名的委屈，前面的街道上，行人蒙上了一层水雾，模糊起来。毕竟在街上，强忍着把泪水咽了回去。

慢慢挪回来，远远看见南屋小哥俩在门洞前面玩儿，二娥忽然想给他俩买点好吃的，一个人一根冰棍，或一块糖也行。从小卖店前经过时，她管住自己，没往里拐。

小哥俩玩着一个赶马的游戏。一只肥大的癞蛤蟆，大概是从水田地里抓的。一根黑色的长鞋带拴着癞蛤蟆的左后腿，弟弟牵着，哥哥举着一只破伞。伞是从垃圾堆翻出来的，他俩玩了好长时间，现在只剩下了伞杆。伞杆扮演过拐棍，扮演过枪，现在扮演鞭子。

小哥俩的声音很大，很起劲儿，那只癞蛤蟆却懒洋洋的，不管怎么恐吓驱赶。季节到了，中午虽有短暂的热度，但冷血动物也焕发不出多少活力了。

"婶儿，你下班啦？"那个七岁的哥哥憨蠢地向她打招呼。

弟弟抬起脸，仿佛辨认一个陌生人，一时忘了手里的马缰绳。

那两口子儿女双全了，干吗还要添个老三？仨孩子把他们两口子搞得昏天黑地。这两个男孩像他们父母小时候那么放养着。

乡下孩子们像小猫小狗、小鸡小鸭一样到处乱跑，没有任何危险。这里尽管是郊区，但狭窄的路上总是过车，汽车、拖拉机、摩托车不管不顾嗷嗷叫着蹿过来。对面，水田的沟子很深。孩子的腿没收没管，说不定跑到哪里去。

这两个孩子，从小就没有开别人家门的意识。

房东每个月收一点儿钱，让出来一部分家园。女房东守在自家剩下来的一小块干干净净的地盘里，从不过来打扰他们。

今天是礼拜天，上午男房东去稻田沟子里钓了鱼，此刻蹲在院子里收拾着几条小指长短的小鱼。见二娥进来，他在自行车旁边抬起头没停手咕哝了一句，又低下头去像个妇女一样仔细专注，心满意足。

冬梅在自己的小屋里，对二娥中午异常回来佯装看不见。她天天用笔记着账，记录每一天的收入支出，规划计算自己家光明的前景。

郭长民回来时，二娥做好了饭，但脸色依然很不好。他要带她去医院，二娥不去，说睡一宿就好了。

她不肯去医院，郭长民像有点儿没有着落似的。屋地站了一会儿，闷头躺下了。

二娥一夜睡得不好，第二天早上更难受了，不想动弹。可是，郭长民已经习惯要在她做饭的动静里才能醒过来。

她起来坚持给他做了饭。班上不了，二娥同样拒绝去医院。

她担心真是怀孕，大夫乱给自己开药。

郭长民听了没有作声，拿不出什么意见，既然二娥这么说了，便仿佛用不着他再想什么了。

走在路上，想到有上班这样一件正事做，郭长民好像卸掉了一件负担似的，心里轻松了一些。

晚上回到家，二娥在被子里窝着。她仍是先做好了晚饭，但自己没力气吃。

郭长民饿了，一口气吃了三碗。

他把剩菜剩饭继续热在锅里，自己的碗筷刷干净了。他看着她，有点儿歉意，也有点儿无所适从。他的样子仿佛在说，这病可真麻烦，要么没有病，要么再重一点儿也行，他可以拿着小勺喂喂她什么的。

"你自己出去溜达溜达吧。"

郭长民白牙闪了一闪，笑容有点不好意思。可他真就出去了，怎么也是有点心虚吧，脚步好像比平时放得轻。

他的脚步声刚消失，二娥的眼泪就流出来，很快湿到了枕头。

明明是自己心甘情愿的，她还是挺委屈。

二娥看对了，也弄错了。他很能干活儿，的确不是一个烂透了的小流氓。但她绝对没想到，他还是一个没长大的孩子。生气勃勃，活蹦乱跳。黄毛断没断的她不清不楚。可就算黄毛没了，还会出来黑毛白毛。她没办法一直不让他离开自己的眼睛。

二娥虚弱得连翻个身都不想。

和往常比，他回来挺早的。起码，并不晚。

他买回一堆好吃的，"米肠和鸡柳还热乎，来，你别动，我喂你"，从夜市这么远回来，一直揣在怀里的。

她嘴唇干涩，一口没吃，也不要水喝。

很快把灯关掉了。黑暗里，二娥计算着他买这些东西的钱，够他俩平时花几天的。

太阳透过窗帘在西墙投下一方影。他还是睡得那么香。

她不想叫他，可是他自己绝不会醒的。

二娥翻身，郭长民一骨碌坐起来："我操，这时候了，你咋不招呼我一声！"

"你咋样？"他摸她的额头，彻底醒了过来，"咱俩今天上医院看看吧，你总这么窝在被窝里不行。"

"我没事，你自己吃点儿上班吧。"二娥听到自己的语气很正常——还是不大敢吧。

还不错，他嘴里飞快地塞着昨天晚上买回来的吃食，没忘生着了火，给她烧了炕再走。

郭长民晚上下班，比以前脚步急。

从门洞进来，他的脸色瞬间变了，下意识偷偷往房东房子那儿瞅了一眼。女房东的影子正从窗前离开。

他边走边掏钥匙，打开门进屋，瞅了一下锅灶，凑到灶前摸了一下铝锅盖，凉的。

有那么一瞬间，他转过了身，想到邻居家问一问。

两家邻居的烟囱贴着门洞两侧的墙，一左一右在屋脊上高出一块，余烟袅袅。北面房东家的窗户不见人影。他下意识往屋子中间缩了一步，从门玻璃后面躲开了。

退回到炕前坐下，摸出一支烟点着了。

抽了一支又一支，天彻底黑透了。

房东家迟迟没放电视。像与房东家的电视机赌气一般，郭长民一直抽烟。

他午饭吃得有些马虎，早就腹内空空了。吸入过多的香烟，也算一种奇怪的能量摄入，麻痹也刺激了他的疲惫和厌恶，他甚至有点儿恼怒起来。

空香烟盒在手心里使劲揉了揉，往锅灶前面随便一丢，站起来拉开房门走了出去。

大步流星地在街道上走，周身的血液活跃起来了，怒气也随之膨胀。

离酱菜厂越来越近，脚步渐渐迟缓了。大门前站了一会儿，郭长民才轻轻推开铁门。往院子里走，他平静了一些。

可偏偏就在这时，小屋子的灯一下子灭了。

尽管明知屋里的人实际上看不见也听不见自己，郭长民身上却袭过一股狂怒，大步走到房门前。

"刘姐——刘姐——"

"谁呀？"稍微隔了一下，屋里问道。

"我是小郭，郭长民，二娥今天到这儿来过没有？"

又间隔了一下，屋里回答说："没有。"

郭长民转身就走。最起码，应该客气一句吧。他没有。

快十一点了，小吃部的厨师兼老板又一次从后厨出来，转一圈又回去了。郭长民喝了两口杯边城白酒、四瓶啤酒，还没有完事的意思。老板鼓起勇气到厅堂里转圈，很大程度上因为他揣摩这个满面戾气的年轻人身上穿的应该是一身工装。

街上行人稀少。这个时间，那些简陋小歌厅门前的女人基本上直接动手拉客了。

一个女的朝他奔过来，小碎步暴露了她的年龄。到跟前看清郭长民很年轻时，她的样子明显有些失望了。但是，只要她以此活下去，她就必须敬业。礼貌的声音语调，暴露了她脸上厚粉里面的实际年龄。

下一个女人甚至过来扯了他胳膊一把，手劲儿不算小。话语直露粗鄙，丝毫没有照顾一下顾客感觉的意思。郭长民走开，她还在他背后放肆喋喋不休。

那两个女的，裸露的皮肉在秋夜的大街上，模糊透出一股中年女人的寒碜。

经过铁路垃圾箱子跟前，不知怎么，郭长民想起了前些日子那具死尸。

几个月以前，他对这些还不会有特别的感觉。

脑子又疼又涨，郭长民仍不开灯，蹬掉鞋子上炕一把扯过被褥，本想头朝里脚朝外，和衣一躺算了。手抓到被子，他又改了主意，摸索着把被褥铺好，脱掉衣服，手哆嗦着在枕头上抚平了一下，钻进了被窝。

醉得不轻，脑子里又涨又疼，乱纷纷的，反而睡不着。房东家的安详、五口之家的杂乱，还有冬梅志山一家三口。此刻，他们都睡着了，每个屋子里温暖安静。对自己和二娥这一出，每对夫妻都装作看不见。

他俩这一出，反衬了别人家的亲热和谐，使他们更温暖安详地依偎在一起了。

离开老家这些年，郭长民第一次觉得夜长。屋子虽小，却又空又凉。

他俩在这个被窝里热热乎乎睡了两个多月，二娥离开一个晚上，揭开了他孤单胆怯的老底，带走了他一向的年轻气盛、自以为是，连他的好睡眠的也带走了。

天没放亮，邻居们还没动静，郭长民便出来了。哪怕把刘姐她们几个堵被窝里，也不要等到女工们都来上班。

到了酱菜厂跟前，他没真进去堵她们的被窝，而是等烟囱冒出烟来才进院子。

刘姐说："二娥，小郭这么早就赶过来了，我俩也不留你们在这儿吃饭了。"

送他俩到门口，刘姐又对郭长民说："二娥有了喜，心里难免有时候发焦。再有，你们冷库太凉，寒气太大了，先别让二娥在那儿干了。要找不到轻一点的活儿，就先在家待几天。等会儿我跟张老板说一声，过一阵子我们这里要是有走的，我去找你们。"

"不用她找活儿干。"

"她身子一天天不方便了，"刘姐又说，"往后，三口人吃饭，就你一个人干活儿也不容易。"

"你放心吧，刘姐。"

"我当然放心。"刘姐真放心的，其实是二娥。

"二娥知疼知热。等时间长，你就知道自己命好了。"

10

郭长民也很小心，回来没再让二娥去冷库。

他俩的喜悦很短，也就半个来月吧。

一天半夜，二娥的小肚子疼，把她疼醒了。她极为紧张，却忍着不吭声，咬牙自己跟自己忍耐着。那是二娥这些年来不知不觉形成的，一种老辈妇女们身上常有的自我迷信，跟她小小的年纪极不相符。似乎，忽略自己的不祥之感，隐忍不发，灾病灾祸也能随之销声匿迹。

咬着牙根，二娥照常起来做饭，饭还没有吃完，她感觉自己流了血。起来穿衣服她留意了，那时还没有的。

郭长民要到市医院去，二娥不同意。她要去的是附近陈大夫的妇科诊所。

郭长民埋怨二娥又瞎心疼钱。这次他搞错了，至少大部分搞错了。

二娥知道这个陈大夫。不单是从酱菜厂那帮女工的嘴里，前两年她就听人说过。

尽管从没见过本人，二娥心里却盲目地信任陈大夫。这种信任是一种落水者对从远方漂过来一根木头的期望、一种近乎祖辈愚昧女性对神巫的崇拜。

前几年外地人尚未纷至沓来，生活相对平静的时期，陈大夫在西城这一片，甚至整个小城里，名头都很大。说她曾是这地方几十年来，最有名的女人之一也不为过。

二娥疼得直不起腰，有些迈不开步子，却不让郭长民搀扶。并非她格外坚强，反而是由于心理脆弱。给男人搀着，那就彻底一副病人的样子了。她不情愿，更不敢接受糟糕的结果。

假如，陈大夫说她其实没什么毛病，让她出门立刻就回砖厂干重活儿去，二娥也能行。

二娥大致知道诊所所在的方向，但具体位置还是偏僻得超出了估计。

顺着别人的指引，他俩在狭窄的木板障子中间拐来拐去，如同在迷宫里穿行。

来到一座红砖青瓦的老式朝鲜族砖房子跟前，连二娥也怀疑是不是搞错了。

酒香不怕巷子深，陈大夫也不怕，她的诊所连块牌子都没挂。唯一和邻居房子不一样的是，屋子后面接出来的房间很大，几乎与正房面积相等。

朝鲜族民房举架本来多数偏矮，后面房间的一面坡屋顶最高处，还在正房的檐下，不难想象里边的昏暗。

不知怎么的，郭长民想到了暗房操作。

他心里一凛，拉起二娥胳膊："走，还是到市医院去！"

二娥一手捂着肚子，一手推开了院门。到房门跟前，又自己拉开了房门。

就是一间普通格局的朝鲜族空阔堂屋。进门落脚的地方，还没有一张床面积大。灶台上两个黑铁锅擦得亮汪汪的，灶台连着宽阔的大炕。北墙碗厨连着被厨，被橱擦得像大多数朝鲜族人家一样干净，每个玻璃门后面都有纱帘。碗橱同样高大，玻璃拉门里面，盆碗餐具十分整洁。两个木橱并未将整个北墙完全铺满。碗橱另一边，跟房门相对，还有一扇连接后屋的门——与所有传统朝鲜族房子的门一样，比窗子大不了多少。

他俩正犹豫陈大夫是否在家，忽然，从那扇门后传来一声带着尾音、像是从鼻腔里发出来的惨痛呻吟。

那个女的显然开始强力忍着，但呻吟很快冲破了她的嘴唇，一声连着一声，从悲泣哀鸣逐步演变成被屠割般的惨叫。

郭长民身上出了汗，抑制不住要打冷战。他亲眼看见过，一个人被捅了刀子，刀口蹿着血走几步倒下了。当时他在旁边，并没立刻感到害怕。打冷战是过了老半天，连凶手在内的所有人都安静下来，意识到那个人已经死了以后。

他本能地伸手去扶二娥。

二娥紧张盯着那扇门，嘴巴闭得用力，鼻翼和嘴角之间勒出了两道很深的弧沟，全身僵硬孤立，像忘了他的存在。

叫声停止了，好一阵子寂静。郭长民提心吊胆，那个女的是不是死了。

里面传来年长女人的说话声，冰冷呆板，近于斥责。另一个年轻女人的回应里，忍不住有哭音。

后门开了，郭长民大吃一惊！

高度紧张使他眼花了，第一眼竟以为出来的这个满脸泪痕的年轻女人是黄毛。

她捂着肚子绕过两口黑铁锅，从炕上走过来。锅的外侧是灶前的烧火位置，桥一样搭着整齐的木板，跟灶台持平。她像醉了酒，两腿不稳，炕面肯定比木板子稳实。

她想过来穿上鞋子，然后从郭长民二娥站的地方出门。但到他俩跟前她却没下炕，身子一软直接炕边躺下了，后脑枕着铁锅的侧面。

陈大夫在后门口出现了。

郭长民一眼认定她不是朝鲜族人。而且，暗室里只剩她自己，另外没有护士。

后屋的地面很低，门槛遮住了陈大夫膝盖以下，她脸对着这面无须低头。

陈大夫不再关注那个躺下的年轻女子。好像刚发现他俩进来，却又未感丝毫诧异。

"你过来。"她说。

二娥脱掉鞋子，有点儿笨拙地登上灶前的木板桥。

郭长民奇怪地觉得，陈大夫根本没去观察二娥的状态，反而瞳孔朝下，有点儿责怪地盯着二娥的脚。

那双红色尼龙袜子是他俩刚到一起时二娥花一块五买的，起了很多线球。

二娥猫腰钻进了门洞，陈大夫把门关上了。

这个躺下的女人和黄毛很像一对双胞胎。一样的天生黄头发，一样与猫很像的脸型，一样距离偏近的猫眼睛，一样的个头体型，特别是大得与体型有点儿不太协调的屁股。

她平时，也一定会有黄毛那股咄咄逼人的精神头儿。

郭长民麻木地想，这个人若真是黄毛，那么刚才她肚子里刮掉的孩子，应该也是他的。

此刻，这个黄毛像一条离开水的鱼，瘫着身子，眼睛呆滞，嘴巴缓慢徒劳地一张一合，小脑门上一层虚汗。

"转向街"让人心荡神摇、难以自持的舞曲，公园里幽深的花木和弯曲的小路，像电影里新疆女人的神秘面纱。面纱揭开了，在门后的暗室里，生活现出了另一种郭长民从未见过却再也无法回避的真面目。他说不好，总之，自己轻飘飘的好日子到头了。

终于缓过来一些，这个女子掏出手绢擦了脸，坐起来穿鞋子，从炕角拿过一个小包挂在肩膀上，扶墙站了起来。

伸手要去推门时，她猝然打了个趔趄。郭长民本能地伸手去扶，却被她用一种不可思议的敏捷，像躲一条蛇一样避开了——她居然没摔倒。

推开门出去，她手没撒开随即又关上了门，隔开了他的目光。

郭长民盯着那扇低矮的、二娥钻洞一样消失的天蓝漆木门。

时间分分秒秒地过去了，郭长民一身热汗。

陈大夫 B 超的水平名不虚传，二娥子宫的内壁很糟糕。但是，还不足以糟糕到让陈大夫手软的地步。

再刮一次，二娥将基本终身丧失生育能力。陈大夫自己没生过孩子。很多时候，她甚至都没有心情跟患者详细说明利害，就直接命令对方躺到另一个地方去。

两个人快活，却让女的一个人遭罪，就是贱的。

二娥的情形，在陈大夫眼里也差不多吧——自轻自贱，就该自作自受。

而且，那个肇事的家伙也跟着过来了，虽然算不上油头粉面，可也差不了多少。

陈大夫自己也说不清到底为什么，她着意给二娥留了一线希望。陈大夫早就丧失了询问自己的习惯。

也许，这个小媳妇有股任人宰割的柔顺，在陈大夫年轻时的姐妹里多见，但在今天越来越轻薄张狂的年轻女子里比较稀罕了吧。

总之，虽然脸色冷漠，但陈大夫的心柔软了一次，这次她没有下手刮宫。

她对二娥说："这个孩子是保不住了，你等几天，再过来做个 B 超，看看能不能自己流干净。"

有时，人一辈子的命运，就是在一些无法言说却又不经意的微妙细节里被决定的。

回到正屋，陈大夫坐在炕上。人在觉得自己做了一件好事时，心态也是好的。

可是，当她对郭长民做医嘱时，口气却不由自主地越来越凌厉。她强调的内容是节制性生活，保养修复二娥的子宫内壁。屡次的习惯性流产，很可能已导致二娥不育。但她的语气中有一种女性本能，憎恶谴责着男人的兽欲：确保六个月不过性生活，三年之内不再怀孕，与女人的生命健康，以及两个人的一生命运相比，就那么不值得重视吗？

郭长民低着头，像心理防线被彻底摧毁的犯人受审。

真是酒香不怕巷子深。

他俩刚出院门，一米来宽的障子中间，迎面又过来一个抱肚子的三十来岁孤身女人。

她脚步犹豫，面色恐惧，一副上刑场挨刀的架势。看着挽着二娥的郭长民，她目光里不只是羡慕。

在狭窄的板障子中间交错时，负罪自卑让郭长民的背几乎贴在了木板上。

仿佛自己身上全是瘟疫病菌。

二

1

吃饭干活儿睡觉，单调循环重复。日复一日，年复一年。

偶尔，也会开小差——

郭长民领着岳父在城外走，向老人介绍这里的风物，可是溪水河滩林木又分明是郭马架子。青山绿水，阳光明媚，梦境里少有的明丽。

冬梅从前面山沟里顺着土路上走下来，天不冷，她两手抄着袖子。

他问她："干啥去？"

冬梅整个一个老辈农妇样："上供销社装酒。"

郭长民诧异："为买点酒，竟特意从山里下来？"

"志山打了个恐龙。"

"恐龙那么容易打？多大的？"

"三个来月吧。"

他转头问岳父："你见过恐龙吗？"

上了年纪的人默声不答。

郭长民也没看过："走，看看去！"

却到了矿上，稀里糊涂地领老头下了井。是那种前几年被取缔的简陋小竖井。罐笼才下去两米，郭长民醒悟过来，大喊："老麻，快拉我们上去！"

老麻问他为啥不下了。

"我们要去志山家看恐龙。"

老麻语气冷漠："现在禁猎。他能让你看吗？"

在志山家，逐个屋子翻，果然找不到。最后在里屋，炕上刚吃完饭的志山两手按着炕面，身子正从饭桌边向后挪开。

郭长民盯着志山这个吃完饭的日常挪身动作，突然一拍脑袋："哎！我明白了——"

这时，小闹钟叫醒了热被窝里要上零点班的郭长民。

一推被子，呼地一下坐了起来。外面雨声敲打着玻璃窗子。他在黑暗里坐了一小会儿，仍未彻底脱离这个印象鲜明的梦境。

他搞不明白，自己刚才在梦里到底明白了什么。

可能他开灯的时间，比平日停顿长了一点。

二娥说话了："歇个班儿吧，外面雨老大了。"

郭长民伸手摸到了灯线，"咔嚓"一响，屋里亮了。

小家伙脸贴妈妈肩头侧躺着，左手按着她的乳房，上面贴得紧，屁股和两条小腿跑到了被子外面。

枕头上面，二娥眼睛瞅着他，一眨一眨的。

她一直没睡。郭长民完全清醒了。

他俩都没伸手给孩子盖被。屋里热乎，小家伙总是这样。

他默默地往身上套线衣线裤。

"我把厚毛衣找出来了。"

"不穿。"

"明天白天，我找刘姐去看那个房子？"

"唔。"

她看着他，没再说什么。

绝大多数半夜起来的矿工，都吃了饭才去上班。郭长民不吃。开始去下井那会儿，二娥正神经衰弱，因为他去挖煤更上火。他半夜起来折腾时间长，她后半宿经常睁着眼睛到天亮。

他穿衣服快，一般情况下，三分钟两分钟的，就揣着水瓶子闭灯离开了。

不吃就不吃了，也没有什么。习惯是个奇怪的东西。

推开房门，湿凉扑面而来。关上门，二娥在里面插上插销，屋里灯光灭了。他雨地里撑开伞，在秋雨里往东走。

那年冬梅和志山买房子搬了家，他们就住进了东面的门房。

志山现在开客货两用车送货了。冬梅自己有一台二手的夏利，天天带着女儿去学校接送儿子。刚才在郭长民梦里，冬梅却成了一个山沟子里的老辈女人。青山绿水的季节里，撸着袖子，弓着腰背。

对了，梦怎么会真跑出来一个老丈人？还真是一个老人的样子。二娥的父亲早就死了，死时岁数比郭长民现在小。

二娥爷爷还健在，回去给二娥迁户口，他见过一回，倒是挺硬实的。

然而，梦里分明就是二娥的父亲，不是爷爷。

冷雨水顺着伞布四周落下，郭长民在伞下轻松地笑了。

如果有一双眼睛能够透过黑暗和秋雨，会看到这个自我封闭在伞下、仿佛雨和夜都与自己无关的人笑容依然纯净，仍带几分孩子气，虽然眼角出现了细密的纹。

二娥眼巴巴半宿没睡，想跟他多说几句买房子的事情。郭长民像往天一样，三下五除二，套上衣服就走了。

有一天，二娥在街上遇到了冬梅。二娥说了打算买房子，冬梅说："买什么房子呢？你们现在应该想办法，做点小买卖什么的。难道，你让郭长民就这样一辈子给别人挖煤不成？做生意先挣了钱，啥时候想买房子都现成。"

二娥回来和他念叨了冬梅的话。

这两天，她又说起了一个刘姐介绍的她亲戚的房子。

做个什么小生意的事情，其实她没有真去想。心还在房子上。

郭长民本能有点儿抵触，对买房子似乎不那么热心。表面看，好像是更倾向于冬梅的话。实际上，他并没有真仔细去想干点别的什么，房子的事也没去想，他其实什么都没走心。

郭长民略微心烦的真正原因，是有事情找到了他。

干累活儿郭长民并不在意，他懒得操心。二娥喜欢操心，那她就操吧。

老黄擎着雨伞，在铁路边的小房子跟前等他，每个零点班都这样。

如果极个别时候，郭长民在被窝里实在懒得动弹。老黄等不到他，真就自己转身回家了。

顺着铁路往北走一百多米，老黄的家在路基下面。他比郭长民大几岁，稍微有点儿谢顶了。下了岗的煤矿工人，生来的矿区子弟。老黄小时候家里穷，孩子多，他爸单独放个小桌子吃饭，炒一盘菜，烫二两酒。那个情形，在一个人养一大家子人的老辈煤矿工人中，很常见。

老黄夜班也好好吃饭，不光夜里起来上班吃，二班后半夜下班到家，他媳妇也都提前起来，像模像样做出一顿饭等他。她也是矿区长大的。

不止一个人说过这样一个笑话：老黄的女人夜里起来做饭，无论冬夏，全都一丝不挂在厨房里走来走去，从来不拉窗帘。

大家都知道郭长民和老黄两家住得近，所以每每当着老黄面建议郭长民，不妨半夜过去，蹲路基上居高临下欣赏黄大嫂炒菜。

2

刘姐推开门，雨还在下。

比夜里听起来小了一些吗？也未必。

没有一丝风，气压很低，天乌蒙蒙的，云彩之间没有一点缝隙，单调混沌，看起来不像是云。这样的云这样的雨，短时间内不会有多大变化。

二娥会以为自己今天不会去了吧？想着二娥失望的样子，刘姐轻轻笑了。

刘姐从家里出来比较早。虽然心里不承认，但她不想遇到郭长民下班回来。

二娥口气里透出的某种含混，让刘姐察觉出郭长民对买房子似乎不太热心。买房子当然是人家两口子的大事，不可能绕过郭长民。

不过，刘姐心里清楚得很，郭家的事主要在二娥，那个家伙不会真干涉——

都是二娥惯出来的。也挺好的，一个家若是两个人都想当家做主，也消停不了。

自己不过牵线搭桥，往后是他们双方的事情，就不管了。

"到哪儿？"一辆带篷的汽油三轮在她身边停下。还没等她回嘴，司机自己说，"三块钱包全城。"

"就前面，马上到了！"不要钱也不坐，这种倒霉车最危险了，路还这么滑。

刘姐喜欢两脚走路，在雨地里走也不错。

到二娥家门前，她调皮地提前放轻脚步。门房坐北朝南，房门靠门脸东侧。门房除去中间留的门洞，一家也就剩下一间二十来平方一间屋，灶台连着炕。

她一下子拉开房门——

"哎呀妈死鬼，吓我一跳！"二娥声音立刻高兴起来，"咋这么早就过来啦！"

"小郭还没回来呢？啧啧啧！快过来，忘了大姨没有？行了，别往怀里拱了，我不抱你，大姨身上太凉。咱可真是越长越好看了！"仿佛弥补某种歉意吧，她补了一句，"还得是种子好啊！"

"可别胡说了你，啥话都会学了。"

"是吗？来！学一个给大姨听听。"

"越长越好看了……"

她俩哈哈大笑。

"给他穿严实点儿，外边雨凉，牵着肯定不行。说近挺近说远挺远的，这头小毛驴儿一个人抱着也太大了，咱俩半路换换班儿。"

"送北屋去，让我们女房东帮看一会儿。"

"你房东不错呀！他能跟她吗？"

"跟，可抓她了——从睁眼睛会认识人开始就专门抓她。刚来头两年觉着人家不搭理人似的，其实人可好了。从打有了他，时不时就过来坐坐，可稀罕了。"

"他家丫头都上大学了吧？现在孩子都少，金贵呀。这可好了，赶明儿你就雇她看孩子，跟我一块儿干活儿去。"

"人家可不差这两个钱儿。"二娥往靴子里掖着裤脚。

她俩纯粹是打哈哈了。

刘姐想：谁能不差钱儿？不差钱，这样的小破房还往外出租。

二娥左臂抱着儿子，右手锁了门。

往西走了几步就到了门洞的砖地面，小家伙踢着两腿往下挣，二娥一放下，他就欢叫着撒腿往院里跑。

正房门提前推开了，一条穿绿线衣的胳膊推开的。那个戴眼镜的白皙脸庞闪了一下，就被小家伙抱腿推到屋里去了。

二娥过去一手扶着门，朝里边交代着。

刘姐站门洞里看着二娥的背影，听得真真的。

跟房东处这么好，靠郭长民那小子肯定不行。

没人觉得二娥心眼儿特别多，她也不是个见人能说会道笑脸相迎的。可就是不招人烦，跟谁都一个劲头儿。

生人看二娥，谁也不会觉得她有什么让人一眼看不透的。认识这么多年，就是越咂摸越有味道似的：当初大伙都估摸郭长民不会那么地道，可谁能想象出来他服服帖帖的，活活叫二娥给改造成了她家"那个傻子"——他现在整天就知道干活儿，什么地方隐隐约约真有了一股傻呵呵的劲头——二娥这个东西，关起门来在被窝里搞了什么鬼呢？

二娥和西面门房住的那个南方女人，还一起卖了三年菜。那个女的面相猴巴巴的，你话音未落，她话就侉声侉味接上了，嘴巴那个甜，脑子那个快，一瞅就是个一分钱亏也不吃的。她俩却一直搭伙到第四年，二娥怀上这个孩子。西城这一片不少娘儿们都起哄说，陈大夫是二娥的干妈，都快给她们传成真的了。胡扯归胡扯，谁有了妇女病，都愿意找二娥领着自己到陈大夫那儿去。

她俩顺着路向西往城外的方向走，然后又往北拐。铁路这面虽是沙土路，但一夜的雨仍没有让路面完全泥泞起来。两个女人一前一后，专挑瓷实地方走。

刘姐的姨父是水厂的退休工人，狭长低矮的连脊家属房，一栋五户，他家是东边第二家。每户房子南北跨度六米，东西的长度也是，院子与院子的面积基本相同，夹在东西两家邻居的篱笆中间。

开木头院门进去，院子虽小，格局却和很多农家院相仿，中间是一条砖铺的甬道，甬道和房前同样狭窄的砖铺地连在一起形成一个"T"。甬道左右居然各有一块菜地，面积均等，每块面积并不比二娥家的炕大。右边的收拾得挺干净，各种过季菜的老秧全拔掉了，地垄上新出的秋碎草零星细弱。左边是白菜萝卜，长势茁壮，绿叶子水灵灵的。

屋子里也没有什么好说的，至少在刘姐看来是这样。三十六平方，除了小厨房，还隔了两间卧室。

她小时候，特别十二三岁自己能单独跑来以后，一年要来住姨家好多次。毕竟，是进城嘛。那时没通客车，来一回最少要住上一宿。她的兴趣热情，当然不会在这个小家院上。在农家院孩子眼里，这里太窄巴了。

"那个小监狱"，她回家以后说。

现在这个"小监狱"一点也不拥挤。当年的五个孩子成家离开了，她姨前年也去世了。

老头子自己在这个小院子里住了两年，有两个变化。一是明显衰老了，老得很快。二是比以前脾气大了。不知道他自己在这屋子里什么样，反正每个回来的晚辈，都觉得老人怒气的增长速度比衰老的速度更快。

在孩子们生来的印象里，他一直是个好脾气。老太太没了，老头子的怒气越鼓越凶。大伙担心有一天，他衰弱的皮囊会像越来越薄的气球一样爆裂。

儿女们觉得这个脉把得还算准，但又都有些害怕怒气冲冲的老爹来自己家——从前的他倒是好得多。他愿意去谁家就去谁家吧。老人脾气大了，反而拥有了这种自主权利。儿女们彼此小心翼翼商量犹豫，又跟老人商量，最后做通了老人的工作。

总之，先把这个老房子卖了吧。

卖掉房子以后就好了吗？亲生儿女们没人能说得准。媳妇女婿们还要更悲观一些，可是谁也没有别的法子。眼看，他八十了。

"怎么卖？什么怎么卖？你买土豆啊？就这么一堆儿就这么一块儿，都摆在这里，没藏着也没掖着……"老爷子说一口东北方言，但语音里仍有山东味儿，"房子三十六平方，现在的拆迁价一平方六百六，回家自己拿笔算一算——给我两万四千五，剩下契税手续费啥的，国家收啥你们交啥我都不管——你掌柜的呢？"

"人家上班儿去了，没在家。"

"那让他晚上过来找我。"这就是相当于往出撵买主了。

二娥还是那股子不紧不慢的劲头，继续盘问着搬家的时候，屋里的东西都有什么要带走的。

刘姐不仅有点儿替二娥鸣不平，甚至都有点儿生她气了。干吗呀这是？眼窝子也太浅了点吧。一副小孩子进供销社看柜台里的糖球眼睛拔不出来的德行。能不能拿捏点儿啊，好几年市场是怎么蹲的？

"白菜萝卜——你明天交钱，我也得拔走！"二娥问了，老头子好像才想到这个问题，"屋里头？屋里……我得带着我的行李卷儿。这些破破烂烂的，你们年轻人有什么能看进眼的？这台破黑白电视我也不要了，别的通通不动。愿意留啥你留啥，愿意扔啥你扔啥！"老人的怨怒莫名其妙地又燃了起来，泪花闪闪。

"从打我姨没了，我姨夫心情就整天别扭。有的人老了，真是麻烦。"她俩往回走着。

"人真好，"二娥居然来了这么一句，"我爷脸也这么急。"

刘姐迅速看了她一眼，确信二娥讲的是真心话。刚才她在屋里的表现自然，也跟二娥对老爷子的好感有关系。显然二娥很放松，心情很好。

"我姨夫以前脾气可好了。我跟我二姐说，他这是往回捞本儿呢。"

她俩又笑起来。

"我说，买房子不是小事儿，你可得跟小郭好好商量。"刘姐心里忽然吃准了，他俩手里的钱不会多。这也挺不容易了，还生了个孩子，二娥呀……

"那是，这事我自己定不了。"

"凭良心说，您这话我不那么敢信。"

"不信也是真的。"

刘姐转移了话题："哎，我还没留意，你这裤子不错呀！"

"什么不错？才十六块钱。"

"不像是道边的货。我摸摸……"

"摸什么摸？往哪儿摸呢？痒酥酥的。"

"都怪你自己不老实。"

"怪我不老老实实站雨地里让你摸屁股？咋都是你的理？"二娥说，"裤脚里边跑线了，有靴子你看不见。"

"我说呢，怎么也得三十块钱往上。"

"我不穿靴子，你也看不出来。"

"那是，谁吃饱了撑的，没事儿捧着你的臭脚看！"

走到岔路口，刘姐往左拐，她去表姐家，中午在那儿吃饭。

"今天这顿饶过你了，等你房子买好了，搬进去，看我怎么把你这个小抠儿收拾出血来。"

3

看到门上挂着锁头，郭长民才想起来昨天晚上二娥半宿没睡。

一出门就把家里的事情忘得一干二净，一回来就把外面的经历忘得一干二净。家门就像一道界河。这几年不知不觉什么时候变成了这脾气，他早说不清了。

进了屋，门在身后一关，整个湿和凉的世界也关掉了。二娥不在家，把温暖好好地给他锁在了屋子里。他的被褥在炕头铺着，紧挨着锅。一口朝鲜族黑铁锅，一口平底锅。

进门左墙上齐胸高横钉着一个窄条木板，木板上钉着一排钉子。这地方总不免有朝鲜族民房的影子，虽然男房东是满族人。屋里的锅台和炕，连这个挂衣服的木板也体现出了这一点。屋地脱，炕上穿，方便自然。

外衣裤有点儿潮，挂的时候尽量展开一些，上班出去时走的便是雨夜路，但皮鞋并不算脏，拿起抹布（他下班擦鞋专用的）擦了，两只整齐摆好。跟结婚以前不一样的是，上炕时郭长民脱掉了袜子。

锅里热着米饭和半小盆白菜土豆，橱里拿碗筷的时候，再捎过来一小碟拌萝卜和一碟小鱼，这两碟小菜都是昨天晚上剩的。

二娥像朝鲜族女人那样，萝卜条稍稍晒过，拌的干辣椒面和蒜末。但她始终弄不明白，为什么弄不出人家那么地道的味道。

郭长民是山里孩子，自小喜欢小鱼小虾那股腥鲜味。市场上别人挑剩下的死了的小鱼，二娥往往一两块钱能包了一小堆，回来一根一根收拾出来。死时间短的做汤，时间长的煎。要是多，就晾鱼干。二娥煎鱼的火候把握得很拿手，鱼越小越好。

郭长民吃饭速度很快，把炕桌摆开，自己再收拾下去，一般十来分钟也就够了。即便这样自己吃饭，他每顿饭也都放桌子。

二娥就不，自己端着碗，随便对付一口就算了。虽然对郭长民那么吃饭有些不以为然，但她也习惯了。

又过了很多年，他俩回到郭马架子生活了半年多。从郭长民堂弟身上，掺杂着说不大清楚的感激似的，二娥意识到了他这个习惯的由来。

进屋子时，郭长民想到了儿子可能在房东家。但他一直没朝北窗观望。收拾好了桌子，抽一支烟，他就要钻被窝了。只要脑袋一挨枕头，两分钟就睡着。

女房东的身影在南窗户一闪，他才看见。

女房东径自开门进屋，她没抱孩子："小郭，二娥刚才给我打电话，让你赶紧支三千块钱去医院。"

"二娥？"

"你别害怕，不是二娥。是她那个朋友，让车给碰了。听二娥口气，好像挺严重。"

"什么车？"郭长民蒙了，脑子抓不住重点。

"不知道，反正是跑了。"

"妈了个×！"他骂了一句，更多是出于紧张，"在什么地方？"

"好像食用油厂跟前，你别往那儿去！二娥说，让你带钱直接上市医院。她截了个出租车，出租车司机不给拉，帮着给叫了救护车，也借给了二娥电话。二娥说她朋友昏迷说不了话，她也联系不到她家里人。"

他去拿二娥的枕头，女房东觉得自己还是出去的好："小郭，二娥说她没事儿，我听她的口气应该也是。你别害怕，也别着急，见到二娥面你别埋怨她，有事儿你俩商量着来。孩子你俩放心。"

郭长民过了铁路东，终于迎面过来一辆出租车。

坐在车上，他想，虽然中途要去储蓄所取一次钱，但自己没准仍然会比救护车先到市医院。他麻烦不着医院，二娥有一个陈大夫就足够了，孩子偶尔发烧拉肚子什么的，二娥也往陈大夫那儿抱。包括生孩子全都算上，他们在陈大夫那里花的钱，可不算多。

他进过两次市医院，都是从矿上紧急送受伤的工友。其中有一个没抢救过来死了，郭长民被老板留下，在市医院西南角的太平间守了一宿夜。那个人是外地的。

那两次，都是找的急诊外科。车祸，应该也差不多吧。要不到了医院，遇人就先问一问。

二娥正站在医院门口的台阶上，盯着出租车。看郭长民开门下来，她忽然侧了一下脸，飞快地用手背抹了一下眼睛。

郭长民跑上那几级台阶："刘姐怎么样啊？"

二娥穿着她那套出门的衣服，前襟、袖子，还有裤子，沾着不少泥。他眼睛没有捕捉到血迹。

她嗓子噎着答不上来，眼泪一下子又来了，眼睛已经肿了："你带钱了吗，没钱他们不给做……"她手里捏着几张纸。

"走吧——"

二娥紧跟着他："……她说她到她表姐家去，我往咱们家回来……"

"——先别说啦！"

交了钱，在诊室门外的走廊上。二娥抽抽搭搭跟他讲了经过：她跟刘姐分开，往回走没有多远，忽然听到背后很沉闷的一声。回过头看，一辆灰白色双排座农用车，撞在了一个人家的砖院墙上，正在往后倒车。倒回去一点儿，司机根本没等院子里的人出来，就加大油门儿向自己这边全速冲了过来。她刚好走到一个道口，吓得提前躲到障子中间。她看见司机前面的挡风玻璃碎了一大块，车速飞快，雨点直接打在司机脸上。车跑远了，她才回过神来，刚才这辆车是右侧撞的院墙，也是右面的倒车镜没有了。她赶紧往回跑，由于太害怕，两条腿都不听使唤了……

门开了，护士推着刘姐出来，她平躺着，仍然昏迷。郭长民看了一眼，把脸扭到了一旁。刘姐脸上没有开放性的外伤，但是肿胀得完全认不出了。她的右脚向担架外侧歪着，最起码是小腿断了。腿不要紧，关键是内脏，关键是脑袋。

那辆车在撞刘姐之前一百多米的地方，先撞了一个老人。司机当场知道那个老头用不着往这里送了，所以车速才那么疯快。刘姐挺麻利的，但她没躲开。二娥刚好是赶上了一个道口。

"家属过来，×××家属——"一个护士喊别人。

郭长民问二娥："刘姐家离这儿多远？"

"三四十里路吧。"

"她干活儿的宾馆叫什么名？"

"她说过，应该离这里不太远，我忘了名……我俩今天去的是她姨夫家。从咱家门前往西走，头一个道口再往北拐……"

郭长民重复了一遍，转头要走，二娥叫住他："把钱给我，要是着急……"

郭长民自己留下一张五十的，把钱和存折给了二娥。

雨还那么大，不紧不慢。中午了吧，气温却比夜里明显下降了，凉多了。

他刚下台阶，排在最前面的一辆出租车，几乎是悄然无声滑到他旁边停下来。车身湿淋淋的，连挡泥板底下的车胎外侧也是。

回到铁路跟前，老麻穿着制服坎肩，站在他的监护道口小房子旁边。他行动死板，有些像木偶。出租车按他的指挥停下，老麻转过身去对着空荡荡的铁路打着旗语。

火车——只是一个火车头——过来了，老麻笔挺地站在那里，像电影里的德国兵迎候纳粹头子的专车。铁路路基高，老麻站在那里可以俯瞰铁路两侧低矮凌乱的郊区房子。虽然是正午，但在湿淋淋的昏暗中，老麻的个子不矮，形象却一点儿也显不出高大来。

铁路两边只有他们一辆车，火车头过去，老麻仍然做了一个规范的放行手势。出租车从他面前过去，近在咫尺，老麻并没有看到车里的郭长民。

除了昨天夜里零点班那样，老麻都在小屋子里睡觉。白班和下午二班的老黄经常进小屋子里等郭长民。两个人经常说一些下流的笑话，但郭长民从来不掺和。有时候他俩太开心，分明在等郭长民分享快乐，郭长民实在没办法无视，才嘴角翘翘。

他们在井下时，郭长民也很能胡说八道。老黄隐约感到，老麻什么地方让郭长民不舒服。当然，时间久了，也就熟视无睹。

过了铁路，车速明显比刚才慢下来，但仍然不时把泥浆砸得两面飞溅。

看到家门时，西屋邻居的小儿子正在门前收伞，听到声音扭脸看了一下，赶忙开门进了屋。他放午学回来吃饭，三个孩子都是这样的——考上大学却没能去念的女儿、从游戏厅失踪的大儿子（后来说是自己跑回湖北老家了），最后是这个。

车子经过的时候，路面高，郭长民朝自家屋里看了一眼。隔着两层水淋淋的玻璃，被褥铺在原处，枕头摆得好好的。

越往里边越绕，从车速看司机似乎有些犹豫。但郭长民不说话，司机也没出声。

郭长民觉得二娥说得很明白。

隔着障子看到萝卜白菜，他让司机停下，下车推开了院门。

出租车等在原地。他提前说好的。

郭长民拉开房门，一个干瘦的老头子站在屋地当中，双手抄在袖子里，微微仰脸迎着他。那样子，从他进院子老头子就一直盯着他了。

"中午下班就过来了？"老头子咕哝着。

郭长民有些糊涂："我是那个……"

"你不是那个女的掌柜的吗？"

"哦……对。"

"你媳妇儿都跟你说清楚啦？"

郭长民不明白老头子口气为什么严厉起来，他顾不上自己什么地方不经意招惹对方了，老头子说的也可能是另一码事，"我媳妇儿说，你有个姑娘在跟前住？"

"这是我的房子，我说了算，不用找她！"

"不是，大爷，不是房子的事儿——你告诉我你姑娘家在哪儿住，我找她有别的事儿。"

他俩都站着没动，但距离好像近了。老头子仰着脸盯着他仔细打量，好像在辨认他。由于眼睛用力，两眉之间的竖纹更深了。为了抑制住一种老年性的下巴颤抖，他本能地把嘴巴闭紧了。

"什么事？找我姑娘干什么……"老头子凶巴巴的目光一暗，露出了残缺的门齿（郭长民心一抖），"我外甥女有事儿？"

这老头的脑子根本不像他的脸那么老，郭长民有些不知道怎么说才好："大爷，你跟我说一声，你姑娘家住哪里，我去……"

"走吧——"老头子打断了他。

不知怎的，郭长民坐在后面，心里有些感激老头子主动坐在了司机旁边。

他坐在后座的时间很短，两座房子距离并不很远。老头子下去，郭长民跟在他后边。

在大门外就能看见，房门是锁着的。郭长民心里犹豫着，看来只能跟老头子明说了。

老头子转身拉开了旁边邻居的院门。郭长民在院外没有跟进去。

房门推开了，一个妇女避开雨水站在门里。

"大爷，我真不知道你家明兰什么时候出屋的……"她刻意亲热的笑声中透着虚假夸张。她的笑声，像一句歌没有唱到头，就被老头子挥手打断了。

老头子怒气冲冲地回来，没容郭长民说话，径直奔向了出租车。

郭长民糊涂了，第一反应以为是老头子是要坐车回去。

他搞错了。

老头子仍坐副驾上，头也不回："走，把我送到她们那儿去！"

4

二娥不在原来的地方。

"可能去手术室了吧！要不你到外科住院部问问？都在南楼。手术室是一楼，住院部在四楼。"一个经过的护士回答他。

郭长民还是弄不清楚怎么走，出去从外面绕到南楼去？

还没等他张嘴问，老头子抬脚就走了。

茫然跟在老人后面，沿着走廊左拐右拐。过了几个门，郭长民觉得自己可能找不回原路了。

他俩从急诊楼出来，顺院子中间的玻璃墙通道往南楼走。隔了玻璃，雨里的花坛和树木，看着不那么真实。

左面走廊一拐，就看见二娥的背影在一条长椅子旁边，与另外三个女人的背影组成一个半圆站着。她们组成一个阵型，好像要蓄意堵住走廊似的。

椅子这头有一个中年男的，独自站在垃圾桶跟前抽烟。他先看到了老头子，烟举到胸前停住，嘴巴半张开，好像要迎过来。他随即醒悟了，两脚没有动，把过滤嘴塞进嘴里。

"你还是来啦？"第一个说话的是一个四十多岁的女人。她脸部丰满多肉，老人很消瘦。但很明显，他们是一对父女。她意识到这句话或许有些唐突，便朝郭长民点了点头。

那个男的嘴唇张开，大约觉察到露出笑容来也许不合适，所以止于那个程度停住了，样子表明他是想礼貌地笑一下来着。

郭长民的回应同样比较含糊。他恍惚觉得，他俩是一对夫妻吧。

半路上老头子问郭长民出了什么事。他俩的问答总共不超过五句话。

到这里，老头子没再向他的三个姑娘（显然是）问一句话。二娥撤下来，老头子奇怪地补充到她刚才站的位置上。

二娥到郭长民跟前，没再过去。她抬脸看了他一眼，与他有些迷惘的目光一对上立刻移开了，默默又扭向手术室的门。

那位女婿一只手抓着椅子背还在原先的地方，又点着了一支烟。

郭长民嘴里有点酸。走得急，香烟落在了炕上吧。

他和二娥站得比这个男的再靠后面一点。与上一次郭长民到北山上，埋葬那个在这里死去的工友情形差不多。棺材落土的时候，工友的两个十来岁的儿子没命地号啕大哭，把他的眼泪也弄了出来。他跟另外几个走开几步到榛柴棵子跟前悄悄把泪水擦了。作为外人，不能干扰到比你更直接的亲人。

郭长民的疲倦上来了，他麻木地看着老人的背影，老人的激动不安慢慢消退，衰弱正在重新征服他。他好像比郭长民在那间老房子里头一眼见到时矮小了一点。

郭长民随着二娥回头看，他俩往旁边站了站。来者明显也是一对夫妻，老人的儿子儿媳妇。

他俩加入了那支队伍，把走廊全堵住了。儿媳妇急切地向那几个姐妹打听着，头几句声音很高，随后她自己注意到了，音量降了一些，但语气仍然强调着关注。

那棵榆树很粗很老，叶子落干净了，听任雨水淋在身上，沉重寂然，像被秋雨完全泡透了。

二娥过来，郭长民才意识到自己不知道什么时候出来了，玻璃过道里就他俩。

她看看他："困劲儿上来了吧？要不你先回去？"

"跟我出去吃点东西吧。"

"我不饿，想吃的时候我自己出去。"

"手术什么时候能完事？"

"说是弄不好得晚上呢。开颅老麻烦了。"她基本上是文盲，但将"开颅"一词说得很准。

隔了一会儿，二娥又看他的脸："那个姐，又问咱们借了五千块钱。"

郭长民吃了一惊。

她看出来了，脸色也跟着变了。

"大夫说立刻得手术，她们钱带得不够，我到外面储蓄所支的。"

郭长民隐约想，到医院检查是二娥掏的钱，她们可能猜到了什么。

他脑子里飞快闪着那几个姐妹圆胖白润的脸。从背影看，因为营养充足，她们的黑头发光泽很好。他只细看了姐妹中一个人的眼神，听到了一个人的声音——那就够了。她们是那个小房子里生、那个小房子里长大的。那个夹在中间的小房子那么寒碜，但仍然是城里的房子。

她们比她，比他俩聪明太多了。

郭长民嘴唇动了动，没说出什么。

二娥掏出存折给他，声音有点沙哑，她抑制着某种不明确的恐惧："孩子没事，你回去先睡一觉吧。我等刘姐出来再回去。"

说着眼睛又红了。

没等二娥转身，那个老人走了出来。第一眼他没有认出他俩是谁，有些像从梦里醒来，随即他意识到了。

像一块衰败的老房子掉下来一片旧墙土，被玻璃墙外雨水一样的悲伤泡软了，老人原形毕露，成了一摊泥："唉，这孩子都是为了我呀。我还活着干啥？作孽呀！"

尽管过来时，感觉自己迷了路，但郭长民仍然沿原路走了出去。

他鼓不起勇气再进住院部那条走廊。

在医院门口小卖部，买了一包"新五朵金花"烟，比一般的小铺里贵一块钱。跟二娥一块儿七年，他不知不觉开始比较这些了。没准，再走百八十步，下一个小卖店就会便宜的。这种斤斤计较之后，往往会有一种满足感，这次他没有。

郭长民在门口把烟点着，深深吸了一口。烟顺着气管吸入肺部，留下些许抚慰，原路返出来，他感觉好了一点。

走进雨里，雨并不算大，感觉更明显的是凉。这样的雨，不声不响便把人湿透凉透了。唇间一支烟的安慰近于缥缈，太微乎其微了。

跟今天存折上走掉的两笔钱比，一块钱实在不值得理会。虽然，他俩存折里的钱，本身就是二娥一块两块、一分一毛积攒的。

那种分分毛毛的满足感，给二娥带来过无限的乐趣，重塑了生活的信心。潜移默化，也感染了他。他俩一对傻瓜。

他啥都让她去做，啥都不操心，她沉浸在一种孩子气、当家作主满怀希望的幸福感里。

牺牲掉那么多，换来了什么？

还不如直接减少损失。

那个肇事的家伙，二娥也认识，躲车的时候太紧张，没认出来罢了。他家就住他们东面不远，大众浴池道北——人家不就干脆跑掉了吗？

二娥说有两队警察开车到医院，找她分别做了笔录。

即便他们抓到了，那个家伙依然一分钱都掏不出来。

街角有个电话亭子，郭长民走过去，把雨水撇在亭子外面。转过身来，脸朝外站着，一副躲在那里避雨的样子。

那支烟吸完，又掏出一支，对上火，烟屁股扔到雨地里。

郭长民掏出皮夹子，取出磁卡插进电话机。又从皮夹子里抽出一张硬纸片，查电话号码。他的皮夹子很不错，十五块钱，认识二娥以前买的。和他平时的穿着一样，仍然很板正、很体面——他干起活儿来也一样。

纸片上的汉字和洋字码怎么看都说不上板正体面。他念了五年书，小学毕业。

"你好！"接电话的都改这么说了。

"志山？"

"嗯？"

"我，郭长民，你忙吧？"

"不忙不忙，长民哪，有话你尽管说。"

深吸了一口气，又潮又凉："志山，我记着以前好像听你说过，你有个朋友是律师。"

"哦？……有，有。长民，咋的了？朋友遇着什么事儿了？"稍稍顿了一顿，志山问，"咱自己的事儿吗？不能吧？"

"也算不上多大的事，我就是想找个明白人打听一下……"

"长民，你还是痛快告诉我咋回事儿。"

"二娥一个朋友让车撞了，老严重了，脑袋里边出了血。"

"用钱吗？不对呀，你不是说问律师吗？跟咱们有什么牵扯呢？"

"是帮我们看房子半路上出的事。"

"我操！你在哪儿给我打的电话？……市医院西边道口——那好，你在电话亭那儿别动，这车货马上就卸完了——不不不，我不忙我不忙……"

等的时间足够长。郭长民的烟没了少半包。

下雨天人少，没人过来用电话。

志山探身推开副驾这面的车门，郭长民从刚刚够他容身的有机玻璃亭子里跳出去。

"磁卡打爆了吗？"志山的眼睛就是管用。

他又返回去把卡拔出来，有点不好意思。

志山装作没留意："我给廉哥打过电话了，他在所里等咱们。"

5

手机响了，志山左手扶着方向盘，右手从裤带皮套上摘下摩托罗拉，牙尖叼着天线头拉出来："你好！"

"范老板说你怎么还没过去取货，电话都打咱们家来了。"

郭长民听得真真的，冬梅。

"我给他去电话了，没人接，我寻思过一会儿再给他打过去。长民给我打电话有点事儿，我俩在车里。"

"长民啊，"冬梅声音高起来，"二娥也在吗？"

二娥不在。冬梅就是会说话。

志山把手机递给他。

"在家呢，冬梅？"

"还能去哪儿啊，这不电话线拴着吗，就跟绳子拴老牛似的，想撒个谎都不成。"她为自己这句俏皮话咯咯笑起来。

"还能随时遥控。"

冬梅大笑："我更愿意让人家遥控才好呢，可你儿媳妇更是根活绳子，却拴得真结实。二娥好吧？"

"好。"

"我姑爷越长越俊了吧！哪天让二娥给我抱过来，让小两口儿时不时地亲热亲热，要不该忘了谁是谁……别拽别拽，我跟你老公公商量商量……"

"啪啦"一响，电话断了。

"志德律师事务所"木牌很大，印刷体黑字，竖在门旁，正规机关的风格。郭长民不记得自己走进过任何国家机关。倒是见过电视剧里的庭审画面，但他没留过心，从没细想过律师和法官的区别，稀里糊涂把二者搞在一起。包括不可冒犯的尊严权威、无可置疑的判决权，全都搞在一起。

一个戴黑框眼镜、梳着整齐分发的瘦高个子中年人从桌子后面站起来。

"这是我表弟。这是廉哥。"志山介绍哥们儿的口气。

郭长民和对方握手，不由得肃然起敬。

律师椅子背后书架上竖着那么多书。大多数都很厚重，包着厚厚的硬纸壳，还有好多是布面的。

从离开了小学校，郭长民阅历了祖辈人从来没有见过的花花世界，手触碰过各种各样从小想都想不出来的东西，可似乎就是没再摸过书本，然而这个时候，他脑袋里莫名其妙地出现了"法典"这个词。

那个词其实世世代代生长在他先人们的头脑里，流淌在血液中，几乎成为某种基因。它从未与他们发生过正面冲突，却奇怪地在他们的性格和眼神里无形地扎下了根。在先人们的潜意识里，那个词更准确一点的叫法是"王法"，遥远模糊，却威严神圣。

他谦卑虔敬地反省到，自己的很多言行，其实已触犯了法典，细究起来，早就应该受到严厉的惩处。只是由于侥幸，他从来没有以肇事者的身份，被强制弄到法治机关而已。

"坐下坐下，你们哥俩都坐下，不着急，咱们慢慢唠。"

屋子里一共三张办公桌。进门右手一个单独摆放，椅子空着。另外两个并在一起靠在窗前。窗台底下，一个大约高十公分、长一米的长条牌子横靠在墙上，像由两个桌子平摊架着，白底红漆写着一行印刷体的字：××费每次三十元提前付款。左边桌子也没人，志山在那个黑皮面转椅上坐下了。

律师给他俩分别倒了一玻璃杯水，回到自己座位坐下。

郭长民坐在那杯水跟前。一个很普通的镀铬铁皮管圆凳子，没有椅子背，在办公桌的横头。他很像在门诊室一般，坐在了大夫跟前。

"你先喝口热水。这鬼天气，雨还变成雪了。"律师靠在椅子里，左手随便地——看来也是习惯性地伸到头顶摩挲了一下头发。他一笑，脸更长了，"这样的天儿，一般不会再有人来，志山不打电话，我马上也溜了。怎么了呢？"

郭长民手掌里握着跟家里一样的热玻璃杯子，嘴唇出于回应律师的热情沾了一沾。手里有个热水玻璃杯，他像是自如了些。

律师亲近的口气里，透出一股明显的市井味道，直接拉近了亲近感。

郭长民觉得自己实在不应该紧张。"我媳妇儿有个朋友，认识十来年了，关系一直挺好。她听说我家要买房子，想把亲戚的房子介绍给我们，"律师不靠着了，拿过一个小本子，伏在桌上写了几个字。郭长民觉得应该慢点儿说，让对方听明白。看对方盯着自己专注听，他反而说得有些艰涩了，"我是煤矿工人，昨天半夜起来上零点班……不是，是个体的，北山金老板的……对，通达煤矿，我在那儿干好几年了。"

律师笑呵呵地看着他，右手不在本子上写字了，手指不自觉玩起了那支乌黑的钢笔。

郭长民不再看律师的手，但也不愿意低着头说，他对着律师那张笑脸："今天早晨我还没下班儿，她俩就去了，看完房子回来，走半道上，她的朋友让车撞了。一条腿断了，还有六根肋骨，最严重的是昏迷不醒，脑袋里面出了血，在医院里开颅抢救……"

他明显说不下去了。

律师脸上仍是一副职业性的关注笑容，他把钢笔搁在了本子上。

对方虚假的笑容，让郭长民仍有力量撑着脖子，没低头。

律师把后背放松到椅子背上，他看着郭长民，表情意味深长了。一种心中界定了自己与事态的关系和距离的假笑。

志山在那张桌子后面说："我兄弟电话一过来，我一想不行啊，这事得过来找廉哥商量商量，咱们可别……"

律师摆摆手，意思是他全明白。

"肇事司机呢？第一步，得等事故的责任划分下来。"

志山说："这不用说，肯定百分百司机的责任。廉哥，我们这么着急就跑过来找你，问题就在这里，司机不知跑哪儿去了，应该是指望不上了，就算能抓到也指望不上。开头，他撞死了一个老头，开车嗷嗷跑，才让咱们摊上了这么件倒霉事。这个司机我和我兄弟都认识，前几年我们三家住得都不远。他平常就开辆破车在建材街那儿等活儿，家里一窝孩子，老困难了。我给派出所的朋友打过电话了。我朋友说，那辆破车被扔在南河沿，人没影了。是他妈跳河了，还是跑了，现在警察也说不清。我熟悉他，狗日的不会自杀的。估摸他是给警察造成一个自杀的假象，然后跑远了。他家租房住，你能把他老婆孩子怎么着？就算抓到了他，大不了判刑蹲监狱。判他蹲一辈子，他也拿不出钱来。"

很清楚，这不是一件能挣到钱的案件，于是律师不再故弄玄虚。

他站起来，从后面书架上找出两本书，很快查到相关条文，查阅之后，拿起钢笔，画了两道下划画线。翻着眼睛向着窗子——窗外，雨已变成了雪——手指玩弄着钢笔，思索了一会儿，心里大概有了谱。

郭长民想，律师在做出指点之前，一定会先白话一通自己倒霉的严重性，要不然就体现不出权威性了。

这时，他搞懂了自己面前长条牌子最前面的两个红字：咨询。那句话连起来是：咨询费每次三十元提前付款。

结果，他不免小人之心度君子之腹了。

郭长民对律师的整体感觉大致对头，但他没预想到自己的事情在律师眼里没有价值，反而不值得卖关子。

律师想快点把他俩打发走，赶紧回家。

"你首先要做的，就是从现在开始什么都别做，什么都不说，等这事情过去就是了。"律师字斟句酌地，"唯一的漏洞仅仅是，她提供的这个帮忙，性质上是无偿的帮忙。这是受益一方需要付出相应责任的。不过，咱们受益较少，最多占一半责任的一方——因为卖房的一方是她的直系亲属。"

说到这里，律师停下来，盯着郭长民，看他能不能理解自己话的意思。他早看出来，这个小伙子没什么文化。

郭长民明白。

既然他能听懂，律师接下去便用日常大白话讲了："现在大多数人都没啥法律观念，这种情况，一般往往都是受伤的人自认倒霉。我上面说的，他们也得找到明白人才行。就算有明白人指点了他们，现在这么个情况，这个人手术之后，也得看脑子和说话恢复到什么程度。就算她能记清楚，能说清楚，也需要拿出证据来。"

律师做结论的时候，完全是对自己人掏心窝子的口吻："你就等着，说什么都别掏一分钱。"

"已经拿了八千了。"志山说。

律师哑然失笑。为了不笑出声，他把脸向一侧扭了扭。

"小兄弟呵，你都给人八千了，还找我费这个劲儿干啥呢？"虽是句责备的话，但律师的口气很愉快。

郭长民提出，他们三个出去吃点饭。

但律师说自己还有别的事，坚决不去。

起身送他俩走的时候，律师在郭长明肩膀上拍了一下。出其不意又很亲切自然。有赞赏意味，又带着善意的嘲弄。

到外面，郭长民抓住志山袖子不撒手。原来是他自己真想喝酒了。志山也没空陪他，还有活儿没干完呢。

郭长民不用他送，志山在纷飞的雪片里开车走了。

6

他想回家接孩子，烧炕做饭。

家在城西那面，两条腿却往东边走了。

冬天还远，这雪来得太提前了。温度不够低，纷纷扬扬的雪花像春天的叶子膨胀舒展，像绽开的羽毛蓬松柔软。略含湿意，有些发黏，和地面上原先的水湿有过短暂的交集，开头融入了水，不久雪片纷至沓来占了上风，黏结在一起，把一切覆盖为白。

郭长民没戴帽子，转瞬之间头发沾满了雪。他不去管，两手插裤兜里，不紧不慢往城东走。街上空空荡荡，零星有步行和费力蹬自行车的人。

一辆出租车追过来，在他旁边明显降速。郭长民不扭头。司机没按喇叭，一脚油门跑远了。

好像行走的过程中，目的地明确了。他的脚步越来越快，右拐往南走，过半条短街，再左拐，径直走入了小城东区。

这是一个直戳戳、前后左右鹤立鸡群的高楼。

门右面四个竖着的招牌中的一个，准确讲是个指示牌：律师所在四楼。

郭长明仰脸看了一下四楼窗下律师事务所的招牌，并未逐字仔细辨认，大概看看位置而已。

进楼门，站下跺跺脚，抖抖衣服，低头把头发上的雪全掸掉。电梯门旁边，一面镜子前掏出纸把头发、脸、手擦干净。逐个清理手指夹缝时，他一直盯着自己的脸。

末了又摸了摸口袋，掏出最后几张卫生纸，蹲下去把鞋子也擦了。

屋里空间格局和上一个律所差不多，也是三张桌子，摆的位置也类似，同样空着两张桌子。坐在廉律师相同位置的，是一个年轻人。

第一眼，郭长民还以为这是一个刚毕业不久的大学生。随即他看出来，这个人的年岁并不见得比自己小。应该是朝鲜族人，他个子不高，圆脸细眼睛，但保留着一股娃娃脸的味道，白生生的很干净，皮肤像女人一样白皙。这在郭长民这样乡下生乡下长大的人那里，几乎不可能有。

"什么事情呢？"他的汉语生硬，语调里隐约夹杂着个人独有的童稚感。

郭长民心里松弛多了，有些喜欢起对方来。

"麻律师不在？"

"回去了。"

"还来吗？"郭长民问了第二句废话。

"打电话吧。"对方根本没想问原因。

"我不知道她电话号码。"

对方没说话，站起来走向那张单独的桌子。拿着听筒的右手，好似一件刚出窑的新鲜瓷器。

郭长民天天下班洗澡，指甲缝里同样纤尘不染，但两只手上全是细小的疤痕。

"有个人找你。"那个人对着电话说，然后转过头来问，"你叫什么？"

郭长民一字一句把自己的名字报给他。表面上是怕对方听不准，实际上更有些担心他说不准。

"郭成名"，又"哦"了两声，他把听筒递给郭长民，回了自己座位。

"您是哪位？"这是一个职业女性的声音，几乎不带个人色彩。

"麻律师，我叫郭长民，你还记得吗？以前我有个案子，在你手里……"虽然，郭长民心知身后这个年轻人，没有兴趣留心听电话的内容。

麻丽敏情不自禁笑出了声。她比早年收敛，但笑声里的欢快依然让郭长民感觉回到了从前。

"你等一会儿，我马上下去。"

郭长民放下电话，想和这个年轻律师随便说两句什么，但对方专心致志收拾着桌子上的文件。

这两个桌子横头，也有那么一个凳子。

郭长民坐到了朝鲜族律师对面桌后，那个人装着自己的小包。

锁孔有声响，律师从桌子前站起来，夹着小包与麻丽敏擦肩而过，走了出去。

从郭长民进屋以后，这个人一系列的举动流畅自如，心无旁骛，行云流水一般。

麻丽敏看郭长民一直盯着朝鲜族律师的背影在门口消失，有点乐不可支：

"说什么了你俩？千韬人挺好的。"

他靠在椅子上仔细打量她。

看得麻丽敏嘴唇微微张开了："老了。"

麻丽敏拉过那把凳子，在桌子角那边坐下。他还是直愣愣盯着她，她终于忍不住笑了："装什么蒜？你坐了我的椅子！"

"挺厉害嘛。"

"什么呀，瞎折腾呗。"

"他们说你从学校调到机械厂去了，搞那个那个……"

"宣传。"

"对，坐办公室。"他坐直了一下。

"就是小跑腿儿。"

"不挺好的嘛。"

"好什么呀？我去的厂子马上就不行了。"

"不是费了挺大劲，才从学校调过来的吗？"

这是最糟糕的一件事情，她刚办完调动，企业和事业就分开了。

郭长民搞不清这些，纯粹没话找话。

"你咋找到我这儿来了？"

"这名气，你能藏哪儿去？"

她"哧"地笑了一声："就为来祝贺我？"

"不能吗？"

"怎么没买酒呢？"

"这不来请你了吗？"

麻丽敏非常爱笑，不笑不说话。笑过了，她在那张受访者的小凳子上，一身西服套装挺拔坐直了。西服很高档。

郭长民老实了下来，咂了一下嘴："我一个亲戚，遇到了点儿事。"

麻丽敏嘴角微翘，并不搭话。

他只好自己往下说："是我媳妇儿的表姐。她的房户要买房子，她热心帮人家忙，介绍看房子半路上让车给撞了。撞得老严重了。"

她目不转睛，等着他继续说。

"左腿骨折了，还有几根肋条。最严重的是脑袋昏迷不醒，大夫说脑袋里出了血，开颅做了大手术。"

他语调里，那股孩子气一点也没有了。

"交通责任怎么划分的？司机是主要责任还是次要责任？"

"司机跑了。我们认识他，老穷了，就是逮住了，除了一辆破车，他也掏不出钱来。再说，他前头还撞死了一个。"

"今天上午的事吧，我听千韬说了一嘴。你家亲戚啊？"

"嗯。"郭长民开始后悔自己撒了谎，不知道该怎么往下说了。谎会越撒越多，他怕搞砸了没法收场。

麻丽敏没纠缠细节，直奔主题："那个房户的经济条件怎么样，也一分钱都掏不出来吗？"

"还……行吧。"

"那就揪住他，别放！"

麻丽敏站起来，走向他背后的书橱。

郭长民坐在椅子上随着转，她走到近前时，他想站起来。

麻丽敏眼睛盯着书架。向侧面伸出右手，做一个按肩膀的动作，示意他坐着别动。他正有些笨拙地往起站，右肩接触到她的手掌，屁股又坐了回去。

郭长民把椅子退到窗台和桌子的犄角里。她半蹲下身取书的时候，臀部和腿在西裤里撑得紧紧的，快要挨到他。他盯着那里，为自己的陌生感暗暗吃惊。

麻丽敏顺便开了灯，坐回到凳子上，翻开了书。她左手按着书，举着右手食指，给他讲解着。用词简洁清晰，声音清脆透亮。她当过小学老师。

"你家亲戚这是给房户帮忙办事。房户作为受益人，应该相应地承担责任，最起码是次要责任和补充责任，"她眼睛一亮，"不，我认为这就属于连带责任。"

"哦，连带责任……"

她合上书页，左手放在封面上："我看，还是嘱咐你亲戚不要太激动，委婉一点，注意方式态度，如果把对方搞得太紧张，弄出敌意来，更不好办。不到万不得已的时候，不要走法律程序，实在没有别的办法了，最后一步再说。首先强调个人感情，伤害摆在这里，人心都是肉长的，他们不能一点儿恻隐之心都没有啊，"麻丽敏停顿了一下，因为没有找到更合适的冠冕堂皇的词语，自己先笑了，

"哄着，挤牙膏吧——能弄出一点来是一点儿。"

"呃。"郭长民尽量不让自己的声音听起来苦涩。

"当然，能有别的好法子更好。"

她这是在维持话题了。

他知道不应该冷场："你想得够周到了。"

"应该的。"

"走吧，吃口饭去。"

她笑起来："您这是真就没打算付律师费啊！"

他应该说点什么的，像个捧哏的相声演员那样，让这个包袱严丝合缝，但郭长民尚未完全缓过劲儿来，没搭上腔。

麻丽敏心情愉悦，她下个月就满三十岁了，成熟的宽容，以及一种独身女性对自己的本能防护，使她不会轻易让自己的愉悦受到影响。

这不算什么，连最微小的瑕疵都算不上——猥琐的老狐狸、自负的笨蛋……不也都将就过吗——不过为了一点愉悦自己的好心情。

麻丽敏关了灯，屋里顿时黑暗下来。她在他左面侧后一点儿，贴得很近。右手摸到了他的左肘，郭长民胳膊没回应，但也算不上僵硬。麻丽敏悄然笑出了声，左手抓住他的小臂，把那只胳膊折起来，像搀扶一个病人。

锁上门，她回过身来挽起了他的手臂，舒展自如，驾轻就熟，好像天天这样做。

他俩之间八年的空白，仿佛从来没存在过一样，瞬间被填充抹掉了，无缝衔接起来。

出了电梯，走在街上，雪花纷纷扬扬落到脸上，提醒着他面皮的热。

郭长民心里很清楚，不是那样的。他不再是从前的他，她也一样。

他俩的手带着久别重逢的欢乐，挽住了对方。八年的时间，是无底的黑洞和深渊，是没有办法抹掉的。两只手相互抚慰温存，没有了当初的急切激动和愤怒绝望。

这是另外一种快乐，抚慰里，酸辛掺杂着自欺欺人和对对方的麻痹。

马上，掉头回家吧。

可是他的手、他的脚、他的身体显然更有话语权。

麻丽敏的钥匙拧开房门，整个人从门口出现时，他的眼睛刻意盯着那个年轻律师走出去的背影……从那轻浮表演的一刻起，他的忧虑烦恼就似乎烟消云散了。

其实，从迈开脚步奔向这里时，就已经大为减轻了——麻丽敏不会知道，她是在为他捧哏呢。

大雪渲染了夜，寥落了行人。黑天毕竟没有多久，不时有个别人对面过来。她的手一直牵着他，大模大样，得意扬扬，就在她每天上班的律师所下面的大街上。

"这家酱骨不错，我要吸骨髓——"她像小女孩儿撒娇一样拉着长音。他俩并未走出多远，那条街还没有走到头。

"二师兄的骨髓。"

"御弟哥哥的肉。"她指尖捏了他一下，随即撒开了他。

店面不算很小，空位子有一半以上。郭长民的眼睛刚要选座位，麻丽敏就直奔楼梯。

二楼都是隔间，看来只有尽里头左侧一间里有客人。麻丽敏直接进了靠右一间。

一个女服务员跟在他俩后面上来了，站旁边准备好了本子和笔："吃点什么？"

郭长民从桌子上拿起菜单。他到这样的地方，原来已经有些笨拙了。

没等他细看，麻丽敏伸手接了过去："一份酱骨。"

"大盘的？"

"中盘。"说完才开始翻菜单，她又选了一个凉菜，"不加蒜。"

"还有什么？"女服务员的声音有点儿呆板。

这个女人未见得比他们大几岁，没化妆，脸上有雀斑。郭长民莫名其妙地感到了她的失落和讥冷。

麻丽敏把菜单扣过去："你喝什么，白酒没事吧？"

"再来点别的吧。"

"吃完你就知道了。那就——拿一瓶洮儿河吧，半斤装的。"

"你行吗？一斤的吧。"

"不够再说。"

服务员转身下去了，麻丽敏把脸凑向他，压低声音："是不是想把自己灌醉了，还得我打车送你回去？"

"怕你醉了。"

"可比以前阴险得多。"

两个杯子摆在一起，麻丽敏一次性把小瓶子里的白酒倒干净了，一个满杯，剩下的倒在另一个杯子里。

"酒量可以啊。"

"算我放一点赖吧。"她说。

她不算赖，那只杯子里也有二两。

郭长民喝一口酒，麻丽敏就端起杯子抿一口——不是浅浅沾一沾，算得上喝。她显然能喝酒，但今天似乎对喝酒的兴趣并不浓，她在陪他，让他高兴，这可能是她的一个习惯了。

今天，她在他跟前特别放松。确实，不存在任何伪装的必要。

和酒比起来，吮骨头让麻丽敏更开心。她把肉卸到郭长民的碟子里，那股任性调皮，让她好像回到了青春少女。吸管一头插进棒骨，收起两腮吸吮，让郭长民想到一个在别人跟前眼睛发亮、笑声清脆的小姑娘。

他俩相处那段日子，他没想过。那时候，他也小。

麻丽敏只吃凉菜不吃肉，明显与保持体型有关系。

慢慢喝着酒，他回味着她找书那个姿势。

这些年，有时郭长民会想起她。一直拿不准的是，他俩当初那一段究竟算不算是恋爱。之所以让他尤其纠结，因为她是处女。不会错的，唯一的一个。

麻丽敏很快从那段毫无前途的关系里清醒过来，决然和他分了手。以后，他慢慢明白了，她之所以把自己初夜给了他，很大程度上也跟自暴自弃有关。她那阶段，"心里乱糟糟的"。

酒精在扩散，看着她明明白白的快乐，郭长民觉得自己这些年隐约的愧疚负罪似乎开始悄悄释放了。那种事情当然说不清。在她那个小单身宿舍里，她的血，显然要比大家说得多。她根本不去管，只不管不顾地哭。他彻底蒙了，不知道怎么办，只是拉着被子（是她的被子）给她掖了掖，好像担心她光身子会感冒。

他俩离开的时候，里间那对男女还没有走。进来和临走，郭长民都瞥了一眼，只能看到半个披着长发的红棕夹克后背。

7

他穿着单皮鞋，雪没到脚脖子。麻丽敏是高跟鞋，没穿高跟鞋她也不会在乎的。

半天没有行人车辆经过，雪好像把这个世界上所有别人的行迹抹去了。街灯底下，空空荡荡，洁净静谧。

"美好的童话世界。"她的声音像唱歌。

她拉过郭长民的右手放到自己背后，让他把自己右手持握起来。她跳得从来不怎么样，但是他足可信赖，这个舞台就是他俩的。在雪花中间旋转着，脸庞在街灯里也有些若明若暗的舞台效果。

跳了舞，郭长民便拒绝唱歌。

于是她自己唱了：

> 弯弯的月亮，小小的船
> 小小的船儿，两头尖……

教孩子时练过，这样的歌她能唱。麻丽敏毕业后，被分配到一所乡镇小学当老师。她母亲是农村户口，她也是。

拉着手进歌厅时，郭长民模模糊糊算着兜里的钱。现金肯定不够了，存折没用的。

服务员在窗口那边问碟子，麻丽敏脱口说张国荣。想了想，又要了张雨生和罗大佑。

她端起啤酒一口气喝了下去，像在太阳底下晒了好久，终于摸到了水杯。

"渴成这样吗？"郭长民没喝，端着杯子拿出他俩见面时那种眼光盯着她。

她大笑起来。

他拿着麦克风对着屏幕唱《倩女幽魂》，麻丽敏大口喝啤酒。

她认识他，就因为他唱这首歌。

那天，她跟他是两伙儿的。两伙人互相不怎么认识。那种卡拉OK里的人多开放，更有舞台气氛！

那个门脸在街对面，离这里一百米都不到。现在是一个全国知名防盗门品牌的专营店。

不久以后，铁道旁边，离现在老黄的家一百米不到，一个街旯旮儿的小录像厅里，他俩一起看了那个电影。

那一小段疯狂恋情完全隐蔽发生，没有另外认识他俩的人知道。粗鄙又甜蜜，疯狂更苦涩，充满恐惧和慌乱。那里边，总是有一些对郭长民的不公平，对她自己也是。

那家录像厅老板拿《倩女幽魂》当鬼片多收钱，将近午夜才放。从头到尾都挺吓人，当然，它更是爱情片。她死死攥住郭长民的手，抱住他的胳膊一直没放。鬼片放完了轮到黄片。之前虽有一定的心理准备，但她绝没有想到会黄到那种程度，吓得她全身收缩僵硬，像躲瘟疫一样，一点不敢碰他。慢慢回过一点神，屏幕的散射光里，她身旁另外一个姑娘，两个眼珠子一眨不眨，瞪得快要掉出来，下巴垂下去似乎脱臼了。那个瞬间，麻丽敏甚至以为那个姑娘气都没了。郭长民鹰爪一样抓过她的手做坏事，他根本没去想她还是个处女呢。

唱到一半，郭长民脸上嬉皮笑脸。半是开心，半是自嘲。

他有点不可思议。当初，自己为什么要"咿咿呀呀"地唱这种粤语歌，那么专心投入？而且，旁边那么些听的人也跟着傻乎乎兴奋着迷。

麻丽敏也笑。笑当初自己把他往张国荣身上联系有多幼稚。他俩完全不搭。

还是张雨生，起码两个人轻松微笑起来什么地方倒怪像的。

麻丽敏知道，这依然是自己在胡扯。

一次，拨弄郭长民的头发，她惊喜地发现他的耳朵很精致好看，稍稍还有那么一点点招风。于是，抚弄他的耳朵，成了她一个习惯。现在它俩摆在那里，唯一他头上看不出变化的东西——一对青春和情爱妙不可言的物证。

还有一次在河滩上，他枕着她的腿睡着了。后来，郭长民惺忪两眼歪起头来，右耳朵还那么热乎乎粘着，完全封闭了耳朵眼儿。

她趴在他肩膀上手指轻轻拨弄，嘴凑过去叼住，牙齿轻轻咬了一下。她不是性格害羞的人，但直到八年之后的此刻，她也羞于向他坦白，第一次这样做时，身上那股电流袭过的感觉。

"这个张雨生，是不是死了？"郭长民唱完了《大海》，转脸问她。

她漫不经心"嗯"了一声。指尖把他耳朵轻轻推正，仿佛那是橡皮泥做的，被自己弄歪了。

当年，自己为什么要搞得那么绝望痛苦呢？

如果能够重来一次，自己什么都不理会，与他相依相偎在阳光底下招摇过市。

麻丽敏清楚明白，这个念头同样是自己在跟自己胡扯，穷开心，仿佛为他俩当年不平。

"车祸吧？在电视上好像听说过。"

"对。"麻丽敏回过神来。

莫非真有默契，他把自己也和张雨生连到一块了吗？

他俩年岁相仿，长得有点儿像，仅此而已。天上人间，没有任何可比性。

麻丽敏随即又自己笑了。真正是天上人间：张雨生死了，郭长民活得好好的。

屏幕上的张雨生头发仍然挺长。他只能那副样子了，永远。

郭长民头发剃短了，面目更见棱角。麻丽敏说不清楚，反正更透出了一种精湛的男子气——更像他自己了吧。他手感和嘴唇释放出的爱抚，都说明着他像一棵植物一样，长到了最好的季节。

相对于死者，活着的当然是赢家。

进来时麻丽敏把西服上衣脱掉了，内衣凸显出乳房高耸丰满。他五指在上面轻轻聚合试探，然后手掌转移到下面小心翼翼托了托。

"是真的。你好像怕碰坏了……"麻丽敏乐出了眼泪。

她又上了一次卫生间。也是的，她一口气喝了四瓶啤酒。

她出去，他眼睛又一次盯她的臀部。她回来后，他直接用手感觉。均以一种鉴别者的严谨。

老实讲，当年他并没有觉得麻丽敏的体型多么出色。两条年轻的腿壮壮实实的，宽大的臀部略微呈一点扁，带有优越的自然进化良性，盆骨那么宽的姑娘，日后难产的可能性大为降低。一个流传久远的民间经验是，这种屁股的女人更容易生男孩。二十二周岁，她骨盆及整个臀部，甚至包括那两条腿，都已经做好女性天然生殖使命的成熟准备。可是，似乎由于还不急于哺乳，那时她的两个乳房却不大，刚在胸前微略鼓起来近乎象征性的半圆，乳头格外显眼。

到麻丽敏住处，一览无余地验证了她没有说假话。麻丽敏做到的，正是许多女人追求的。在天然的骨骼基础上，通过自律拼命调整肌肉，使自己的身材尽可能达到了完美。她没生育，乳房坚挺腰身苗条大约难度不大。郭长民不可思议的是，麻丽敏以前臀部和大腿的分野似乎有点不清晰，八年过去了，那里应该更加模糊才对。他带着些许的不敢相信捏着，麻丽敏细溜修长起来的腿皮也不松，肉也不懈，细腻光滑，丰实紧致。

八年之后，他作为一个男人，她作为一个女人，终于在一个最好的时候久别重逢了。对于青涩年纪的潦草和遗憾，这是一次绝好的补偿。单单从这一点来说，上苍是仁慈的。

她没忘记他热烈时火烫的脸，一次次把自己的脸颊贴向他。

疲倦的快意如缠绵缭绕的雾气挥之不去。汗水消退之前，他俩的身体再次像水蓄满了春池。比起初次邂逅的狂热贪婪，这一次更亲密从容。她轻轻摸着他的背，脸摩擦他的脸，但不再是回应和召唤，更像是在安抚他，给他降温。他们两个都不说话，久久不愿分开。

一种从来没有出现过的亲情感觉，如同温热的池水，把他俩淹没了。

他俩浸泡着。终于，煤气无声泄漏扩散一样，池水的苦涩味道越来越浓郁。

郭长民黑暗里说："我冲个澡。"

他在卫生间里发出的声响并不大，似乎更是一种客人自觉的收敛。

她终于体会到了这个男人骨子里的温存收敛，和不可名状的孤单伤感。

他在清洗自己。床上残留着两个人欢爱的味道。麻丽敏侧脸埋进枕头，身体弓起来，像个受了刺激的毛虫子收缩成一团。

假如时间真能倒流，无非仍与上次完全一样。他俩比宁采臣和聂小倩的人鬼之间隔得更远。虽然这是人间。

除了天地间的舞台，真的只剩他俩。就像那首她在雪地上唱的儿歌，他俩乘着尖尖的月亮飞上了天空。

淋浴关了，他在擦身体。她翻转过来，努力平复自己。

郭长民出来关掉卫生间的灯，房间里再次暗下来。

他回来，似乎在床边略为犹豫。

麻丽敏声音不大，听起来温和平静："雪这么大，可能没有出租车了。"

他没出声，默默穿衣服。

他俯下身和他吻别，整个晚上头一次主动亲她。

她克制着自己，可他吻得够狠。

忽然，一滴水砸到她脸上。

郭长民嘴唇一下松开了，站起来，走出了屋子。

麻丽敏住律师所同一栋楼，十楼。郭长民没乘电梯。步梯里非常黑，扶着扶手，自控的感觉增加了一些。

他俩谁也没想奢望太多，一个偷欢的夜晚而已。片刻的欢娱，却揭开了一层持久痛苦的痂。

她在那一片破烂拥挤的平房里出生长大。一个长女，一个眼睛又大又亮爱笑的小姑娘。她爸爸守在那个小房子里，木偶一般庄重指挥着过往的车辆行人。一碗最劣质的白酒，就让他这辈子不再去看路口之外的一切了。

她拼命考上了大专，去乡下教了几年孩子——就在那时，他遇到了她——后来调回了城里，调到那个厂子里……她还干过别的什么呢？在乡下，比她年轻十岁的姑娘都当了孩子妈，可她显然连个正经的对象都没有。他们俩刚刚发生了肉体关系，可她连留他住一晚上的权利都没有坚持。她或许和别人坚持过吧，那又有什么意义呢？她把乳房弄大，却不是为了哺乳。

当初是自己导致了她对男人的不信任，刚才自己又一次亲身证明了她做出那一切的自然合理。两次，她都对自己如痴如醉，这本身似乎找不出什么错，却都成了她不幸和痛苦的根源。

郭长民走上街道。暗淡的街灯反衬了昏暗混沌，房屋笨重沉默。肆意的雪硕大蓬松，悄无声息。街边树木阔叶和针叶的枝条不堪重负，低垂下来。远远近近断裂的脆响不时响起，仿佛有一些看不见的人在附近劈柴折枝。

他也是一棵树，无情无尽的雪同样最终会压断他，也压断别人。

郭长民沿着雪地上的车辙拐上另一条街。

迎面，一辆出租车在涩滞的积雪中爬过来，像一只误入黏稠沼泽里的巨大甲壳虫。

他停下，摇晃手臂。

车灯直射着他，速度很慢，发动机一个频率沉重哼哼着，毫无减速的意思。喇叭叫了两声，驱赶他躲开。

郭长民朝右边横着迈出一步，让开了车辙沟。

倒车镜几乎刮着郭长民胯骨，司机在车窗里扭过头，似乎向他点头表示了歉意。

郭长民盯着出租车的后屁股，一直看着它爬入自己刚才走过的那条街。

进出租车里面，关闭车门，跟司机胡扯两句什么，滋味会好过得多。积雪让这个司机失去了停车的勇气。

这是城里，到处是房子。水泥墙近在眼前。墙壁后面，热被窝里有的是活生生的人。他却仿佛独自被扔到了天涯海角。

郭长民沿着右面车辙走，仿佛天地间只剩下了一条路。回家大致的方向对，但不是最近的路径。

前面有个什么声音，是他这样的活物发出来的。

一条被打断了腿的野狗？

轻飘飘的雪花几乎垂直下落，空气沉闷。那个声源就在前方，不会太远。他心里有一点儿像是高兴的情绪，哪怕真就是一条挨揍的狗也好。

不是狗，就是个哭号的人。

一个男声，带着关里口音，喊的却不是娘而是妈："妈呀，哎呀妈呀，我要回家——"

郭长民晕晕乎乎地想，这不是个非常年轻的声音，起码不会比自己年轻。

十字路口街灯底下，雪地上黑乎乎的一团越来越大。随着他走近，那个声音越来越具有影视剧里那种声嘶力竭的渲染味道。

街心交警平时指挥车辆的位置，那个人坐在地上，后背依靠一个行李卷，冲着满天雪花叫喊着。

气温远未寒冷，他套着一件破旧的仿军大衣，尽管酒气熏天，但他临出来时一定清楚外面的天气："打我干什么呀？你个破屄娘儿们啊，我累了一天了，养活你们老还养活你们的小，拿着擀面杖往死里打我脑袋啊，骚屄养汉做损的毒娘儿们，你们全家都不得好死，我要回家，我要回家，妈呀，我要回家，车、车、车，车呢？车都哪去了？大哥你看见车了吗？我操你妈，呃，大哥……"

他按着行李卷儿挣扎着要往起爬，音调变得带有恫吓味道，要站起来攻击郭长民的架势。

郭长民步伐节奏不变，双手在裤兜里本能攥成拳头。在过去的漫长一昼夜里，他精神体力消耗太多。可只要心情不放松，疲倦就无法在他健康的肉体上占据上风。

那个人又瘫回去："哎呀妈呀，难受啊难受死了。"

郭长民径自从旁边走过去。

这个家伙还不忘穿大衣，一点不会有事的。

雪地上的车辙引着他往城西方向走，但不是平常回家走的那条路。也是东西方向，与平常走的路平行，偏北一个路口。

从这条路过铁道，不必往西到刘姐姨夫家那么远，大致到他女儿家跟前吧，往南拐，也可以回家去。尽可能跟着车辙，好走一点。

离家越近，一种恐惧感觉就越痛彻强烈，像爬入子宫口的初生儿那样不可回避。

二娥早回家了。她把孩子抱了回来，烧热了屋子，一定给他做了饭——他可以轻易编个理由，她不会多想的。理智上他对撒谎的效果很清楚、很肯定。但是，他的心提到了嗓子眼，浑身发僵发硬，上下牙紧紧咬着。与落在身上的雪没有关系，虽然穿着单衣，他一点都不担心自己可能冻坏。时令在这里，太阳出来，不等中午过去，铺天盖地的雪将会无影无踪。

无法挣脱的是感觉，他被恐惧扼住了喉咙，仿佛要断气。

二娥和孩子被另外一个男人接管了。她恢复了与前夫在一起时秋虫一般的胆战心惊，却不再有当年的年轻。儿子像悲情电视剧里的孤儿，在这样的血雪夜里无家可归，小野狗一样与蜷缩在桥洞里的傻子依偎做伴。

火车刚刚经过不久，暴露了铁轨的位置。那里并不更适合人走，但郭长民失去了辨识能力，机械地沿着铁轨向南拐了弯。铁轨背上无法走人，他穿着单皮鞋在雪里蹚，却醉鬼似的完全没有知觉。

肯定要从老黄家旁边经过，大约到了老黄女人该起来做午夜饭的时辰。郭长民没有注意附近房子有没有人家亮灯。

老麻的小房子窗户亮着灯。他刚从麻丽敏那里离开，总该有那么一点有别于往常的异样感觉吧。他地麻木走过，忘了老麻的存在。

郭长民抑制着自己，不让上下牙打冷战，不让全身痉挛起来。别的什么都忘了。

刚在房门前停下来，没等敲门，屋里灯先亮了。

"长民？"

"嗯。"

二娥立刻在里边拉开了门插销。

他开门进屋，温热气扑面而来，自家的味道浓郁完整。小家伙在被窝里睡着了，一只胖乎乎的小胳膊压在被子外面。

"头发上全都是雪，衣服湿透了吧！"

"我自己来，你上炕吧。"

"暖瓶里有热水，洗洗暖和暖和。"

"不冷。"把二娥的衣服往里面挪一挪，他上衣靠外边挂在钉子上，解开裤带，裤子褪下去一些，坐炕沿脱鞋袜。

"喝酒了？"

"志山有个朋友是律师，我问问这里面到底有咱们多大的事。"

二娥不吱声了，回炕上，坐孩子跟前。电灯底下，她像变老了几岁。

"你吃没有？"

她脸皮一松，侧了侧脸："吃了。锅里给你留了。"

"手术怎么样？"他站起来趿着拖鞋去拿暖水瓶。

"大夫说，先看能不能醒过来。"

"……"

暖瓶里的水灌的时间不长，他把脸盆里的水兑得很热。深深弯下腰去，在头皮烫伤之前抽出来，像长长叹息那样吸了一口气，又长长吐出来。怎么不冷？快要凉透了、冻透了。

隔了一隔，他重复做这个动作。从水里得到的热，慢慢从头上向全身扩散。

"水还够不？脚也烫烫吧。"

"呃。"他喉间有点儿含糊发黏。

二娥忽然把脸扭向了房门。

雪地上传来"咯吱咯吱"的声音，脚步声在房门前停下。有个人咳嗽了一声，然后敲门。

"等一会儿。"郭长民把擦脚抹布放一边，站起来。

门前雪地上，有两个陌生男人。

门刚打开，靠前的那位就往屋子里挤。一张呆滞的中年醉脸进入房门放出的那块灯光里，快要拱到郭长民的脸上了。

"你他妈怎么的？！"郭长民堵在门口用力推了对方前胸一下，搭到门槛上的皮鞋缩了回去。

这个人醉得厉害，对郭长民的言行没啥反应，一双死鱼一样的眼睛，什么也看不明白。他只是本能地要挤进屋，还在继续往屋里拱。

另一位看势不对，赶忙上来，把醉汉拉到一边。

"大哥大哥，他喝多了，你别跟他一般见识……"

"他喝多了，你怎么回事？！"

"我是开出租的，往新民一队送他，走半道上车实在走不了了，我看你家还亮着灯，就过来了。大哥，是我敲的门，不是他。我寻思你家是不是方便让他睡半宿，天一亮就让他走人。这三更半夜的，他喝成了这样，一个人一头扎雪里，我怕出什么事儿。"

"不方便。"

"麻烦一下，大哥！现在离天亮也没几个小时了，不行的话，我给你们十块钱，反正这一趟我也是赔了……"

"不行！"郭长民打落醉汉再次伸向门框的左手。"哐啷"一声关上了门。

儿子醒了，紧张地盯着房门这里，身子贴二娥腿上，大气儿不敢出。

郭长民怒不可遏。

涌起一股开门冲到雪地里，把那两个不速之客暴打一顿的冲动。

9

刘姐的手术很成功，恢复得比大家想象的乐观。

随着她一天一天慢慢好起来，亲友们才相继切实认识到开始时，大夫强调的外伤性脑出血和高血压脑出血的区别。她这种情况是一次性伤害，恢复到最佳的程度以后是能保持的。不会像高血压反复发作，后患无穷，让人心里没有指望。

身上，特别是腿骨的骨折，恢复得都不错，走路时不是熟近的人根本品不出来异样。当然，不能指望她曾经干起活儿来像个男人那么生龙活虎了。一些眼前日常的活计，应该没有问题。

不管怎么说，这不是原先那个女人了，一看眼神就知道。

他们两家的事情是来年夏天最终解决的。没有到上法庭那一步，双方都是乡下人吧。刘姐的亲戚找律师调解的，就是志山的那个朋友廉律师。

廉律师起草了一个和解书，领着二娥和刘姐到公证处花二百四十块钱做了公证。

在旁人的指引下，两个几乎文盲的女人，在白纸上按了几处红手印。

交割程序完成以后，她们俩拉着对方的手哭了，涕泪交流。哭的是眼前的分别，还是她们一生的命，谁也说不清。

并不会像她俩喜欢看的电影电视里演的那样，发自心底的眼泪具有惊心动魄的神奇力量，能超越一切，能战胜一切。

虽然只隔了几十里路，但她俩再也没有见过面。她们两个，谁都不是有意自此把对方当成路人的。

刘姐再没来城里干过活儿。

二娥也鼓不起勇气去她家。

二娥没有力量面对不是坐在小屋子里绣花的那个刘姐，不是趴在她耳边换着花样说下流话的那个刘姐。

有一种沉重，超过了她的承受能力。

那张以一万四千七百六十块钱换来的纸拿回家以后，郭长民看都没看一眼。

以后，也再没问过。

二娥不免对郭长民有点儿怨气。既然他一句没有埋怨过她，就难免反过来，她倒有些埋怨他了。

廉律师到他们家来的过程中，二娥很多地方心里都没底，不时拿眼睛找自己男人。郭长民明明仔细听着，却自始至终一直一句反驳的意见都没有说。

最后去公证处签字画押这一天，二娥紧张得要死。郭长民愣是没有休那个班。

那张纸拿到家，女房东帮她又念了一遍。郭长民在一旁也很不在意。

二娥不由得有几分嗔责。

郭长民没心没肺顺口胡扯着："什么了不起的玩意儿，大嫂她（他们两口子早忘了她其实也是法官）都跟法官睡了一辈子觉了，你要是也跟搞法律的睡过，你也一样。"

二娥将那张纸保存得很仔细。孩子从小到大，从不知道她藏着这么一张纸。很多年以后，他俩临回郭马架子收拾破烂东西时她才扔掉。

一斤大米八毛二，一块水豆腐六毛钱。

郭长民下一天井，好的时候，大约能挣四十块钱。三口人一年不吃不喝，他们家也进不来赔给刘姐家的钱。

二娥捏出水来存的那点钱，一次就没了一多半。

但跟刘姐的不幸比起来，她实在张不开嘴说心疼。

二娥跟别人仍然处得很好，但再未与哪个朋友像刘姐那么密切过。

她再也不敢去麻烦别人了，真真正正是负担不起友情的代价。

有一天，二娥忽然回过味来，郭长民似乎也没啥朋友了。他不再出去和人一块喝小酒，几乎把酒戒掉了。

他比以前更能钉班。以前他就不错，一个月一般也就歇两三天。现在经常一个月三十一天一个班都不歇。

看不出来他在强制自己。好像，下井干活儿挺安逸似的。

下班回家里，躺炕上看电视，哪儿也不去。跟儿子玩个幼儿塑料积木，也津津有味。

见天嬉皮笑脸，越来越不正经了似的。

损失了那么一大笔钱，二娥心疼，但她仍然心气十足，一点不灰心。自己从小不如多数女伴，今天终于扳回来一些。

一个女人活得好赖，总是在于跟了什么样的男人。

儿子一天一天长大，她和郭长民都还年轻。

房子会有的，好日子就在前头，近得伸手就能摸到一般。

三

1

二娥接到电话，爷爷病来得急，说不行就不行了。

婶子说："娥子，你要是想见你爷一面，就抓紧回来。不回来也不要紧，大家都这么忙。"

二娥带了两千块钱，揣上郭长民的手机，当天下午去赶火车。

到哈尔滨下火车，又往老叔家里打电话。

是一个妇女接的，村里过来帮忙的吧。她一个劲儿强调自己是谁谁家的，可二娥一时没弄明白。男人们正忙着把老人往外面抬，这个女人伸不上手，可能恰好离电话近。

"我爷没了？"

"还没有呢。"

二娥明白了，是抬出去等着咽气。尽量不让死者最后一口气咽在屋子里，是个老风俗。

合上电话翻盖，一个从身前走过的女人正把目光别开。二娥抬手擦了擦眼睛。

得等大客发车，还有二百多里路，就算到镇里三轮车很方便，往快了说总共也需要四个小时。

爷爷等不到她了。

有了孩子以后，二娥只回去过两次，儿子今年本命年了。又一阵难受上来，二娥强忍着眼泪。车站跟前人太多了。

下午两点半，在镇上雇的柴油三轮终于进了村子。离老叔家还有一段，二娥远远看见了站在家门口的老叔和堂弟，他俩没戴孝布。

头一个小时她打电话。婶子说，快了。

老叔两鬓比五年前白了老多。打二娥记事他就有点儿驼背，现在佝偻得更厉害了。

堂弟伸手挽二娥胳膊，扶她从三轮车上下来。司机按了下喇叭，示意从院子里刚出来的几个人躲开车前。他没掉头，直接向前开走了。

堂弟愣怔了一下，嘴唇动了动，没说出什么。二娥在路上提前给了车钱。

"你爷不等到他孙女，闭不上眼……"婶子说。

二娥眼泪扑簌簌掉下来。

红漆棺材顺板障子一米远停着，中间棺材盖立靠着障子，障子里边有棵老杏树。临终的爷爷在树荫底下，躲过了中午的酷暑。老人闭着眼，面色虚黄。

"爷啊爷！我是二娥，我回来太晚啦，你睁开眼瞅瞅我呀……"二娥没意识到自己跟哭丧一模一样。

她伏在棺材口上，手伸进去抓起爷爷的手。爷爷的手挺凉的，闭着眼睛，下巴松弛，略微歪向一边，把没牙的嘴张开，气若游丝。

女人们拉着劝着。后来堂弟两口子把二娥扶进屋里。弟媳打来一盆水，二娥把脸洗了。

婶子问了郭长民爷儿俩。二娥打听了些熟近人的近况。弟媳要给二娥去弄吃的，她说中午路上吃过了。

婶子说："难怪你姐上这么大火，所有孙男弟女你爷最疼她。昨晚上从延吉到哈尔滨坐了一宿火车，脸上颜色真不好看。"

上炕铺了枕头褥子，让二娥躺一会儿。

如此一说，几个女的就告辞离开了。

二娥不上炕。

三人说了一会子话，二娥又要出去看爷爷，被婶子强劝住："看了也是心里难受，不过就那个样子，醒不过来了。"

婶子到外面数了一眼留下的人头，婆媳两个下厨预备晚饭。二娥也要伸手，被弟媳推回了里屋。

院子里，二娥进院时的一些男人也已不见。棺材跟前，只剩下两个单身汉在杏树荫凉底下，借着中午残余的酒力，高声大气列举着国家近几年来的种种惠民政策。

老叔父子两个单独闷闷站着，看二娥出屋奔向棺材便跟过来。那两个外人想起他们留在这个院子里的职责，停下了嘴。

平静下来，便看得真切了。小时候她在这个村子里见过好几次临终老人。大人们一般不让看，但小孩子们像泥鳅又快又滑，好奇胆大的，总是能看到。她印象十分清晰，等着咽那口气的人，大张着嘴，有进气没有出气的。淘气的男孩子，常背后模仿取乐。

爷爷跟她第一眼见差不多，更像是安稳睡着了。

俯下身，手指节挨挨爷爷的额头，然后把手翻过来摸老人脸，最后二娥手不动了，焐了一阵子似的。

"老叔，我爷啥病？"

"就是……老的。"

堂弟向一旁转过脸，去看那个扶着膝盖往起站的老单身汉。

"八十八啦，谁有福分这么长寿路呃？老爷子可赚喽——"那人凑过来这两步腿明显瘸了。上一次她回来还没有。

这个邻居的爷爷去世时，二娥十二三岁的样子。是个数九寒天的日子，天上下着雪。人们把那老人抬到院子里的牛车上。起初老人还以为是要送他去卫生院，一激动竟硬撑着坐了起来。天太冷了，大伙回了屋。老人向窗户看了一阵子，慢慢又躺倒在装老裤子上，自己闭上了眼。

婶子和弟媳在厨房里忙着，二娥回到里屋悄然坐下。

太累了。二娥坐在炕沿上，觉得自己在收缩。

二娥不知不觉把右手展开，看了一眼，立即飞快合上了。她身上突然起了一层鸡皮疙瘩，哆嗦了起来。

好半天，那股劲头才过去，她把自己的包拿过来，拉开拉链，取出剩了少半瓶的矿泉水。原想最后一段路程，再润润嗓子的。但近乡情怯，忘了喝。

朝厨房飞快看一眼，二娥出了屋子。在叔叔和兄弟跟前，她能保持自如。

伏棺材沿上，水瓶嘴挨爷爷嘴，慢慢沤了几滴。

二娥停住手附身等着，大气不出。

老人肉皮下面的喉结尖尖的，蠕动格外清楚。他似乎吞咽了一下。

二娥屏住呼吸不让自己的手发抖，继续给爷爷饮水。

身后四个男人八只眼睛也都不错眼珠。院子里死悄悄的。

刘大夫跟二娥的母亲一样，是来这里的下乡知青。两个人更大一个相同之处是，都与这里的年轻农民恋爱结了婚。不一样的是，二娥的母亲在二娥八个月还没断奶时回了浙江。她走得干干脆脆，一去再无消息。二娥小学二年级下学期没念完就辍了学。

刘大夫和二娥同岁的女儿考上大学，毕业留在了武汉。儿子学习不好，但是户口早早到了城市。儿女远走高飞，刘大夫却仍没离开这个村子。以前是赤脚医生，现在是个体村医。有时，也兼职兽医。

表面的堂皇理由是老伴到儿女家住不惯楼房，真正内因是本人往往也说不清的。刘大夫大半辈子，对这地方的每个人不仅外表熟悉，而且简直连他们身体内部气血怎么流动都看得见。他跟这地方长在了一块。

刘大夫对二娥的感觉跟别的孩子们比，有的地方不大一样，这也是不易说清楚的。爷爷总是隔辈人，到底不如有爹有妈的孩子照顾得当，刚到了青春期，二娥就被一个过路小子拐跑了。而今，二娥在外面活的年头比这村里还长。但在刘大夫眼里，二娥依然有点儿特别。

心里亲些，话便近些。刘大夫早就是一个老于世故的村里人了，头两天给老人听完诊，让人家预备后事的话，便是他自己亲口说的——有时这话必须得他说出来，顺应家属的意愿，也顺应这地方历来的意愿。

他跟二娥说："你这孩子想的是，你爷其实也没有什么过不去的器质性的大病症。他就是老了，忽高忽低，总有心衰的时候。一难受吃不下饭，人自然更衰弱。祖祖辈辈，这么走的老人多了去了。"

二娥说："姑父，你这儿要没有他急用的药，把药名帮我写纸上，我去买也行。"

"不用什么特殊的药，也花不了几块钱。娥子，你说你爷冲你眨眼睛认出你了。我给他打一点强心剂，推一点糖，说不准就能缓过来。不过呢……"刘大夫从一开始当赤脚医生，学的是针灸，有中医底子，几十年亲历无数生死沧桑，有时说出的话，不知不觉里就沾些哲人味道，"孩子，你想过没有？就算给一点药给一点糖，他能活过来。人命都是饭支持着，不是靠药。一个人想不想往前活下去，还是在他自己。"

刘大夫不往下说了，等二娥自己慢慢想。

2

阳光热辣辣倾泻而下，树叶子上泛着白光，不见松鼠影子，那只时常在附近敲击树干的啄木鸟没了动静。

鸟兽能随时找一地方躲开暑热，人却是严格遵守秩序规矩的动物。

矿在林间占了好大一块地盘。草木清理掉了，连日暴晒下，地面发白，土层干下去一尺多，铲车一动，尘土煤灰飞扬弥漫。铲车来回折腾，烟尘滚滚，将那个硕大的铁疙瘩自身湮没了。

茫茫林木之中，铲车、压风机、绞车，这些机器的轰鸣，带着一种入侵者外强中干的虚张声势，恫吓挑衅一般，向大自然宣示着自身的存在感和正义合法性。

矿井外表只是两个黑乎乎的洞口。

主井那头，一串九个铁矿车装着乌黑的原煤从地底下自己钻出来，换九个空车滑下去，然后九个重车又上来……这个单调循环无尽无休的画面，有种不可思议的荒诞意味。

副井这边绞车出了点毛病，悄无声息。

他们四个换了干活儿的脏衣服，在井口前等了快一个小时。

新鲜空气从主井那面进去，副井这头出来时转化成了泛着腐败味道的湿气。井筒的木头支架，在这种气体的常年腐蚀下日渐溃烂，塌方时有出现。

郭长民他们四个有经验的老工人，翻修旧支架两个多月了。这是个"俏活儿"，每天午后一两点钟入井，六七点钟就上来了。比进掌子采煤掘进挣得多，一般工人眼馋也干不上。这活儿虽时间短挣钱多，可也危险得多。强调经验技术，需要资格人缘。干活儿得好，做人也要不错。

大个子和老付上衣垫身底下，躺在铁轨旁边的原木上。后背不那么硌得慌了，阳光却舔着肚皮。两个人的靴子脱了下来，跟包脚布一起随意搁在地上。他俩闭着眼睛迷瞪着，半睡半醒。于是，上面阳光的热，背后的柞树皮裂纹的硬，都减弱了。

老金把自己的上衣铺在井口前面倾斜的地皮上。两根铁轨上面吊着三个矿车，靠上头两个空着，下面那个装着一些木料。六根木头的一头，高出了矿车沿一些。刚才，他们就地加工过了。六根木头支起来，可组合成两架木头棚子。铁皮矿车虽然晒得烫人，但在地上投了一块阴影。

老金靴子也脱了，躺在木料车那块影子里。刚刚过午，影子面积不够大，膝盖以下仍被阳光舔着。

老金之所以挑下面最靠近井口的矿车，是因为井里出来的废气刚好从身上拂过。他并非偏爱臭烘烘的沼气味道，但那股气体里还带着地底下的凉意。

郭长民右腿压着左腿，坐在一根木头上抽烟。他没脱靴子，只把安全帽摘了下来，扣在裆部，吸一口，烟从嘴上拿下来，那只小臂自然横在安全帽上。灯头在帽子上，一米长的灯头电线连着灯盒子，灯盒子还在腰间挂着。

年轻时格外关心自己面貌的脾气尚存，加之日常的一些自律，使郭长民仍然保持着比多数同龄人更年轻些的清晰明朗。但半生的重体力活，不可抗拒地在他脸上和神态里留下了粗粝沧桑。

从开始下井，他便留起了平头。短头发更容易清洗，也更随便舒服。这两天到矿上一换衣服，郭长民就想起该剃头了，回到家里却总是忘。

头发略长了些，鬓角上的白发星星点点。

那三个人打着瞌睡明显的烦躁，浮在郭长民脸上。日常不大喜欢操心的人一旦有了点儿心事，往往就是他现在这副样子。

望着侧下方的井架，井架底下小山一样的黑煤堆，和煤堆旁边来回忙活的铲车。他眼里的烦躁和不满愈加明显。

他并非厌恶这个深山密林中野蛮开采的煤矿，也从未对自己的半生劳作心生愤懑。相反，这两种念头，他终生都没有觉醒过。跟野物出去找食一样，他就是靠这个活着的，跑到这地方的人都是。与每天日出日落一样简单自然，无须质疑。

眼前日常的一切，他其实视而未见。

这么说，倒也不全对。后来，他显然盯住了煤堆跟前，铲车正往里面装煤炭的那辆大翻斗车。

狠狠抽了一大口，郭长民把剩下的半支烟扔到地上——才换上没抽几口。

"喂，我今天不下了啊。"他笼统说了这么一句，扣上安全帽，站了起来。搞不清话具体是朝他们三个谁说的。其实，他对谁都没单个瞅。

"哦，"跟郭长民占据同一根木头的大个子下巴贴了下自己的锁骨，睁眼瞄了一瞄郭长民往下坡去的背影。他只半睁了一下右眼，后脑勺没完全离开树皮。

老金和老付，一点儿反应都没有。

郭长民极少休班。这种到井口前打退堂鼓的情况，基本没在他身上出现过。但也没有人感到奇怪。

这种情形在矿工中最常见。这个职业，决定了每个人都可以随时有无数种不下井的理由。

心情没有来由地不好了起来，休息一个班。这个看似最无理的理由，却是最充分最能被接受的一条。

郭长民到煤堆跟前，跟那个拉煤车司机说了一声。脏衣服不过沾了一沾身，冲个澡用不了几分钟。

大翻斗车在煤矿大门口，过完磅，结算完，刚拉着郭长民离开，副井绞车便修好了。

三人穿靴子，整理矿灯安全帽。

木头上躺的两个略微快一点。大个子强悍地手抓着矿车沿，脚踩着钩头翻身进了矿车，身材虽然魁梧，但动作灵巧自如，他是四人里最健壮也最年轻的一个。老付个矮腿短，总爱蹲在矿车钩头上。一般时候，除了老付，郭长民他仨都坐进第一辆空车。

矿车阴影里躺着的老金慢了一点，就近从中间矿车和木料车之间的夹空，一跃进了中间的空车。这个带有朝鲜族人性格特点的随机选择，让他捡了一条命。

两个钳工在绞车房里其实没有判断出绞车的真正问题，最后处理了一个常规的小故障，应付了事。

三台矿车入井快到他们修理点时猝然失控，飞车了。

蹲在钩头上的老付甩了下去，摔在右侧铁轨上。还好，只是盆骨和右胫骨骨折。

空车里那两位根本没办法脱身。探出车沿的木料，刮到他们将要维修的那架横梁中间"V"形折断的支架，导致相邻好几架棚子随之连贯推倒，支架横梁上面早与岩层剥离的矸石冒落下来，矿车直接停住了。

由于车速飞起来，木料车和中间的矿车幸运没有第一时间被埋，第二台车里的老金竟在车停的瞬间，得以有几秒钟间隙爬出去，顺着铁轨一路向下连滚带爬逃走了。

头一辆空车被湿滑的矸石填满了。

没过多长时间，地面上有六个人从井口冲了下来，六个人只有三个矿灯。两个带锯房子里的木料工，还穿着便鞋和背心。

他们先看到了老付。

他瘫倒在轨道外侧，人并未昏迷，可他一声都不叫唤，吓傻了。外伤明摆在那里，他们顾不上他，继续往下跑。

修理点附近的顶板实在糟糕，冒落下来的矸石小山一样，把巷道整体堵严，三台矿车一点影子都没了，钢丝绳软塌塌拖在地上，尽头消失在白惨惨的矸石中间。

他们判定，车里的三个人肯定都完了。

过了差不多一个小时，他们六个与从主井上来的老金见面，才知道郭长民也一样没有事。

管后勤的吕副矿长大喜过望，顺手拿出手机拨了郭长民的电话。

他的喜报没找到想要的对象。接电话的是郭长民的老婆，人在黑龙江呢。

吕副矿长这时才想起来，郭长民电话没在身上，自己是知道的。中午时候，这个女的还往自己电话上打过，拜托他把电话转交给她的男人。

3

拉煤车是白城的，并不进城。这里卸了货，回程为了不空载，顺带捎一车煤。

郭长民从北郊慢慢往城里走。相继有出租车从身边经过。又走一段，到了一个公交车站点。他仍不坐车，继续往前走着。两条腿最勤快最有力气的年纪已经过去，他仍然不怵走路。

差不多二十分钟后，溜达到他天天等通勤车的位置。站了一会儿，他左转过马路朝城市中心走去。

郭长民不想回家，回家没什么事。当然，往东边来也没什么事。

越往市中心越繁华漂亮，跟他刚来到这个地方时比，这是一个重新建筑、全新装修的城市。

二十二岁的一个早晨，他搭一辆绿漆斑驳的老解放就从这里下的车。这一片都是平房，车轱辘一过，满街尘土飞扬。晨雾里弥漫着煤烟子味儿，两边大杂院里有炒菜味儿，隐隐约约还有股尿骚味儿。就在他现在走过的地方，一个脸蛋白生生的姑娘蹲在路旁对着沟子刷牙。见他走过来，她伸手向下拉了拉腰后的毛衣。虽然是个城里姑娘，但郭长民并未觉得她有什么高不可攀、遥不可及的，似乎那个姑娘的青春，他也有资格分享，他甚至可能伸手摸一摸姑娘腰际的白滑似的。

今天这个下午，郭长民走着走着，不知不觉被一种奇怪的感觉牵住了。眼前日新月异的奇迹是什么时候发生、什么时候完成的，自己好像从来没有留心过。

原来，这些华丽壮观如此陌生，竟然和他一毛钱的关系都没有。

年轻自由自在，如鱼得水的好时光再也不会复返了。

现在，这个水塘变大了，清澈了，漂亮了。他成了一条沉底的泥鳅。

麻丽敏的店主要经营早餐，但规模比常见的粥铺要大几倍。

去年有一回她回娘家，他俩在铁路边聊了一会儿天。老麻退休了，他和麻丽敏却在道口小房子前面遇见了。

麻丽敏的女儿能蹒跚自己跑了，小丫头对路基上的石子很是新鲜好奇。她外祖父两只脚在那些石子上来回踩了大半辈子，小丫头却欢喜得犹如在海滩上发现了奇异的贝壳。

麻丽敏埋怨孩子怪，一个虫子、一棵草比昂贵的玩具还让她喜欢。麻丽敏口气里有抑制不住的骄傲。她的孩子可不是她小时候，两脚踩着路基下面的泥土生长的。

郭长民也替麻丽敏高兴，她终于成了一个母亲。她成了谁的妻子他不理会，做了这么个小丫头的母亲，他就心里高兴安慰踏实起来。

麻丽敏比二娥还大一岁。二娥当年差一点儿生不了孩子，生儿子那年都二十七了。她俩的孩子差了十岁。祖祖辈辈的女人们当妈，那么平常的一件事情，到她俩身上竟然如此曲折。

郭长民隔着玻璃悄悄打量，脚步不停。

麻丽敏没在吧台。饭口过去了，店里很安静，桌子椅子齐整漂亮。

整齐漂亮的东西，总是让郭长民很舒服。麻丽敏说，通常情况下，每天早晨有几千块钱的营业额。

他才不去管她挣多少钱呢……总之，早餐馆让郭长民觉得麻丽敏过得挺好。若换成酒吧咖啡店什么的，哪怕麻丽敏说一天能挣一万块钱，他心里就不会这么踏实。

他从麻丽敏的餐馆前面过去，还想着她去年的样子。虽然她一直刻意精心打扮，但中年人的面貌仍然不可逆转。但是由于做了妻子和母亲，麻丽敏的眼神和笑容更动人，女人味道更足了。

郭长民百无聊赖地满街溜达，看见前面不远志山的批发站。郭长民承认自己身上若是带着手机，早就给志山打电话了。

想到自己的手机，坐在井口前面的表情又回到了他脸上，两条腿没有兴致往前走了。

一辆车在旁边停下来，响了一声喇叭。

志山推开车门："咋没给我打个电话？"

"新买的？不错呀。"郭长民打量着车，"怎么还有一条狗呢？我不跟它抢座儿了。"

"嘴还越来越贫了。上不上来，不上来我可走啦？"

"快忙你的去吧。"

看郭长民真不上来，志山下了车："夜班？"

"歇班。"

"歇班就对了。"志山登上马路牙子，径直从郭长民面前走过，站在绿地上解裤带。小狗跟他脚后跟也下了车，到一根松树底下，提起了一条腿。

"真是你的狗，一个脾气。"

"嘁！"志山给逗乐了，白亮的水光抖了一抖。他的脖子消失了，肚子一大，人就挺胸抬头，自然添了派头。

"有钱人就是牛，撒尿都带着彩虹！"

"你呀——"志山突然感觉到了什么，把后半句话咽了回去。

"走、走，上车、上车。"

"你忙你的去吧，我就是瞎溜达。"

"瞎溜达什么？"志山一手拉开车门，另一手把他推了进去，"能溜达出好人好事来吗？"

绕到车的另一侧，打开两扇车门，志山把自己先上了车的小狗放到后座上："请我撸顿串儿呗。"

"越挣钱越抠呢。"

"不抠怎么挣钱？"志山顺着他的口气敷衍一句，心里越发认定郭长民难得遇上了什么不顺心的事，"真格的，多长时间没一块喝顿酒了？一天到晚都瞎屌忙，啥时候算一站呢？"

"终点站呗。"

志山不搭理这话。一手扶方向盘，一手掏出电话："你干吗呢？我跟个哥们儿在一起，你要有时间，我过去接你，咱仨一块儿吃点饭。当然了，十几年的好哥们儿……是吗？一大盆子呢？好，好好，这个忙可以帮……"

志山一张嘴，郭长民就听出不是冬梅。

不就吃个蛤蜊，这么兴奋呢！

郭长民不挑食，对蚌肉说不上喜欢，也说不上不喜欢。与吃河蚌比起来，他的乐趣更多在于跑大河边去捡去摸。

郭长民不游水，戒二十来年了。

电话那头的女人？管他呢，蹭顿饭就是了。

拐进一个郭长民没来过的小区，车在一栋楼北侧慢慢减速。

郭长民没有目标地四下打量，正上方一家三楼厨房窗子的纱窗帘"啪"地弹上去，一个女人在窗台上喊志山把车退回去，停拐角那里。

郭长民正要端详，她随即伸长右臂又把纱窗帘拉了下去——这个女人个头可不小。

志山刚要敲左边的门，里边就先有了动静。比他俩先跑上来的小狗早就急不可耐了。门开了，它却打了个愣神儿，没立即跑进去。

这个女人长得很白，坎袖黄衫，白短裙，冲他俩含笑点头。她的脸桃子形状，肉还挺紧致，眼睛亮亮的。左眼下面，有颗显眼的滴泪痣。

郭长民想，这小个子，不是刚才那个女的。

志山冲她点点头。显然他俩并不熟，她也是个客人。

"先坐吧。"站在煤气灶跟前的女主人大声说。小狗冲她跑了过去。

她没停手，朝郭长民笑着打了招呼，个头果然跟郭长民差不多，只穿吊带的背心和齐头短裤，两只光脚踩着地砖。

"不是收拾蛤蜊吗？"

"我跟菊子早都弄完了，就是看你们敢不敢来，怕干活儿就吃不到嘴。"

"那儿怎么不让停车了？"

"二楼买了。菊子你也跟他俩一块坐吧，也没什么要弄的了。"

那个女客人从冰箱里拿了两个易拉罐放茶几上，回了厨房。

从背影和轻盈的姿态看，她相当显年轻。实际上，大家的年纪都差不多。

志山站到南窗跟前抽烟。

郭长民确实渴了，喝下去一个，又瞅了瞅剩下的那瓶。志山不会喝的。最后郭长民也没动。

女主人端着大盘子过来摆桌。

"太麻烦啦！"

"哪儿的话。"

郭长民估计，她的体重也不会低于自己，算不上肥壮，可也相去不远。这身板和体格，冬梅怎么着都不成。手脚、脸盘、眼睛、嘴巴，没有一处不大的。没戴乳罩，乳房明显下垂了。从第一眼郭长民就留意到了，她两条腿仍然很漂亮——年轻时更没治了——女人的腿对郭长民的感染力不亚于她们的脸。

"爆炒蛤蜊？"志山问。

"辣炒的，还有一盘儿凉拌的。"

"还有啥？"

"还有两盘豆腐：辣炒的和凉拌的。"

人四个都笑起来。

女主人笑起来的样子，能看出年轻时的活泼开朗。大胚子女人很难控制皮肉松弛，两个大酒窝变长了，眼角皱纹一抖一抖的。

"我叫王亚君，属鸡的，三十九周岁。"她有股大个子女人特有的泰然自若。

"哦、哦，我叫郭长民，今年……"他一下子停住了。

志山和亚君大笑，他俩颇有默契。菊子也忍不住，右手扶着餐桌，扭过了脸，黄梢吊辫抖个不停。

虽然被捉弄了，但郭长民的心里松快了下来。

菊子的拘谨也一扫而空。

天气这么热，志山和亚君还是开了一小瓶白酒。郭长民坚持喝啤酒。他俩的习惯，他不掺和。

菊子拿了一个饮料，亚君劈手拿走："一瓶啤酒，你能死不？"口气里，隐约有那么点恨铁不成钢似的。

亚君举起杯子。

这时，郭长民在她身上看到了除去短裤和吊带衫之外的第三件东西。她的戒指个头很大，他搞不清戒指托是银的还是白金，镶着一个莹润的、像是随时会融化滴落的黄色晶亮东西。

那是一小块质地很好的琥珀。如果他不是煤矿工人，就不会清楚它和翡翠玛瑙或者有机玻璃的区别。

前些年，附近各家煤矿大都采过一层夹杂琥珀的云杉煤。这两年没了。

亚君和郭长民稳稳碰了一下，带一点初次见面的仪式感。和菊子的杯子还没挨上，亚君便收了回来。她闭着嘴冲她笑了一下，带一点调皮的揶揄。亚君和左边的志山没有碰杯，甚至都没有互相看一眼。彼此的杯子不约而同凑向了自己的嘴唇。

这是个表里如一的坦白女人，把明太鱼豆腐、牛肚丝、河蚌肉这些简单平常的东西，弄得有滋有味。

坐在这样的女主人对面很自在。这个下午郭长民心里很别扭，此刻食欲很不错。他越来越理解志山了。

偏偏，他也正在瞄着他。郭长民觉得自己的眼睛好像对志山含糊眨了一下。

由于他也不清楚自己是什么意思，便垂下眼帘伸出了筷子。

作为主人，亚君果然就举了那一次杯。郭长民也觉得自己不必提酒了。

他俩是喝白酒的，不乏小情侣的热乎、老夫妻的亲情，辉映着中年夫妇般的默契。

偶尔照顾一下右边的菊子就行了。很简单方便的，郭长民一杯一杯灌，她一小口一小口抿。

菊子真是喝不得，小猫似的舔。过了一会儿，脸颊有点红了。反正她坐在他侧面，郭长民不端杯子时，也不用直面她。

郭长民能感觉出菊子看志山和亚君的眼神。

送来的河蚌一定不少。亚君的第一句笑话倒是真的，河蚌肉果真是两盘，一盘炒了，另外一盘子没凉拌，煮熟以后直接装了盘。郭长民搞不清她俩在酱油和芥末酱之外还兑了什么，反正不仅仅是糖。

亚君手艺相当不错。随着年岁增长，郭长民虽然仍不挑食，但是习惯性越来越明显。二娥不懂得这东西还能怎么弄，他家就是这么煮了蘸着吃。

菊子也只蘸着吃，炒的几乎一口不动。

"我今天终于知道了，敢情我的手艺不怎么样。"亚君盯着他俩。

郭长民看着她，样子似乎是想回一句什么。

连菊子和志山也等着。

他又放弃了，自己是说不过她的。

郭长民都投降了，亚君却不依不饶："我眼力不会错的，你们俩对口味。"

"哦……还被你看出了什么？"

这句话来得出其不意，亚君反倒一时语塞。

志山和菊子笑了起来。四个人里菊子喝得最少，上脸最明显。

"把菊子好好送回去。"他俩出来时，亚君说。

他俩出单元门，小区里的路灯正好亮了。

郭长民啤酒喝得很多，但能感觉出菊子的拘谨似乎又回来了，跟他拉开了一点距离。

到了大街上，两人不知不觉又挨近了些。她家不远不近。

菊子轻声慢语说着话，手里一直拿着手机。也许拿着手机，手就有了去处吧。刚才他们四个在一起，她话最少。现在却一直讲着，保持着聊天的连续性。

这样好，用不着郭长民找话头，大致只管听着就行了。

她说着自己以前几次喝啤酒的经历。菊子把场景氛围描述得非常详细具体，甚至夹带着一股说不清楚的韵味。如果把她的讲述直接转换成文字，简直可作一段细节质感饱满的小说情节。

菊子兴致勃勃向他论证着自己不能喝酒，却没有意识到这些津津有味的细节，从另一个角度直接流露出了她的某种寂寞。

喝了很多啤酒，他的男人直觉仍然准确。

郭长民想，自己年轻时在街边狂舞，菊子一定是那种躲得最远的姑娘。

她用这种软软的、黏糯的、首先把自己催眠了的语调，却只能跟他讲述一个非常狭窄的话题：少有的几次喝啤酒的经历。

仿佛这条独木桥以外，配偶、孩子、职业、收入，这些最基本平常的词，都是雷区。

他真有那么一点儿怜悯她了。

同时，郭长民非常清醒，自己这种怜惜是真的又是假的。

过了前面的十字路口，就到公园北门了。她仍然说着喝啤酒，但口吻更急了，仿佛稍微停顿，心率节奏也会失调。手机挪到左手，没有几句话，又不自觉从左手回到右手。

他俩在人行横道前停下来等车过去。

郭长民说："你嫂子回了黑龙江。"

"哦……"

"她爷爷病了，病重半个多月了。"

"哎呀！"她手机不动了。

"孩子自己在家里，绿灯了，你过道小心点。"

"谢谢郭哥！"

她过了道，回头想向他礼貌招手。

郭长民的背影往西去了。

4

从干维修活儿，他们每天都是两架棚子。逞一时之快干三架，挣太多了招其他工人忌妒，矿领导那里反而不好说话。

四个人正好两个骑摩托车的，便不坐通勤车，自己掌握作息时间。每天来回，大个子都把郭长民捎到铁路跟前。

郭长民到家的钟点比往天早了些，他儿子没留意，只说："老黄到咱们家来了。"

儿子下个学期上初中，身高一米六一了。去年提起老黄，他还说黄大爷。

"什么时候？"

"五点多吧。"

五点来钟白班通勤车回城了，老黄是没回家先到了这里。

"说啥了？"

"没有。"

儿子仰在沙发上，眼睛不离电视。

应该是矿上有点什么事儿。

不过，老黄好多时候也是闲得蛋疼，越来越像个听风就是雨的娘儿们。

郭长民懒得操矿上的闲心。

"晌午，你妈给我打电话，说她上午带着你太姥爷上了车，明天上午到咱家。"

从吕副矿长把电话交给郭长民开始，他家从天上掉下来这么一个大麻烦，他终于说了嘴，跟一个小孩子。

那个路上的老人，即将加入他家的生活。这个家，也有这小东西的份儿。

"嗯。"儿子盯着电视，眼皮都不撩。

郭长民有点儿发愣，沉默地审视着儿子。

小家伙长长地躺在沙发上——自从他个头忽然往起蹿，这种陌生时常困扰着郭长民。

他怎么长这么快？要长多高才算到头？

郭长民比男人的中等个头稍稍尖一点而已，但二娥来自一个大个子家族，郭长民心里没底。

儿子会说话以后，郭长民从不掩饰自己的孩子气，但这种父子间的亲密感从这小子个头明显增速时开始，好像一下子生疏了。

说不清楚的、脱缰野马般的陌生感，才刚刚开头。

烦恼说给一个人，就分担出去了一半。对现在的郭长民，这句话毫无效果。

儿子举着遥控器调出来一个戴眼镜的家伙，正假模假式地把自己的心结讲给观众——儿子立刻让那个人消失了，这么小的孩子也知道他胡扯——即便全中国的电视观众都知道了那个人的悲惨故事，他自己的麻烦仍然还是他自己的。

"你吃了吗？"

"嗯。"父母出去干活儿，小家伙很小就能给自己弄口吃的。

二娥回去这些天，他知道每天给他爹带出一份晚饭，但想不到问问他。

虽然自己吃过了，但郭长民还是有那么点儿不舒服。

明天，那个二十天前被二娥的老婶宣判当天就应该咽气的老人，将出现在这间屋子里。

郭长民去过一次。那年老爷子七十五了，仍然要比郭长民高出半个脑袋。

他怎么活过来的？

二娥到家这段时间发生了什么？

她干吗非把他带回来？

最关键的，事先一点口风也没露，上了车才给他打电话，先斩后奏。

二娥一定走投无路才这样做，否则绝对不会不和自己商量。

老人来了有多麻烦，她明明白白，她不敢跟自己说。

二娥是孤儿，郭长民也相仿。这些年，他们的日子很简单。没有婆媳、翁婿、妯娌、兄弟、连襟之类错综复杂的纠葛。

从成家过日子开始，他其实和麻烦的距离都比较远。自己家门一关，麻烦大都被关外面了。他们的小家，日子一向省心，郭长民清静惯了。

郭长民理解二娥的为难，但油然而生的烦恼并未因此减轻。

那个快九十岁的老爷子，怎么就居然起死回生了？

老人天天得吃喝拉撒睡。就算乐观估计，他能够自理，二娥也可以回丽美那里去打扫卫生。可是，他一旦生病怎么办？卧床不起怎么办？

上个月，二娥还拉着郭长民看了一个楼房。让这么个土炕睡了一辈子的老人住楼吗？

远的事情先不去想，明天晚上老人怎么睡觉？

房东搬进楼房，他们住进了正房。另外三家房户，都管二娥叫二房东。他家用着房东以前的家具，沙发等一切日常用具，二娥只换了一个新电视。

本想过些日子，把以前房东家姑娘住的小屋收拾一下，给这个小家伙住。

老爷子的身子骨，既然能千里迢迢坐一昼夜车过来，说不定能活到一百岁。

做完早饭，郭长民到铁路道口等老黄。不见老黄影子，就沿着铁轨去了他家，才知昨天自己走后出了事。

老黄昨天晚上到他家时，大个子遗体还没找到。一早醒来，老黄打电话问，说是十几个人忙活到半夜十二点，才将那辆矿车清理出来。

郭长民目瞪口呆，心里一酸，差点儿当着老黄女人面流出眼泪。

老黄立马不絮叨了，女人转身去了厨房。

平复下来，郭长民拿老黄电话打给二娥。

火车快到延吉，祖孙两人两小时后便能到家。

郭长民简单给二娥说了大个子的事。他跟老黄要去殡仪馆，不去接他俩了。

殡仪馆在城北半山坡上。

从有了殡仪馆，市医院围墙角的太平间便拆掉了。

两人到了那里。抬头远远看见老金一身新装，和昨天借给郭长民电话的吕副矿长在大门口闲站，彼此没什么话。

看到他俩从坡下上来，二人把目光落到郭长民身上，恍若如梦方醒。

吕副矿长招呼了一声"长民过来啦——"语气之亲热、声调之高，太过突兀了，与这地方氛围很不相宜。下一句话，他的调门马上降了下来。

他说，正在给大个子做美容，所以还不能进屋里去看。大个子的父亲和弟弟已经从永吉县连夜接来，现在也没让家属看呢。

吕副矿长没有心情进大门。老金引老黄和郭长民进院子，把美容室门口一对背影指给他俩。

那对父子虽然站得不直挺，但看背影个子也相当不矮。

老黄他俩对视一下，没有过去打扰。

太阳一点一点高热起来。

吕副矿长不知从哪个屋子里搞来一把折叠椅子。那老人腰腿酸累得不行，屋檐阴影里坐下便没再动弹。

从下面上来一辆出租车，在门口被门卫截下。车门打开，一个三十多岁的女人手牵一个十岁左右的小女孩进了院子。老人颤颤地从椅子上刚站起，女人就已到跟前，往他怀里一扑，老人又坐下了。女的双膝跪地，伏在老人腿上，老人搂住母女，三人相拥大哭。一旁，大个子的弟弟转向墙壁，掩面而泣。

吕副矿长刚才说了，大个子的妻儿已被接到宾馆里专人照顾起来，所以他们以为来者是他的姐妹。

过了一会儿，吕副矿长悄悄在一旁说，原来这是大个子的前妻和头生女儿闻讯，自己打车从老家奔过来的。

老黄脱口而出："忙着过来分钱的吧。"才说半句便戛然而止。

他看到了其余几人脸上，对这话的扫兴和反感。

没什么可伸手帮忙的，郭长民实在没有心情在这里待下去了。

双方首先要谈判赔偿协议，今天不会出殡。大个子的美容总也做不完，一定砸得实在不好弄了。医院里还有一个伤的，正好又有一辆出租车上来，他便与老金去看老付了。

"你知道吗？昨天长民为啥没有下井？"两人离开后，吕副矿长对老黄讲了昨天他接电话的巧事。

那段有宿命色彩的插曲，老黄颇能听得进去。

他们既是从事无法掌控自己生死命运的行当，便不免总把偶然赋予神秘色彩，与善恶报应联系到一起。

"现在的人，连自己亲爹亲妈都不愿养，却管爷爷丈人，谁听说过？"

郭长民回到家已经快要中午。

看他从门洞进院子，二娥迎出屋门。

二娥年轻时就是个能看到颧骨的，这下子水落石出一般，两颊支棱出来。眼睛倒是大了。

这几天，她一直为不知怎么面对他而备受煎熬。

他右手摸摸她左腮，拇指和食指捏了捏松懈下来的脸肉。

她笑了，样子像是要哭。

那个老人稳当地坐在沙发上，显然没用二娥背着回来。

坐是坐着，但十几年工夫，老爷子身板个头枯萎了，现在大概不会比郭长民高。

"爷！你这身子骨还不错嘛……"郭长民讨好地俯下身去，像通常身强力壮的成年男人敷衍衰老的人那样堆出笑脸——一股刺鼻的味道扑面而来。

老爷子却不吃他这一套，气愤地红了脸。如果再精气旺盛些的话，完全就是在吹胡子瞪眼。

郭长民蒙了，笑容有点儿发窘。

二娥扑哧笑出了声。她明白怎么回事。

老人糊涂了，把郭长民当成了二娥的前任男人。

郭长民不可思议地油然生出了一股满意，甚至含有感激的情绪。

这个老人不认得他了，他俩之间的联系自然就不会很紧密。郭长民松了一口气。

他的爷爷奶奶去世时都很年轻，远没有到郭长民今天的年纪。姥姥姥爷倒是说不定仍然健在，但他一次也没见过他们，跟不存在完全一样。

作为一个普通人，郭长民平日自然不可避免与各种各样的人接触。但其中却几乎没有六十岁以上的——活到了中年，他一直和幼小的年轻的壮年的生命打交道——所以他的笑容总是油然开心愉悦。

哪怕随便接触一个小商贩，郭长民也本能避开年纪老的人。六十多岁，在他眼里就挺老的了。

二娥的爷爷，快九十了。

从来没有这么近距离细看过这么老的人。端详了一会儿，他不由得有一种心提起来的感觉，惊心动魄一般。

现在他清楚了，昨天中午自己接到消息，为什么会有那种反应。

老人糊涂了些，自己能放松随便得多，真挺好的。

郭长民最不喜欢那种老年人面前孝子贤孙式的假笑，从小在村子里就反感。他上一代的村里人，到别人家老人跟前，常常就是那副让人忍不住要起鸡皮疙瘩的鬼样子。刚才跟老人乍一见面，自己竟自然而然也做了出来。

如果老人仍然耳聪目明，那么郭长民担心时间长了，自己会不可避免在老人面前显出疲惫、冷漠、懈怠。无论自己怎么小心，难堪场面终难彻底避免。

二娥会是什么滋味？孩子又是什么感觉？

房东女儿原先住的单人铁床，老爷子一定睡不了。原想头几天先跟他们一起在这儿铺炕对付着，他再把锅灶和炕搭出来（自己偏不伸手，二娥自己也会弄的。她实在弄不好，逼急了会到劳务市场找人——这辆车上了轨道，就得一直朝前开了）。房东两口子会同意的，打个电话说一声就行。

现在他发现，安排老人住处不是第一位的。首先得领他去洗个澡，否则孩子放学回来，即便不形成一个直接的灾难，也可能是灾难的开头。

怎么跟二娥开这个口呢？一会儿避开老爷子，先向她挤出笑容？

郭长民想到这里忽然意识到：自己怕二娥不舒服，也是在顾虑自己的虚荣心。顾面子，总是一件好事情。

他多虑了。二娥先向他张了嘴。

郭长民爱干净。这是她做这个决定时最大的顾虑之一。

他俩最开始到一块儿时，他这个脾气让二娥非常喜欢。日子一长，就有些烦恼了。

好在郭长民自己更清楚，相对他从事的谋生活计以及他们过的日子来说，自己真要形成洁癖，就要没法活了。

从黑龙江没回来时，二娥便咬牙下过决心了，如果郭长民拒绝带老人洗澡，她就想法子自己在家里给老人洗。

郭长民痛快答应，二娥如释重负。可没有了年轻小媳妇时候，耍个调皮的小心眼儿摆布男人后的窃喜了。她是真心庆幸感激，在老人这个事情上，有的地方他俩居然还有默契。

老秦的澡堂子，在他们没到城西时老早就有，一直开着。

傍晚儿子放学回家。

"这是你太姥爷。"二娥的口气，好像儿子还是个幼儿园大班的宝宝。

郭长民一旁心里也紧张，不知不觉和二娥站到了一起。

儿子样子僵硬，显然被这么老的陌生人吓住了。他脸涨得通红，努力冲老人笑，但是没有能力像他爸爸那么虚伪圆滑。

两口子觉得儿子很可怜。

孩子很快弄清了老人的状态，也偷偷舒了一大口气。

吃饭时坐桌子，孩子谨慎地选择了老人的对面。表面看仍然跟平时一样，左边是妈妈，右边是爸爸。

以后吃饭，就一直那样的格局了。

二娥说不好自己是什么滋味。孩子好像比二十天前长高了一点——当然不会那么快。

她这种对自己孩子的陌生，与昨天晚上郭长民的感觉是相仿的，也是相反的。

算上那日到矿上去而复返，郭长民一共休了七天班。第三天大个子出殡火化。后四天借着煤矿停产整顿，他把那个小屋子收拾利索了。

干完这些活儿，他去大众浴池洗澡回来，路上剃了个头顶略比光头多点儿发楂的平头。

照他头一个晚上想的，一边干活儿一边收拾，其实是很熬人的，累不算啥，难免的是更上火。

煤矿整顿好了，复工生产，郭长民一切回归正轨。

二娥没能回归正轨，倒不是因为误工太长老板不要她了。她在丽美的洗浴中心里摆鞋子，即便耽误时间再长，丽美也会让后来的人把二娥原来的活儿腾回来。

郭长民他们矿上复工过了几天，小屋里新搭的炕干透，老爷子的身体也复原了。

二娥絮叨想回去上班，郭长民没说什么。她明白他的意思，但她坚决要回去。

她眼里有活儿，把自己本职的活儿干完，有空就力所能及干些别的。每个月九百块钱工资以外，丽美都会再塞给她三百二百的。偶尔太忙，或者因为什么事情心情不好忘了，下个月也会补回来。

二娥挣的钱，一般就够他们一家子正常开销了——只有一个例外二娥控制不了，孩子带回来老师的新指示——郭长民挣的钱都能存起来。

从孩子能撒开手自己上学，在二娥一再要求下，郭长民尝试着离开了煤矿三年，两口子搭伴试着干了些别的。但是效果并不理想稳定，他又回去了。

虽然从挣钱上说，那三年影响了些收入，但在刚过去这几年里，他们这个小家依然开启了一个蒸蒸日上的黄金时代。

二娥当然还想延续那种局面。老人来了，不过是多摆一双筷子。二娥做这个决定时避重就轻、不敢细想，心存侥幸地回避着郭长民那些更为切实的估计。

结果，她才回去上了两个班，老人就丢了三天。

到处都是车，二娥都快急疯了。

一个十几万人口的小城，郭长民骑个自行车，一天下来差不多把所有的大街小巷、旮旯胡同都跑了一遍。可两口子翻了三天，硬是没有见到老人影子。

最后，还是民警打电话找的他们。多亏他俩第一时间报了警。

回头把种种迹象结合起来表明，老爷子一直没有离开过这个小城一步，两脚也没有踏进过哪个房子。可是，他们俩就是找不到也打听不到。

那个报警的水果店朝鲜族妇女，一连三天都看见这个老人在她店前经过。第三天她觉察到他应该是找不到家了。她出来拦住他，给他扒了一个香蕉。话却总也说不明白。

老人说话的样子一点不糊涂，但说出的话不合常理：他姓范；孙女儿家姓郭；孙女婿叫程国军。

问了几遍，他都这么肯定。于是那个女的报了警。

二娥这下子泄气了，这三天里她体验了大海捞针的那种绝望。说找不到，真就找不到。

二娥冲爷爷发脾气。但她自己也能看出来，老爷子虽然样子像个做错了事的孩子，但心里根本没服气。

她的爷爷跟一般的村里老人有一处不同，他本是地道的城里人。沈阳出生，到萧劲光的队伍围困长春那年——他二十六七岁之前，一直在那两个大城里生活。奉天多老大？新京多老大？他都没走丢过——对这三天，老人不承认自己是走丢了。

他们三个刚出家门，老人自己就轻易生火烧了炕。六十多年前煤炭的引燃方式，今天同样适用，说明老爷子的不屑不是没有道理。

二娥离家时记着把打火机藏了起来，但老人自己能到小卖店去买。

她可以去附近的小卖店挨家嘱咐，可是谁也无法估计老爷子脑子里还会出现什么念头。

两口子出门之前，总不能拿一根绳子把他捆起来吧！

"我说，你还是拉倒吧！"郭长民居然还笑得出来。

很多时候，再没正溜儿的男人，也比女人看事准，只要他们肯睁开眼看。

要么老爷子把程国军彻底忘干净，要么能想起来郭长民是谁。老人曾经知道过，而且挺喜欢他。只是对他的姓不太舒服：妈了个巴子的——"饭在锅里"。但现在不是早前了，姓氏不会成为婚姻的障碍。

明摆着，后一条老人做不到了。前一条也很难。良好的印象总不如恶劣的伤害给人留下的记忆深。

有一个念头，二娥跟郭长民想到了一块儿，不过他俩始终没交流过：爷爷这种状态，大有可能成为百岁老人。

老人内里没有什么病，心脏功能甚至要比很多四五十岁的人好得多。二娥扶着他去过一次陈大夫家。

陈大夫给爷爷听了听心脏，然后拿针放了一滴血。

陈大夫和刘大夫的结论差不多："二娥你看看，你爷爷的血多干净，比他小几十岁的人也赶不上。他一辈子没吃上鸡鸭鱼肉，反倒都属于绿色食品。"

在二娥接受新局面、心态扭转平和之前，她这次上的火一点不比回到黑龙江看到爷爷垂危时轻。

5

老秦的澡堂子就叫"大众浴池"。

当年开业时，老秦在门楣上面加出来的一截假墙上抹了一块长条形水泥，用蓝油漆在上面写了这四个字当招牌。

头些年生意红火，老秦挣了不少。他大儿子小时候得了小儿麻痹，日常离不开拐杖。三十出头，娶了一个健康漂亮的姑娘。小儿子去了日本，当时花了小二十万。

那时老秦犹在盛年，一度有过再把澡堂子扩建两倍的雄心。但没有成功，邻居拆他的台，死活不卖给他房子。老秦托人透话，愿出高价。

即便他出双倍，人家也不卖给他。为什么呢？"就是不想看他猖狂。"

两家当了几十年邻居，互相恨了半辈子。等到倔强的死对头没了，新一代主人不再为钱赌这个气，浴池的生意早不如当年了。

提起那桩往事，老秦说，那个老邻居才是自己的贵人。

老秦一生过得比大多数同辈人豪横风光。他以前是灯具厂的会计，厂子不行了，拼光家底（跟书记厂长合伙分了点钱）又借了钱，折腾着接房子开了澡堂子。

为这个事，老伴差点儿离婚——有一个残疾的大儿子，赔了以后大家怎么活；念高中的小儿子差点儿没拿刀子捅他——他红了眼睛要考大学，离开这个倒霉的小城。

后来，大儿媳妇提过一次过铁道东，发展一个大洗浴的战略转移。老秦没同意，他觉得肯定是哪个娘家人给儿媳妇背后出的主意——她自己若有这韬略是另一码事。挣钱当然永远也不怕多，以老秦的水平阅历，开这么一个澡堂子，其实已经达到了他人生的巅峰。不言自明，儿子明摆着是傀儡，他对大儿媳妇和她的娘家人怀有戒心。

那次拒绝，等于失去了一次跟儿媳妇和解的机会。儿媳妇与年长自己十岁严重残疾的男人，半辈子过得挺和睦的，从来没闹过离婚。

当年老秦父子费尽心机，拼命砸钱让她成了秦家的人。她把丈夫的良苦用心理解为对自己强烈的爱，却一直恨着公公——因为她连外遇都没有过，潜意识里反而更恨——虽然从来没有说出来过，但仇恨心理实实在在，非但没有因日久年深逐步淡化，反而跟存钱涨利息似的越攒越多——人活着的劲头，不免要靠些什么东西撑着。有很大一部分人，就是依靠来由未必非常充分的恨。

老伴没了，大儿子家去不了。小儿子给老秦生的孙子，是个小日本鬼子。

小儿媳妇真心邀请过他去日本生活，她对老秦有一定的敬畏。

小儿媳妇跟丈夫来过一次中国，给公婆下跪行礼时，老秦鼻孔朝天。反而很符合小儿媳妇心目中，中国老人的尊严形象。

那个善良的日本女人永远不会明白，满洲国出生、新中国长大的公公的那种爱国情感。

老秦三岁那年，父亲被日本鬼子装进麻袋塞进了松花江的冰窟窿。

老秦不缺钱，光自己的退休金他就花不了。澡堂子挣不了几个钱，规模缩减，老秦辞了烧锅炉的，自己去考了锅炉工上岗证。女人孩子基本不来了，年轻一些的男客人也少多了。主要的客源，是附近一些退休的老头子。

老秦愿意看到他们。这些人一辈子大多都没他活得精彩。虽然他们是来消费的大爷，但老秦心里却拿他们当孙子。每天看到这帮孙子，老秦就有精神头儿。

郭长民搀着老爷子开头过来，老秦不那么待见。

老头子太糟烂了。老秦被日本帝国主义侵略者杀害的父亲活到今日，保不齐也不会老成这样。

头一回，老秦以为是谁家乡下偶然来的亲戚，憋着没吱声。

可没过几天，他俩又来了。

这要是有个摔跤磕碰的，谁受得了！老秦可不差这仨瓜俩枣儿。

"小伙子，说归说，笑归笑。丑话说在前头，下回你要是还带着他来——咱爷儿俩可得立个字据。"

"爷们儿，您要是想找律师做见证，公证费我出。"

第三回他俩一进来，老秦就掏出一张打字的白纸来。

对方拿过来没怎么细瞅就签了。有不少其实看字费劲的人，就那么一出。

白纸黑字揣进兜里，凭你嬉皮笑脸里边有什么花花肠子，老秦也不在乎——生意人都多一事不如少一事，和气生财。但此时的老秦，倒巴不得有点什么事，跟谁较一把劲才好，反正自己手掐把拿。

其余这一帮子人，哪还有什么劲？

不过，这个年轻的主，也是个啥事儿都没有的。

五天左右，最多一个礼拜。他一准搀着那个老爷子过来。

慢慢地，大伙就熟了。

那个老爷子，既不是他大爷，也不是他爷爷，竟然是爷爷丈人。

那个小伙子（才四十来岁嘛）是个煤黑子，三班倒时候多，所以不论上午、下午还是晚上，他俩都来。他每天下班固定在矿上洗澡的，两个人花二十块钱进这个门，只是专为那个老爷子洗。二十多年，这样的主顾，老秦倒是头一回见。

刚开始洗澡就是洗澡。只是给老爷子洗洗淋浴，洗透了，搀着就回去了。

时间一长，他俩也跟那帮人似的，恋起场子来了。水池子里一泡，一个小时两个小时的，东拉西扯。

当然，主要是那个年轻的不急着走。

老的不行了，糊涂了。

不过，老爷子也上瘾了。孙女婿给他搓澡的时候，看看他那股舒服劲儿，你就知道了。

糊涂是糊涂了，老爷子还交了个朋友。

河北人老司，比老爷子小几岁。三十年前在矿务局当过房管科长，他不太糊涂，关键是聋了。他俩能聊一块儿去，倒不是由于澡堂子这些人里他俩岁数最大。

他俩，谁也听不明白对方讲什么。

虽然听不明白，但两个人都是非常耐心专注的听众。听对方讲话时从不插嘴，脸上挂笑，不住点头，嘴里适时嗯嗯地呼应，甚至叹息、惊讶。

他们向对方絮叨，或者说自言自语的内容非常单调，主要是各自漫长生命中，印象最深的几件经历。

老司说到母亲和嫂子怎么被日本人残害，有的时候还抹眼窝；他如何跟着队伍，一步一步走过山海关，踏上了东北这片土地；在四平，一个比自己小两岁的朋友，怎样止不了血，最后死在了他怀里；被国民党军追着，跑到了哈尔滨……

那个爷爷丈人讲，人都说新京越来越发达，他跟着他大伯如何从奉天到了新京；他的大伯，还有他自己的头一个老婆，是怎么饿死的；长春解围，他如何到了黑龙江，找到一块有土地的地方扎了根，又半路找了个女人生儿育女；老爷子对土地非常执着迷信，不管讲什么都能扯到土地上，一个劲唠叨人守着土地才能活得实在……说到这里，他都要怪罪眼前这个孙女婿。他指着他，满腔愤怒——都是这个东西先把他的孙女拐跑了，临了，又把自己弄回了这种地面上不是水泥就是砖的绝地……

"看把你爷爷丈人气成这样。你小子好好坦白，还干过什么让人不省心的事儿？"

"您别着急，慢慢地，他自己就都说出来了。"

郭长民是个会干巧活儿的。干活儿巧的人，在劳动中时不时会灵光乍现、举一反三，随机使出省时省力的巧劲儿。这种人到处都有，往往有一个共性，他们能在劳作中享受到快乐。在矿上十多年天天洗澡，以前郭长民只洗淋浴，身上洗干净就完事儿了。他给老人搓身，旁边有人告诉他一下窍门儿在哪里，真是一点就透。过一段时间，他把按摩那一套，也琢磨得差不离了。

不光爷爷丈人，后来，那帮老东西都跟着上瘾了。他们享受免费的服务，郭长民享受动手的快乐。

煤矿十天一倒班。时间长了，老家伙们都大体能掐算出他俩来浴池的日子眼。郭长民出现的日子，老秦的生意比往天红火。

时不时，有的老家伙花个三块五块的，拎点松花蛋、小咸菜什么的，加一袋白酒。大家就在水池子边儿上，一个人一两二两，就是取个乐子。再小，也有个人情意思。

郭长民也买，他必带一小袋花生米，嘎巴嘎巴嚼得脆香，故意逗他们。其实，他们和乡下老头不一样，个个镶牙，也能吃。

赶零点班时，郭长民下班到家立刻就过来。毕竟不大年轻了，有时候，随处一侧歪就睡着了。

别人都有个自觉，尽量动静小点儿。后来来了个李瘸子，是那种蹭吃蹭喝、旁人说到脸上也能挂得住的货。

李瘸子慢慢也品出了，那爷儿俩什么时候会出现。有好几次他来晚了，郭长民睡着了。李瘸子控制不了自己那种老年的自私，围着他打转转使动静。最后非把郭长民弄醒过来，给他搓澡。

老头子们心里不平。什么操性呢！还觍着个老脸闭着眼睛，哼哼唧唧的。

郭长民倒不在意："这调调儿可真不好拿。您老就靠着它，让大婶儿销魂了一辈子吧？"

不知道齐老师从前在哪个学校当过老师，反正大家都那么叫。齐老师早年是个能歌善舞的角色。他洗舒服了，总要哼两嗓子，《草原之夜》《敖包相会》什么的。郭长民跟着唱，他嗓子不赖。

老人调皮起来比孩子更甚，李瘸子就敢冒大不韪，当了齐老师的面就说：他听着，郭长民比齐老师唱得还受听。

齐老师总算又找着一个能听自己说话的了，运气发声，曲调音节……白话起来没完没了。

山里孩子唱歌没人教，郭长民小时候学唱歌的情形，就跟一首外国歌里唱的那样：

> 当我年轻时
> 我喜欢听收音机
> 等待着我最喜欢的歌曲
> 当歌曲播放时我和着它轻轻吟唱
> 我脸上洋溢着幸福的微笑
> ……

电影或收音机里，一首新歌出来，郭长民便跟着哼哼。甚至有时上句刚一出来，他就能差不离顺到了下一句，能不能同调，全凭个人感觉。他自己也说不出个所以然来。

齐老师的话，郭长民真能听进去。回头再唱出来，自己听着也和以前不大一样了。

澡堂子是个奇特的地界。离那条大伙天天横穿的铁路没有多远，火车一过，大池子里水皮儿都跟着波动。墙壁隔出屋子，他们这些赤条条的人，跟路上来来往往穿着衣服的行人，不亚于隔着阴阳两界。

一共三年多时间，不能说有多么享受。日后郭长民回顾起来，心里是很舒服的。

与老人们在澡堂里的时光，经常让郭长民不由自主想到童年。尽管没有童年那样新鲜快乐，但同样无忧无虑。

哪怕身边正有老人在斗嘴对骂，郭长民躺长凳子上，或者干脆水池子边上，闭上眼睛也能踏实睡着。

那三年多，二娥胖了十五斤。

郭长民不过是利用下班时间，隔几天陪老爷子去趟澡堂子。春夏秋三季，天气好时，二娥天天带爷爷出去遛弯儿。

老爷子不用搀扶，手里拿个棍子也很少拄，两只手抓着，在屁股后面横着的时候居多——拐棍犹似一个配重，把老人的前胸拉得挺起来一些。

现在是水泥路了，车速更快。一有车辆过往，二娥就抓着爷爷的左胳膊，好像担心他会像小孩子那样乱跑。

路南边都是水稻田，他俩总是往西去。走出二里多地，路北面也是了。

庄稼地延伸出一二十里路，一直铺到山根底下。田野中间，点缀着零零散散的村庄。铁皮瓦盖不是蓝的就是红的。即便早春晚秋地里没庄稼，也很少能看到牛马的影子。如果赶上郭长民白班，早饭早，他们三个几乎同时出门。那时辰，更有机会听到村子里的鸡鸣狗叫。

爷爷背对着城站在那儿，会一直瞅下去。

二娥确定不了老人的视力究竟能看清多远，耳朵是不是听到了禽畜的叫声。她不招呼，爷爷是不会转身往回来的。

有时候，下午他俩再把这个路线重复走一遍。

二娥称之为锻炼。

"天天锻炼，我咋还胖了这么老多！"

她有点忌妒郭长民。

郭长民的体态，特别是背影，还挺像个小伙子呢。

二十九吋的康佳彩电——可不是二手的，二娥从专卖店买回来的。用了多年，质量还相当好。二娥迷上了电视剧。以前也喜欢看，但时间没这么宽裕。

看电视剧的轻松，跟无忧无虑的童年，跟郭长民和老人们在澡堂子里有相同之处；跟劳累没有关系，跟钱没有关系，跟纷争紧张没有关系。

郭长民一个月二十天夜班。孩子上学去，爷爷看不懂剧情，瞅一会儿电视就厌倦了，便从沙发上站起来，回自己小屋子躺着。

他俩在炕上，二娥坐着，郭长民倒着。

二娥习惯把他的头放在自己腿上枕着，一边看电视，手一边抚弄他的脸和头发。

他就那么睡了。

看电视和他睡觉的缘故，白天窗帘总是拉着的。夜里这铺炕上还有一个不停长起来、越来越变成小伙子的儿子。虽然就隔一道门，但老人聋得厉害。

他俩刚到一起时，有一次，他忽然中间停下来，抵住一动不动，也不喘气。她有点儿担心，问怎么了。他长出了一口气：扎根。

那只是一个年轻的游戏，轻浮潦草，简单快乐。

他俩不再像年轻时那么兴奋火热，更收敛也更忘我，更加体贴依恋，越来越像一种亲情。

他俩一直都在扎根。像草木，每一根最细弱的触须努力扎进土里，叶面上每一个看不见的孔向空气尽情张开。

儿子十四周岁时个子一米七三，随后一年慢了下来。这竟然让他们两口子悄悄松了一口气。除了个子比他父亲高，孩子的相貌简直是从郭长民脸上复制的——从孩子生下来，二娥一直对这一点非常开心。

但是这两年，连二娥也发觉哪里不对劲了起来——相貌是改不了的，儿子生疏起来的是表情、是眼神……还有，孩子的话越来越少了。

这种与现实社会越来越远的疏离，甚至儿子带来的越来越多、越来越明确的陌生感，使他俩的依赖感增强了，仿佛周围出现了一个无形却坚硬、越来越厚的壳子。

旁边有个老人反而好。虽然不是父亲，也不是母亲，但一样会增添他俩的亲密和柔软。他俩依偎在那层甲壳里面，什么地方逆生长一样，愈加脆弱鲜嫩。

仿佛两棵紧贴在一起的树，某一天终会长在一起。

6

老远，郭长民看见冬梅的车停在门房前。

年轻时，他认得所有的国产和进口的摩托车牌子。只要见过一次，以后就会记住。现在他搞不清小汽车的车标。不过这辆车他认识，本省产的奥迪。他比二娥强，她只认得是冬梅的车。

冬梅这两年来的次数明显多了。批发管理越来越正规，她和志山雇了财会人员。她时间宽裕了，二娥也在家闲着。

还有一层意思，郭长民不和二娥讲。

路不太宽，得留出余地让别的车辆正常通行。车尾巴快要贴到他们两家住过的东间门房的窗户，门洞子只留了不到半米，郭长民进去时手扶一下车。这车停的，冬梅自己得靠挤才能进去吧。也不能说她车技不好，有好几次，都这么精确只给门洞留了一道窄缝。

爷爷正在院子里，看背影可能有点儿生气了，拄棍在红砖上一杵一杵。他一不高兴，就这么来回在院子里走。

转身见郭长民进来，老人停住了。盯住他，眼里流露出热切的目光。

郭长民想，他大约身上有些痒痒了。

爷爷嘴唇在动。除了他们一家三口，别人不大容易搞清他在说什么。

这是最平常的一句话："长民回来了。"

他改口管他叫郭长民了，但只是改了名字，仍意识不到换了个孙女婿。在澡堂子里，他还跟老司倾诉记忆中的怨恨。

"留了那么窄的缝子，你怎么挤进来的？"

这话分明说冬梅胖。大家岁数都大了。

"我不会从车门子出来？"

郭长民没和冬梅接着斗嘴，找饭吃去了。

冬梅今天来的话题是，她一个朋友的老公在城北弄了一块地皮。虽然离开盘还早，但冬梅已经决定要压下两套房子。如今房价这趋势，怎么压房子都不会错的。

郭长民嘴里嚼着饭，不插嘴。

她还想到了他俩，纯粹出于热心好意。

就冬梅的性格来说，真是万分难得。

如果他们仍然年轻，仍都还在这个院住着，这机会她万万不会透的。

户型和楼层都方便预先选择——这样的机会，靠郭长民两口子自己一辈子怕是也遇不到。

房子困扰他俩好多年了。租房子的，十有八九都不会像他俩这样，扎在一个地方住着不挪窝。

在一个地方住的时间越长，就像把这个地方捂热乎了一样。这种依赖不舍随着年岁越来越大，越来越明显。家的感觉当然是一种错觉，可他俩恰好遇到了一对好相处的房东。

当然，还得是自己的窝，从住进这个院子的第一天起，二娥心里就清楚。

随着孩子越来越大，郭长民与二娥的同感越来越强。

老爷子来了以后，两口子好像把这个话头忘了。就算选一楼回避了楼梯，还有抽水马桶，老人和孩子也没法住一个房间。二娥对房子始终比郭长民盼得狠，想得也具体，但有爷爷在，她也想不下去。

老人还不是最关键的。

到了今天的日子，一个家的未来构想，居然要建立在一个垂暮之年的人身上，连郭长民也觉得荒诞了。主要是儿子。三四年前，他们没有想过老爷子会来这儿，也没有太多去想孩子的未来。

上个月，他们两家的孩子，分别从两个初中一起进了市第一高中。

冬梅的闺女花了不少钱，费了很多劲。这个丫头必须得进这所全市最好的高中，因为在儿子身上，志山和冬梅已经把这件事操作过一遍了。到女儿身上重复一次，顺理成章。

郭长民、二娥的儿子是自己考上的，以全市城乡十几个初中，所有孩子们加在一起前几名的成绩。这让郭长民和二娥这两个当爹妈的，被狠狠地吓了一跳。儿子从小成绩在班上就挺突出，但他俩绝没料到能优秀到这种程度。

爷爷到这里三年，儿子的个子嗖嗖地往起蹿，但话越来越少——孩子成长起来让人想不到，有的地方也让人不敢想——这下子，不用老师强调，他俩也知道有一笔钱，必须得提前准备下了。

这打乱了买房子的计划。与三年前被老人凭空"绑架"相比，这个困扰当然无比甜蜜。

"谁惹着老爷子了？"冬梅隔着窗子，饶有兴致地看老人。

"我。"

郭长民总是没个正形儿，他不过在院子里一走一过。

冬梅思忖着，这里面定有什么自己想不到的原因，怪好玩儿的。

二娥说："吃完就放那儿吧，待会儿我收拾。"

就在这个当口，就在两个女人眼皮底下，老爷子在院子里摔倒了。红砖铺着红砖，况且，他每天都在院里这么走着。

过后，他们两口子怎么也想不出，能有什么东西绊到老人。

她俩立即惊呼，郭长民动作更快。

爷爷挣扎着要起来。郭长民扶住老人顺着他的劲儿，帮他坐在砖地上。

郭长民制止了二娥伸手。他在矿上这些年，伤筋动骨眼见得多。他两手按着老爷子的肩膀，一再告诫他不要动弹。

二娥脸吓得煞白。她也看出来，爷爷的左腿有问题。

她俩把住老人原地坐着，郭长民起来快速找出一块六七十公分的短木板，劈成三个窄条，做了一副简易夹板，拿两条二娥的围巾，大略把那条腿固定了。

家里没多少现金。二娥找出的几张存款单都是死期。她着急眼花，让冬梅帮着分辨哪一张存得日期近。

冬梅说："你先收起来吧，我卡里有。"

哪怕是自己亲生姐妹，冬梅一般也不会张嘴就这样说。她会犹豫有没有自己想不周到的地方，考虑对方还钱的能力和意愿。

不是二十万，更不是二百万，这才两万块钱。

头些年大家刚开始存钱，只知道存折不懂得密码。一年春节前，一个叫吴霞的女人回娘家，抱了一盆花给二娥送来，说怕自己男的照顾不好冻坏了。吴霞一再嘱咐，这种花怕水，不大用浇。临走，还是担心二娥浇水，告诉了实话。她把一张三千块钱的存折用塑料袋包着，埋在了花盆里。

郭长民想到了救护车。老人腿伸着，冬梅的车后座可能放不下他俩。冬梅不免会慌乱，她开车技术不怎么样。

这两点，他都想错了。

虽是从机关淘汰下来的二手奥迪，但毕竟花了二十万。郭长民腰身是壮了些，但老人并没有预想的占地方。郭长民虽过不几天两只手便在老人身上揉搓，可仍然低估了这具他自以为极为熟识的肉体（甚至骨骼）的萎缩。他斜着身子背靠车门，抱孩子一样揽住老人，那条伤腿完全可以在座上伸直。郭长民能感觉出，老人也明白了发生的事情，在努力配合着他。但老人整个身心能够焕发出来的气力太衰弱了。郭长民怀里的身体轻飘飘的，像一段腐掉了硬度和韧性的朽木。

有了事情，方可见识出冬梅的心理素质不同凡响，她开得反而比平时好。

往前开了一段，她在当年二娥和刘姐看房子走的路口同样右拐弯，再右转弯，从北面，同一天晚上郭长民半夜从麻丽敏那里回来左转弯的地方过了铁路。于是，没有经过老秦的澡堂子。

嘴上不说，郭长民还是禁不住后悔，如果自己不顺嘴和冬梅胡扯那么几句，这个事情八成也就避免了。

他俩，可能再也回不了那个澡堂子了。

老秦那里还有一张那样的纸，这几年他俩好像都忘了。那张纸老秦不会扔的，一定压在家里的什么地方。即便老人真是在澡堂子里摔倒的，老秦真把那张纸丢掉了，自己也绝对不会去提的。爷爷早晚会出事，从二娥领他回来就注定的。

郭长民忽然感到了一点吃惊：自己为什么会心平气和地这么想？

这似乎是一种失去了主动进击勇气的心态。

冬梅把车开到市医院急诊外科门外，她立刻上台阶进去了，胖得圆滚滚的，动作还不慢。

郭长民托抱着老人，二娥托着那条腿，两人四条腿尽力保持协调上了台阶。一个胳膊吊着石膏的中年男人正从里面出来，见状用他那只好手帮着扳住了门，让他们进去。

进门，冬梅和一个护士正把铺了一件白床单的手推床推了过来。

大夫是个小个子，小头，瓜子脸，下巴尖尖的，肩膀也窄溜溜的，穿白大褂的背影有些女气，戴副眼镜愈显温和清秀。

这个大夫郭长民有印象。三年前的一天，郭长民在殡仪馆站不住脚，跑到医院发现自己并不急着回家，便与老金在老付病房里待了半天，见过这个大夫。

虽然只一面，但郭长民清楚记住了他叫张三兄，胸牌上清清楚楚写着的。这名字前两个字很常用，大家背后管张大夫也难免只称前两个字。郭长民儿时最早听到这两个字，是作为一种动物的名称。一种和他父亲的死亡，从而也与他一生命运都有关系的野兽。

张三说："请你们把病人抱到床上来吧，我给他检查检查。"

郭长民说："张大夫，能不能麻烦你到走廊里看？我爷爷腿不敢动，他太老了，经不起折腾。"

反正一定得拍片子，还要推走。

张三到走廊上给老人去掉了夹板，回到诊室里开了 X 光片、核磁的检查单。

"摔倒的时候，是不是膝盖先着的地？"

那个动作二娥和冬梅从头到尾都看见了，但她俩面面相觑都说不上来。

核磁的结果还要等，只 X 光片也就基本可以了。

张三的判断是对的，左膝盖碎成了七个小块。

他连连摇头："这个跟头摔得太狠了。"

冬梅说："看着没多大劲啊？"

二娥想，爷爷是太老了。

郭长民比她俩更进一步想到了骨质疏松，倒没那么遗憾。这一跤早早晚晚。不是这个膝盖，也会是别处。

张三伏在桌子上，埋头在纸上写了很多字。写完对郭长民说："得办理住院手续。先把这些化验做了吧，健康指标允许的话，需要做手术。要不然你爷爷站不起来。"

"打钢钉？"

"碎得太厉害了，再说他目前的骨质也太糟糕了，固定术的效果很难满意。"

"换？"

"先做检查吧，核磁结果出来，我找几个大夫会诊之后，再定医疗方案。"

二娥说话了："大夫，换骨头得多少钱？"

张三目光在眼镜上面看她，也许把她当成了孙子媳妇："国产的全关节大概两万，进口的差不多双倍吧。当然，还有入院和手术的费用。我并不十分清楚。想了解具体价格，请到药房咨询。"

冬梅目光飞快掠过他俩的脸，转而去看一位站在诊室外往里瞅的老太太。

她想，自己再待下去可能不好。找个什么借口离开，才显得不那么唐突呢？

一出医院，她就给志山打了电话。

早一些年，两口子会直接统一意见的。现在他们的想法仍然默契，只是都没轻易讲出来。

7A

下午，郭长民、二娥打车带爷爷从医院回来了。

张三给老人打了石膏。有的大夫会拒绝的，张三没有，他性格柔和。类似的情况，张三都反复经历过了。他和这对夫妻年纪差不多，同龄的人，大多比他过得更难。张三的父母和岳父母有医保，可许许多多的老人，连农村合作医疗都没有。张三清楚，像自己这样万幸拥有医疗资源的，只是极个别人。

二娥咬牙做了这个决定。

爸爸死了，她端过老叔家的饭碗。又过了两个多月，爷爷带她回她和爸爸的房子单独起火了。他们那里，最小的儿子结婚后，一般不跟老人分家。老人会死在小儿子家里。

许多事情，二娥仍然记得清楚。

老婶的姑妈介绍来一个陌生女人，新换洗的蓝斜纹裤子上还有折叠的印迹。当时小不知道什么，自己还吃了那个女人买的糖块。

那个女人来领她，爷爷到底没舍得。

后来自己走了，爷爷倒习惯了自己做饭吃。八十那年，最小那个堂弟结婚前，才归回老叔家去。

与郭长民到一起，她每年只给爷爷寄一点儿钱。

一年不过几百块钱，爷爷一直很安慰，很知足。

年纪大了些，二娥想明白了，爷爷每年为什么连那么一点钱都花不完。他一辈子实在太穷，手里摸过的钱实在太少了。

寄一点钱，自己便仿佛对老人做出了交代。埋头他们一家三口的小日子，不敢去细想爷爷了。

回家一次，她将爷爷从棺材里接出来，在这里多活了三年多。

自己心里苟且偷宽，松快了不少。可对居家过日子，却是不负责任的三年。

如果只有自己，不管怎么穷怎么苦，她都愿意一直把爷爷伺候下去，一辈子溜人家的房根住都行。

她心里踏实了，那父子俩呢？就算郭长民窝囊吧，欠自己的吧，好欺负吧。从老人来了以后，儿子比以前孤僻多了。个子越高，眼神越明显。

儿子得上大学，不能像他们两口子，这么稀里糊涂混一辈子。

也是老天长眼。不要说她和郭长民，连儿子从落下胎胞起，也一天没住过医院。到今天，他们两口子攒了差不多十九万块钱——也只能攒这么多了。

这点有数的钱，是拿她和郭长民永远回不来的年轻换来的。

以后，他们俩能干活儿的日子，一直到干不动那一天，最多还能挣来的钱，她掰手指头，很容易就能算出来。

爷爷手术，住院……二娥不敢往下想了。

冬梅的眼神里，明白写着自己应该怎么拿主意。从没见过冬梅做错过一件事情，所以，人家开上了二十万块钱的车。虽说人活着不是这么个比法，但起码冬梅比她懂得轻重缓急。

这狠心只得她来下，再糊涂下去，这个家八成真就不会有出头之日了。

认识的人谁都知道，他们两口子里，郭长民不怎么爱钱——他要是那样的人，他们的日子可能会好些。当然，别的麻烦也会多起来。比较之下，二娥宁愿省点心——虽然她才是个掉钱眼儿里的。

过这样的日子，要是手里攥不住钱，心里就空了虚了不踏实了，连活着的念想都快断了。

为老人赌上孩子的命运？

爷爷是老了糊涂了，他若在明白刚强的时候，也不会同意的。当年在她身上，爷爷就是那么做的。

他们从医院回到家来，老人的脸上并没有悲戚和不满。他一生经过见过的比自己糟糕的人生结局太多了。老人似乎也明白，自己不应该再有埋怨。

爷爷很平和，吃得下也喝得下。再也不能站了不能走了，毕竟还能坐起来。只能坐着活着也是活着。

然而，他的生命力，到底非常有限了。这种自我坚强，也很有限度了。

老人吃得越来越少，喝得越来越少。有一天，他终于失去了坐起来的气力。

在老人好似行将流干的蜡头的那段日子里，郭长民和二娥，甚至连他们的儿子，都变得小心翼翼。他们之间，像是存在着一张无形的网。他们像同谋一样，默契得自己不去触碰，也不互相挑明。

那张以坚忍与自私交结而成的网，把他们一家三口的亲情联系得更紧密了，同时也隔绝得更疏远了。

如同挤在茫茫大海一叶劫后逃生的扁舟上，他们三人带着些许羞涩难言的罪恶感，带着强烈本能的重生悸动，也带着一种危机过后各奔前程的渴望，同舟共济，苦渡这一段航行。

年底，老人如一片枯叶，落进了土里。

7B

二娥推着手推床，郭长民想搭把手，却发现自己似乎碍手碍脚。

又一个护士引着他俩去住院部，在曲折走廊和玻璃通道绕来绕去。即便没人引领，郭长民也知道怎么走。

乘电梯到四楼，办完入院手续。第三个女护士引着同一辆手推床，把他们领到走廊北侧一间病房。

进门第一个床空着。

中间床上仰靠着一个玩手机的肥壮青年男子，右腿屈着，左腿伸直——膝盖下面打着石膏。看他们一行进来，他把手机撂下，像是借助那条动不了的腿，牵拉着身体坐直了。

靠窗也是空床。手推床和病床并在一起，二者高度完全持平。护士帮他俩拉着床单把老人平移到病床上。

护士推手推床的背影，在病房门口消失。郭长民又收回目光，有点儿疑惑地看了看老人身下的白床单。这件床单和那辆消失的手推床，仿佛给了他一种被摆布、被套路的心理暗示。然而，他却不怎么急于从那种被动的按部就班里清醒过来。

郭长民目光有点儿发茶，不由自主悄然无声打了一个哈欠。从午夜起来上班到现在，早已超过了十二个小时。

那个胖小伙子又仰靠下去，照镜子似的举起了手机。他可能不到三十岁。

二娥他俩也无话。

郭长民向来不喜欢医院的气味。现在安静下来，那股味道格外浓重。

"我出去给你们俩买点吃的。"

"爷，你吃点啥？"

老人床上胳膊肘支起左小臂，摇摇像一片叶子哆嗦着的手："啥也不想吃……"

从住院部出南门过街，小铺面挤挤挨挨。郭长民叼着烟，信步走进一家粥铺。到柜台跟前，他不太明显地发了个愣。

他要了一个豆腐脑、一个小米粥，还有三张馅饼：一张酸菜馅儿的，两张鸡蛋的。

卖粥的女人打完包，郭长民提溜着方便袋走开几步，靠窗坐了下来。

对面正是以前的太平间。那一长溜拐式红砖门房和房东家的门房格局完全相同，现在拆掉了。

刚才从旁边经过，他没注意到。铁栅栏里面叶子苍绿，花凋谢了，几棵槭树很年轻。

他坐的地方，还是老房子。以前，全是卖丧葬用品的店铺。

一个戴黄帽子、穿黄马甲的清洁工，举着扫帚像小时候追逐蝴蝶那样，追逐着一个飘起来的白色垃圾。第三次击打，终于把那个塑料袋按住了。

那个清洁工转过身来往回走。

他比郭长民大不了几岁，脸上精瘦黧黑，帽子周围露出来的头发有好几个月没修剪，像他们年轻时那样，快把耳朵全盖住了。头发长，格外显出白发。刚才跑那几步，透着他左腿有点儿硬，像是膝盖有关节炎。

为了对抗雾一样升腾弥漫的倦意和恍惚，郭长民又点着了一支烟。站起来去摸方便袋，饭口有点儿过了，东西不那么热乎。

爷爷的酸菜饼没有吃几口，他喝了大半杯豆腐脑。

二娥舌头和口腔都破了，一口东西都不想吃。在郭长民眼皮底下，她喝了两口粥，饼在嘴里来回打渣子，咽不下去也强咽了一张。

还好，那个小伙子的母亲回来了。一个快六十岁的白胖朝鲜族妇女，人真不错。她很喜欢和二娥聊天，对老爷子九十一岁没有多大惊讶，听到老人是二娥的爷爷时，她看了郭长民一眼，嘴巴呈现了一个大大的"O"："噢——"

一个护士又进来。她们都穿一样的衣服，郭长民辨不出来，她是不是前三个护士中的一个。

"范传福家属，到421医生办公室，大夫找。"

他俩不约而同做出半起身的犹豫动作，隐约互相等了一下对方似的。

好心的朝鲜族女人说："都去吧、都去吧，我看他一会儿，你俩放心吧！"

421室里共四张带电脑的桌子，两张桌子空着。

张三坐在左侧里面，闻声转脸冲他俩点点头。

右边外侧坐着一个女大夫，埋头忙着自己的事。他俩走到跟前，与那个女大夫背对背站在了她的斜后方。

电脑屏幕上的图像是爷爷碎裂的膝盖，不是核磁共振的结果，仍然是X光的。他俩在急诊室电脑上已经看过一次了。

张三对他俩说："病人的各项健康指标反馈出来了，现在的身体状态可以满足手术要求。"

"哦。"郭长民避开张三的目光，看着屏幕上被裂纹分成大大小小的七块碎骨。虽然他没让两个女人插手，努力固定了爷爷的左腿，但看来并没起到实际有效的作用。拍片子时，碎骨之间还是出了不规则的裂隙，有几块碎骨移位了。

九岁时，他把伯父装酒的玻璃瓶子偷偷灌满了水，悄悄埋到柴草里冻了一夜。第二天瓶身上炸裂出来的纹路和屏幕上的骨裂很像。他一碰，冰疙瘩外面的碎玻璃散落到地上。有皮肉包着，这些骨头不会散落。

"跟之前我估计的一样，他的骨质很差，固定术没什么把握，即便做了固定术，由于病人分泌不好，手术会失败，还得回到置换关节这一步上来。"

"呃。"郭长民说。

"我和其他几位大夫商量过了，大家统一的意见都是首选关节置换术——这是可以确保手术成功的。"

"行。"郭长民说。

"你们看看，选择一个什么样的关节。"

"有多大不一样？"

"当然，磨损度的区别不同，进口货二次手术的区间一定比国产的长。"

即便有术语，二娥也听明白了："大夫，挑个便宜的吧，我爷岁数大了。"

张三看着郭长民的眼睛："当然，决定权在你们。"

郭长民像嗓子里有痰，不太清晰地说了句土语："嗯哪。"

"家属没有异议，那就签一下手术协议吧……你们是祖孙关系，病人叫范传福，你……"

"她叫范春娥，我叫郭长民。"

"哦哦。"

女大夫转了转椅子，扭头看了一眼。

他俩从 421 出来，郭长民心里隐约升起挣脱催眠术的懊恼，脑子里还晕乎麻木，他依旧并不主动让情绪强烈清晰起来，以一种半梦游的状态回到了病房。

爷爷脑子很清楚，坦然接受了自己的处境。他也对眼前的环境不满："他妈了个巴子的，一股子什么味儿？"

对，就是医院这味道。一进鼻子里，便让郭长民心烦，时间一长便昏昏欲睡。

惯有的轻松表情回到爷爷脸上，他笑着，没牙的口腔像个深深的洞："妈了个巴子的，我才九十，腿就折了，还要在这里躺一年，可真赶不上现在就咽气。"

手术明天上午做。

又一个郭长民分辨不清的女护士进来，给老人挂上了吊瓶。

二娥留在医院看着爷爷。

郭长民出来，坐上一辆出租车。他有很多乱糟糟的事情要做。

跟矿上请假，不知道得休上多长时间，得和人仔细交接清工作量以及工具的种种琐细。

回家里安顿安顿，告诉儿子这几天照顾好家——他能照顾好自己就行；从四张死期存单里拿出那张六万的，取出现金来先给冬梅送去；照二娥说的，一件一件找出他们三个人今晚在医院里过夜的衣服。

出租车在门洞口停下，在过午的阳光下，他拖着两条酸溜溜的腿往院子里走，脑子里忽然一闪念：其实，什么都用不着急，自己要做的第一件事是进屋躺下，睡上一觉。

那个朝鲜族嫂子告诉他们，现在有成年人卧床用的纸尿裤，跟小孩子的尿不湿差不多，医院附近的小商店里都卖，一包十个，才二十四块钱。这么平常普通的东西，他俩以前竟没听说过。儿子出生时，婴儿尿不湿已经很普遍了，但是二娥一片也没买过。跟以前侍弄小孩方式一样，她夜里起来给孩子把尿。孩子养成习惯，便不会失禁。

大小便确实麻烦，爷爷胃口挺好的。由于知道自己只有九十岁，要明年才会到寿，所以他并不上火。

这种安天知命随遇而安，在爷爷同辈和前辈人里，原是很普遍的。只是那些前人消失了，才在今天显得奇怪起来。

再就是给老爷子擦洗身体，开始每天一次，后来增加到两次。两口子弄，也不算什么活儿。他俩都乐得有点儿事干才好。

二娥估计自己差不多也能应付，她让郭长民回去上班。这是遇到了很大的事，因此少挣钱，二娥能想得开。她更怕住院时间长，郭长民受不了。

郭长民说："平时找这么一个光明正大放懒的理由都没有，怎能轻易放过？"

二娥未必真想得开。人前满面愁容倒不要紧，内里上暗火才真熬人。二娥心脏有点问题。人到中年，郭长民知道怕了。

邻床的朝鲜族小伙子总是拄着双拐，到走廊里溜达。他手术时间不长，不宜下床。他也是张三的病人，却不怎么听张三的话。过两天，他把床调到了另外一个病房。

他妈妈非常好。郭长民和二娥有些内疚，身体可以擦拭，但是没办法制止老人呼出的气味。

爷爷的鼻子也很不满。他每天都嘟嘟囔囔，抱怨医院的味道。不过老人也能找到乐趣。张三一过来查房，老人的眼睛便跟住他的胸牌移动，现出怪模怪样的笑容。

在他们那一辈人中，常有连自己名字也不会写，却识得几个眼前字的人。爷爷比那种情况还要好一些，他的好时光，是在东北两个大城市里度过的。入社的时候，村子里几乎所有人全是文盲，但爷爷当过几年生产队队长和小队会计。

后来，张三不到门诊坐诊的日子，也不怎么来这个病房了。

张三的职责没问题，老人手术的部位，情况稳定。

床空了几个小时。傍晚，进来了个左小臂粉碎性骨折的八十三岁老太太。

她也是跌了一跤："差一级台阶就到了楼底下——走高兴了。"

老太太骨瘦如柴，精力却异常充沛，基本不在床上待着。同是暮年，又同病相怜，她把爷爷的细微之处都能看在眼里。老爷子虽然做不了和她聊天的对手，但二娥和郭长民可以。

她七个儿女，连配偶一共十四个人。露面的只有长女长子。

大女儿上午一来，有时和郭长民两口子连招呼也懒得打一下，在母亲床上一倒，像年轻人似的只端着手机。其实，她应该有六十岁了。只要她一露面，老太太就顿时噤声。女儿前脚一离开，老太太马上滔滔不绝。

这女儿和自家儿媳妇怎么不省心，带孙子如何累，由于自己这个"老不死的"出了事儿，跟别的那几个弟妹如何争执闹心，老太太全都体谅。

老太太对大儿子发各种各样的怨气，有各种各样的挑剔，提各种各样的要求。

儿子每天下午现身的时间很短暂，一声不吭。在母亲的埋怨絮叨里，检查计算她的口服药变化，安置随后二十四小时的饮食，临走拿走换下来的内衣和袜子。

他来的头一天，二娥和郭长民觉得这个人有些眼熟。第二天一致认准了，他是当年那个廉律师。他变化太多，特别是剃起了光头，发楂儿白得非常彻底，呈现一种透明感。

他没认出他俩。总是这样，年纪小的认出年纪大的，反过来的情形则少得多。

老太太说，大儿子在东郊养蛋鸡，一天忙到黑。他是恢复高考第一批的大学生，当时全县一千多个考生，只考上了二十三个。早先在检察院，帮朋友忙丢了公职。

郭长民在楼梯口对着窗子抽烟，旁边电梯那儿有几个人出来。其中一个脚步在他旁边停了。

郭长民扭过头，脸上绽出笑容。

"爸。"儿子似乎松弛了一点。

"礼拜六了？"

"周日，我们昨天补课了。"

他俩进了病房，郭长民好久听不到二娥这样洋溢的声音了："咋来的呀？这是廉奶奶！"

老太太在他们两口子面前非常放松，在这个明显带着生涩的孩子面前却略显拘谨。措手不及之间，她有点儿搞错了。这个孩子只是个头够高了，其实还算不上是小伙子。

"爷，你看谁来了？"

"太姥爷。"

郭长民向一边侧了侧脸，儿子努力的样子让他有点儿不忍。

老爷子认得出来，仅此而已。

"你看太姥爷怎么样了？"在自己孩子面前，二娥有时会明显幼稚起来。

孩子在床头俯身看着老人，样子驯服，动作发硬。

"挺好的。就是……脸色有点淡。"孩子干巴巴地说，脸涨得有点儿红了。

郭长民一胳膊揽过儿子，打着哈哈："走走，陪爸喝一杯去。"

二娥在背后嘱咐："好好吃一顿饺子，不知道这几天咋糊弄吃的饭。"

郭长民最清楚儿子内心的挣扎。

不管怎样硬着头皮，这小子还是来了。这里面，无论如何存有那么一点儿敬畏之心，郭长民颇感安慰。

儿子这样说了，二娥越端详爷爷越紧张起来。

她向老太太求证："是不是还挺好的？"

二娥这个口气，老太太也只能顺着鼓励她。老太太其实比他们两口子看得更真切。

二娥心里越来越虚，等不及郭长民回来，她去找了张三。

张三拿听诊器过来听了，又让护士来抽了血。

点滴里加了药，但是看不出效果来。

过了两天，爷爷日见虚弱。

"这股子味儿，熏也把人熏死了。"他们两口子知道爷爷这句话是笑着说的，但老人似已做不出鲜明情绪的表情里，嘲讽的味道几乎没有了，完全像是放任和无奈。

喂他吃的他也吃，只是咽不下去多少，话也懒怠说了。孩子说得对，最主要的还是脸色。浅灰泛白，淡了。

二娥从老太太的眼神里也明白了。

张三没有明确建议他们做什么。他的口气似乎是在暗示她自便。可以转院，或者出院。当然，首选是转移到重症监护室——单纯以眼下病人的状态，从医疗角度，经济条件允许的家属，第一选择应该是那样的。

总之，膝盖那里术后的恢复是正常的。

张三没有像有的大夫那样，立刻赶他们走。

二娥六神无主。

郭长民又到楼梯那里抽烟，他很清楚老人的状态，一种胆怯使他说不出口。

从老人摔倒在地开始，那种在他和二娥之间出现的东西让他惶惶不安。就是那种不安，使他听任张三的摆布。

确定给老人做手术之后，那种不祥之感消失了，他和二娥恢复了亲如一人的状态。

他听出了她的脚步声，回过头来。

二娥说："我看，爷这次是不行了。"

他清了一下嗓子，掐灭了香烟，烟蒂扔进白钢桶子里，没说话。

她还站着不走。

"我看，"郭长民说，"就在这个床上住着吧。"

当天傍晚，二娥发现爷爷在注目看她，眼睛活泛起来。

老人带着一点儿羞涩说："我想喝碗粥。"

郭长民买了小米粥回来，血色又浮上了老人的脸。从住院起，爷爷就不会用吸管。二娥把粥倒碗里，拿小勺喂了两口，爷爷摇摇右手，有点嫌麻烦。

他俩明白了他的意思，扶他坐了起来，被子枕头靠在背后。二娥不放心，挨爷爷一旁坐在床上。

老人两手捧着碗，把粥全喝了。

二娥兴奋得眼睛发亮。

郭长民想，喝得这么香，是不是再出去买一碗。想是这么想，但是他自己也说不出来为什么，并未把这个念头说出口。

郭长民两脚仍原地站着，眼睛离不开老人的脸。

二娥把枕头被子又在床头摆好，想扶爷爷倒下。

老人推开她的手，坐得很稳当，他乐呵呵地看着郭长民："躺了这么些天，养精蓄锐，总算能坐起来了。这两天，我知道你们两口子是有点害怕了。怕啥呢？我自己知道一点事儿都没有。我小时候，我爷爷就找瞎子把我的命、我的寿路都算得明明白白了。只要我这辈子不当看病先生，就能活到九十一岁。我命硬，打小克死了爹克死了妈，成家以后克掉了两个屋里的，当了爷爷又克了一个儿子。我体格不算太强，但只要不当先生给别人看病，就什么病都要不了我的命。我五岁时我爹死了，他才二十三。我爷爷下定决心，说什么也不让我再学先生了。我爷爷说，我家单传七辈都是先生。但没一个人的寿路能到五十。我七岁不懂事，哼哼呀呀自己背《汤头歌》玩儿。被我爷爷胖揍了一顿，他都气掉眼泪了。我十二那年冬月初六，他死了。他属羊，民国二十二年，是他本命年。

"我爷爷临死头两天跟我说：我早就知道这五十多天我熬不过去。孩子，你眼瞅着就十三了，自己能给自己弄一口食吃了。人活着，只要自己不担心自己活不下去，就饿不死。我找过好几个瞎子给你算过。只要你好好的，心放正，三条大路走中间，你就能活到九十一岁。千万记住喽，人一辈子活过来，其实就两件大事：吃饱穿暖。冻不着饿不着以外的日子，就全都是赚到了。千万可别身在福中不知福，刚吃了两顿饱饭，就不知自己姓啥了。不管经历啥事，也别心凉也别心硬。人疼人有人疼，人厌人有人厌。心凉心硬的人，临了自己孤单。话谁都会说，自己没经过，不会明白是啥滋味。这话我记事的时候，我爷爷就跟我说老人跟他念叨过。可是他还是把先生的手艺传给了我爹，我又传给了你爹。我们都下不了这个狠心。其实，人这一辈子只要走正道，端什么饭碗都能吃饭。我们家祖祖辈辈都是看病先生，这碗饭我也吃了一辈子。孩子，我要死了，我得跟你交实底：看病看不了命；良药治不了该死的病。我说这话怕你不信，怕你记不住，你过来看看，爷爷这只手都黑了。我这口气撑不过三天两日了。孩子你会亲眼看见，这块黑一直往上长，长到我的胳膊，长到我的脖子上。眼睛只能看到皮看不到里面，其实，我的心和肠子也都黑了。爷爷本来不想告诉你，但是不跟你说，怕你记不住。不管最后我的死相多难看，你都别害怕。这就是你爷爷的命……"

作为一个土生土长的东北人，郭长民却最不喜欢二人转，每当爷爷和二娥看电视上的二人转，他往往挂出一副怪模怪样的笑容，好像带着一点儿不含恶意的奚落似的。郭长民现在就是那种样子。有根神经提醒他保持清醒自制，不要被老人的昏话催眠误导。

老爷子还没有累，他把脸转向那个难得规规矩矩回到自己床上的病友，骄傲地露着没牙的牙床："我们老范家单传了这些辈子，到我这里，终于有了三个儿子。这丫头他爸不算数了，我的大儿子和老儿子都有后人，我有四个孙子，现在已经给我生了两个重孙子……"

郭长民在老人面前一向状态松弛，开玩笑张嘴就来。他想对二娥说一句逗逗老爷子的话："看看，爷都没拿你当个人。"

但有一股神秘的力量，让他说不出口。

"大妹子，这个丫头说来也算是个有福气的。虽说小时没娘眼泪两行，比别人家孩子多遭了那么多罪，大了也不听话，找头一个掌柜的叫程国军，又遭了不少罪。不过第二嫁嫁得好——郭长民这小子是个好爹好妈好人家长大的孩子。

"郭长民，我夸你两句，你也不要美得过了头。两口子和气，终归两好变一好。总是二娥心软，你们才有今天。"

老人乐呵呵地看着他，嘴巴更歪了："嘿嘿，你小子伺候了我几年，心里不要抱屈，也别盼望二娥领你情，这是咱俩的缘分。要不是上辈子你欠下我的，下辈子当牛做马，我一准儿也得还给你……"

二娥忽然发觉，爷爷这副没有多少正形的男人赖皮劲头，郭长民跟他很像，这种活灵活现的神气使他俩仿佛是一对亲祖孙。

作为对手，郭长民败下阵来，接不上这个茬儿。

隔着一张空床，廉老太太越来越加重的拘谨，使他全明白了。

二娥虽然还没有醒腔，手还扶着爷爷，但是老人与她，与这个世界之间，已经出现了一道不可逾越的河。

"说良心话，我这辈子做得还是不太好，临了，手脚是没有黑，可腿折了。"老人把扁扁的嘴唇闭紧了一下，他还是不愿意接受郭长民意识到的现实，话还是够硬气，"不送我到医院来，你们公母俩心里不好受。送我到这里来，除了买个心里舒坦，也是白搭钱。我今年才九十，怎么也还得半年以后才能死……"

　　像瞬间脱水的叶子，爷爷的脸色迅速黯淡下去了。

四

1

早晨下班，二娥从公园中间穿过。

郭长民上下班坐的通勤车，在公园西面那条南北大道一个公交站点旁边停。

五路公交车沿公园北面绕了个弓背，二娥横穿公园走弓弦。省了一块钱是其次，二娥喜欢重建后的公园。

南面的两座桥，东面路边的甬道，北面闹市的街口，西面房子中间，整个公园可以随便出入。

全民免费开放，二娥当然也有份儿。

这里再不是恋人独占的世界。二娥特意留过心，一连五次，她没在公园里发现一对疑似热恋的年轻男女。她后来想，这五次换了别处也不容易发现。

现在的年轻人，爱情如家常便饭，可以随意发生。不再甜蜜如节日糖果，糖果本身也就不那么甜了。

算不得糖果，算不得节日，没有仪式感的刻意，便不需要专属的岛屿和舞台。

公园里多是老人。再精确一点说，多为老年人和正在走向老年的人。

二娥年轻了些。

一次，二娥耍了个小计谋，把郭长民诓了来。她没猜错，郭长民轻松融入了广场舞。虽然他一直不知道猫王是谁，但毕竟年轻时对太空步很熟。

郭长民一转身就忘了广场舞，一点儿兴趣都没有。况且，有他在旁边，他俩未免显得更年轻了些。

郭长民说："二娥，你就站他们后头跟着比画呗，动动胳膊腿儿，扭扭腰。好看难看，有啥大不了的。"

二娥还是克制着手舞足蹈的冲动。她也知道，自己未必便是跳得最难看的那个。郭长民说的是，本来就没人会在乎你跳啥样。

她早晚会试一试的，说不定哪一天就下了决心。二娥不着急，跃跃欲试的感觉也不错。

宾馆的活儿隔一天休一天，晚八点到早八点，十二小时算两个班。出来十五个晚上却上的三十个班，两千块钱。在二娥看来，又是捡了个便宜。

二娥很满意。她对自己干过的所有的活儿无不满意。

杏树花开得正好。有个独行的小老太太正拿着手机，把自己拍进花里。

二娥步子很快，她还是那么有力气。

郭长民这几天是零点班。升井洗完澡，人齐了通勤车就发车，并不定时。偶尔他俩便能遇到。

公园西面，电梯楼小区北侧和那座全城闻名的大超市南门脸之间的一条短路，几乎成了停车场。

她刚从私家车阵营中间走出来，郭长民他们坐的那辆黄海大客车，正好从她对面横着经过。向南几十米，停在了路口。卸下来七八个男人，继续往南开走了。

眼前没有斑马线，她得横穿街道。走到路中间时，二娥停了下来，手里捏着电话，等着面前南去的车流。

她不用打电话了，另外几个矿工四外散去。老黄见郭长民不动，进而也看到了走过来的二娥，跟郭长民说了一句什么笑话，夹着他的小包往西去了。

郭长民站在原地，拿出一支香烟点着了。

二娥过来问："老黄说什么？"

"他要去告诉我老婆，说我不回家，在等一个女的。"

"不回家你还想上哪儿？"

这话好像是个提醒，他往路边看了一眼："那就上这家吧。"

边往那家小面馆走，二娥边打量着老黄夹着小包的远去背影。头发没得差不多了，干脆剃起了光头。从后面单看这颗紫不溜丢的脑袋，说七十岁了也行。五十来岁，老黄罗圈腿明显起来，他未必跑得起来了。

郭长民回家不止一次当笑话说过，老黄到荒山野岭的煤矿上班，天天腋下也夹着这个黑皮小包，大半夜起来上零点班也从来不忘。包里整齐装着面巾纸，有一段时间干脆是两沓冥币，最上面和下面有几张是真的百元钞票。

二娥在电视上看小品就是这副表情。她开心了。

板面写在菜谱最上面，郭长民便要了一碗。二娥于是也要了，也是大碗的。一大碗面，不够他十分饱。

不过是吃一碗八块钱的面，二娥还是想到了儿子，她有点乐不可支："咱俩偷偷把那小子撇下了。"

郭长民在吐出的烟雾后面，龇了龇牙。他在笑她。

跷着二郎腿，斜身椅子上瘫着，那把椅子都把郭长民搞扭歪了。干了半宿活，他可能是累了。就算没累着，他的坐姿也比前些年更不正经了。

他又在龇牙笑。

这次是笑胖老板娘端过来的两碗面。碗真大，关键是的确够满。二娥没办法把自己的直接匀给他了点。

不过，也用不着急，用不了两分钟，他的碗自会腾出地方来。

等面的时候，郭长民把下车以后的第二支烟点着了。没想到面会这么快出来，他下巴动了动，示意她先吃。

她没动。他嘴角歪了歪，似笑非笑，仿佛猜出了她那点心思。

"色鬼。"二娥说。

他不说话，嘴抽烟呢，腾不出来，像暗示她什么似的，嘴角歪得更厉害了。

这种表情背后，此刻未必有什么具体的所指。如果他俩是在家里，可能便是另一码事。

郭长民的松弛并没有维持多久。

把烟头摁灭，拉过碗就吃。速度跟二娥预想的一样。

二娥正要端起碗来匀给他时，郭长民咀嚼的频率忽然变了，嘴和下巴顿了一顿，接下去出于惯性，嘴里的面片吞咽下去，喉结向上蠕动了一下。

二娥扭头向窗外看。

他俩的儿子，还有另外一个姑娘，两人穿着相同的校服，正并肩从窗前经过。男左女右。姑娘在窗子这边，她头顶的头发刚及儿子肩头。儿子的侧脸也很清楚。

女孩子嘴巴不停说着什么。儿子眼睛朝下，听着。

两个人都戴着近视镜，却都没注意身外的世界。此刻，二人身外没有世界。他们俩没拉手。儿子两只手插在裤兜里——样子极像他的父亲。女孩子腰拔得很直，两手在胸前，好像抱着两本书。

郭长民也许看到了什么，二娥觉得自己没看清。

两个孩子过去了。

二娥克制着自己，没起身去趴窗子。

郭长民又端了起碗，他在让自己平静。

"冬梅家的孩子。"

"呃，你吃啊。"

二娥吃起来，尽量不看他。

他把空碗撂在桌子上。她知道，不用再匀给他面了。

郭长民又去掏香烟："你慢点。"

"饱了。"二娥说，"老板娘，多少钱？"

快过铁道的时候，她终于忍不住了。

"今天是礼拜天，可能补课老师有事，俩孩子也难得有空。"

"嗯。"

听声音，他没接受这种轻描淡写，也许还有那么一点对她和稀泥的不满。

一块过了半辈子，谁也骗不了谁。

二娥说不出别的来。

听不到那两个正念高二的孩子说什么。但是，他俩走路的样子，表明彼此间出现了一种非同寻常的联系。说不定比二娥郭长民年轻时，许多年轻男女勾肩搭背的刻意招摇，还要复杂密切。

二娥模模糊糊有股焦虑。

2

到家不用做饭，二娥上炕铺好被褥，拉上窗帘，他俩直接脱衣服躺下，都没什么话。

生了儿子以后，二娥的睡眠越来越好。现在上一整夜班，虽然没法跟他比，但通常入睡也用不上半小时。无论何时何地，五分钟不仅足够郭长民入睡，甚至够他完整打一个盹儿。

她的呼吸很匀静。儿子过了十岁，装睡时很像她现在的样子。那时他俩觉得说什么都得让这小子单独睡了，小屋子却被爷爷占去了三年多。

郭长民装不了，十年前他便开始打鼾，有时脑子还清醒着没等迷糊，就先听到了自己的鼾声响起。二十年前他体重一百三十斤，现在不少于一百五。外观看，只是腰腹粗壮了些，没人说过他胖。

二娥一动不动，害得郭长民躺的骨头都酸了。

后来，他悄悄翻了个身。眼睛总闭着，也累。

十一点了。

女房东说，买这块石英钟花了七十二块钱，用了她半个月工资。按照女房东的思维，相当于现在两千多也说得通。虽然，今天卖十块钱的石英钟，也不见得质量就比它差。

三十来年，它仍然对得起她那半个月的工资。一个主要的原因是，男房东听了一位高手的指点，大着胆子把这一贵重物品最勤快的秒针拆掉了，大大延缓了驱动装置的磨损老化。它仍保持精准，偶尔会奇怪地给郭长民一种仿佛时间停滞的恍惚。

当然，那是错觉。

作为计算时间分分秒秒流逝的工具，它机械而精确，这件来自开始浮躁作假时期的产品，却依然拥有某种早年的可贵品质，仿佛一件可靠的证物，执着强调着某些东西的真实顽固。在它刻板无情的"嚓嚓"声里，那对法官夫妇的年富力强一点一点溜走了。他俩离开这间屋子，住进了一所一百三十多平方的大房子。他们的女儿也是法官，现在当上了副庭长。他们搬进这个小院时，湖北夫妻的女儿与房东的女儿她俩形影不离，都说那个丫头成绩更好呢。

为了转移继续想年轻的，他刻意去想老的。

房东两口子现在还不是同样成了公园里最普通的退休老人？一个推着另一个，像通常见的大多数情况一样，推轮椅的是老太太。到老年，女的——对于家庭及夫妻关系更专注依恋、对琐碎日常投入更多的一方，往往成了真正强者。这未必是剧情反转，而是一种真相水落石出。

他和二娥也不会例外。现在，他们这个家的真正主心骨和灵魂人物，却被一个未经证实的风吹草动，吓得大气都不敢出。

出现了一种她无法掌控的威胁。像一只母鸡，以自己全部生命热忱开拓出来的那一小片可怜的领地上，掠过了鹰的影子。这种威胁，她抵御不了。

郭长民坐起来慢慢穿衣服。二娥还是那个姿势。他有点儿怜悯她。

阳光照在脸上，比他们俩回来时更舒服了，春天的太阳往往这样。

站在他俩吃面的小面铺前抽烟，一副散漫无聊的样子，郭长民等着那个自己生出来的年轻人。

有人陆续进去吃饭。那个胖胖的老板娘，大概没工夫继续琢磨他的背影了，她愿意看就看看吧。

儿子的身影被他从行人中分离出来。每个礼拜天，他补一上午课。

远远地，郭长民不错眼珠盯着这个年轻的人。他从没像现在这样注视过儿子。仔细看，什么都会不一样起来。

儿子将怎样走过一生？一直以来，他和二娥只是盲目地乐观——一种看着自己再生的新生命生机勃勃成长的盲目乐观。

上个月，他满了十七周岁，最新的身高是一米七八。

非常好了，应该停下了。

今天二娥和郭长民潜意识里都明白了，幸运应该适可而止。

在他俩年轻时，许许多多青年男女第一次接触，就怀上了孩子。

他俩等他出生，却差不多用了四年。

为了修复子宫内膜，他和二娥遵守陈大夫的告诫，有过半年严格的禁欲期，还有数倍时间的胆战心惊。过后回想起来，怪好笑的。可当初那种手拉着手踩钢丝一般的恐惧，实实在在经历过，也实实在在帮他俩共同度过了那道三年的深渊。

　　等来了儿子，眼前立刻一马平川了。二娥一下子放松了那么多，简直把郭长民抛之脑后了。对她来说，孩子从她两腿间一露面，亲子瞬间便大过了夫妻。其实，是随着孩子的出现，他俩的夫妻关系才真正血肉一体起来。

　　二娥和他都太微弱、太平常、太胆小了。是共同的孩子让他俩自然成为亲人，不必再刻意寻求其他添加剂，来凝固这种男女之间最需要稳定却常常被搞得一塌糊涂的关系。

　　每年九月初八，二娥都不会忘了去给陈大夫过生日。

　　去年，他们两口子跑空了。到了那家养老院才知道，前一个礼拜陈大夫的遗体已被火化了。

　　她的中风恢复得不好，到养老院还不到一年。因为陈大夫失语，二娥平时打不了电话。

　　二娥是给陈大夫晚年唯一过生日的人，也是唯一到敬老院去看她的故人。

　　养老院院长对他们两口子极其冷淡，非亲属她没有通知他们的义务。他俩能够联想到其中的缘由，陈大夫应该还有些积蓄。

　　女院长可能想复杂化了，他们毫无非分之想。她估计得完全正确，他们斗不过她的。

　　二娥想要的，不过是痛痛快快大哭一场就可以了。但院长说，是她垫付的丧葬费用，她没有保存骨灰的义务。

　　陈大夫的所有遗留荡然无存，二娥只好回自己家来哭。

　　郭长民四十五岁，他大致明白了这两个萍水相逢的苦命女人，她们从对方身上得到的一点点彼此不敢确认却类如母女般的可怜温情和慰藉。二娥看似哭的是陈大夫没有伴侣、没有子女的凄凉一生。其实，二娥更是在哭她自己的感激和庆幸。

　　仅从生日时陈大夫表现出来的由衷喜悦，人性人心深处的脆弱卑微，郭长民一清二楚了：没有哪个人——特别是女人——会真正反感拒绝来自其他生命的温暖和安慰。哪怕是陈大夫这样心早凉透了、硬透了的人。

路边的槐树刚要放叶子，离儿子小腿不远，鸢尾花快开了。

"爸，你今天下班这么晚吗？"

父子俩面对面站着。

"没有，我睡不着。总翻身，你妈也睡不了。"

儿子没说话，像是在琢磨他话的意思，是不是暗示自己也先别回去。

这一略微的沉吟让郭长民觉得，儿子比真实年龄大了一些。

"走吧，反正今天晚上她也没有班。"

父子俩并肩往回走，儿子在他左边走，不出声。前两个小时，他和那个女孩子从这儿走过，儿子也是左侧。

他侧脸觑了儿子一眼。

儿子大概也想到了那一幕？他应该能回想到，那时有可能与父母下班经过的时间重叠。

现在，儿子似乎并不舒服。

儿子从小到大，他俩一直这样并排走。儿子一直都很快乐，起码总是无忧无虑。此刻有一种陌生的东西隔在了他俩中间。儿子别扭了。只是出于习惯和顺从，才依然跟他这样走着。

儿子和郭长民小时候不同，他连个一起长大的固定玩伴都没有。不懂事时惹祸的机会都很少。二娥好像还揍过他，但郭长民一次没有过。这茬独生子女很多人都这样，孤单而敏感。头两三年，儿子还时而闪现出少儿的乖巧。那种讨人喜欢的刻意面具背后，常常是孤单和敏感的怯惧。

这些，总是让郭长民不舒服，可他没有法子，孩子就是这么长起来的。

在外人眼里，儿子是个大小伙子了。

"最近怎么样？"郭长民看着铁路道口那个小房子，口气漫不经心。

"呃……"儿子飞快地看了他一眼。

"我是说，学习还好吧？"虽然不忍正面盯着儿子的眼睛，但郭长民心里很清楚，不能再继续可怜这小子了。

"还行。"

不用看，他清楚地感到儿子眼神里闪现的慌乱和愠怒。

郭长民再未与儿子对视。不是不忍心，也不全是故作镇定，而是他这个当爹的，首先失去了勇气。

父子俩一路再无话。

开门进屋，二娥立马从炕上坐起，起身拉开了窗帘。她看看他，又看看儿子，也什么话都没说出来。

郭长民倒还平和自然。

可儿子脸上明白写着，爷儿俩似乎摊过牌了。儿子两片薄薄的嘴唇闭得死死的，下巴发紧，眼睛有点红了。

很明显，他被他爹逼到死角了。

她赶紧下地，给儿子弄午饭。

他们三个人都不说什么，各自在孤单和紧张的煎熬中越陷越深。

下午三点多钟，坐在公园的椅子上，郭长民的烟盒里空了。

今天夜里，他不去上班了。

手里没了香烟，仿佛没着没落。他掏出手机，给辅导班老师打电话。

"您好？……"

"呵呵，范老师你好！我是郭子轩的爸爸。"

"您好、您好。对了，我正想给您打电话，郭子轩怎么没来上课？"

"早上起来，他妈胃里不太舒服。怎么，他没请假？"

"哦……现在好多了吧？"

"好多了、好多了。谢谢老师。"

"您先等一下……您家里有什么别的事情吗？"

"嗯？"

"是这样的：他这阶段没来过我这儿补课，有一个多月了吧……上个礼拜就没请假。"

"……"

过了一会儿，郭长民又给班主任打。

"郭老师，我是郭子轩的父亲。"

"唔。"

"我想跟您问一下……他最近的学习情况。"

"唔？最近……咱们之间的沟通，是有点少……这我也有责任——孩子太多，事儿太多了。"她说到这里停下了，仿佛在给郭长民一个反思的节拍。

"对不起郭老师，我们平时忙得钻头不顾腚的，没顾上……"

"这样吧，你们和孩子先好好沟通一下。"

"郭老师，我……"

"不好意思了家长，医生在叫我们，我和我妈妈在医院，你过一会儿再打给我好吗？"

"哎呀、哎呀！对不起、对不起，郭老师您忙吧！"

这个老师，以前用的是那么骄傲洋溢的口吻、那样一种同盟者的亲近。

郭长民没再打电话。

儿子在老师眼里失去了希望和价值，老师和家长作为同盟者的基础便不存在了。

到了傍晚，郭长民迎着夕阳往回走。两手插裤兜里，姿态有点儿他年轻时刚到这个小城在街上那种满不在乎的摇摇晃晃。很多年他都不这么走路了。

后来，郭长民意识到了自己的心神不定。站住，稳了稳，从今天买的第三包烟里抽出一支。

他的儿子，在老师眼里变成了一块废材。

姓郭的女老师明显在责怪他这个家长。

他和二娥的问题，出在了哪儿呢？

电话响，二娥。

"嗯？"

"干啥去了？"

"溜达。"

"你总不回来，他也出去了。像是搁家里待不住。"

郭长民不说话。

"你快回来呀。"能听出来，二娥压制着烦躁。

"过铁道呢。"

她还是没挂电话："用不用给他们老师打个电话问问？"

"打了。"

她等着。他什么都没说。

二娥忽然蹦出一句："都是冬梅和志山。"

这算什么话？郭长民关了手机。

不看自己的孩子，却去责备另一个孩子，甚至从对方家长身上找毛病，这明显不近人情、不通情理。

可是，郭长民心里又分明对二娥这句不讲理的话，有说不出的同感。

只这一句话，郭长民便听出来，二娥似乎不喜欢那个女孩子。

如果不面临这个事情，她对冬梅两口子和她家的两个孩子永远都是友善的。

郭长民是默契的。

可是，怎么办呢？

根在儿子身上。对这个身高快一米八、腰身却细得像是一阵风都能刮歪的儿子，郭长民一筹莫展。

揍他一顿吗？即便在自己年轻的时候，暴力也已然不能解决这种事情了。尽管有很多父亲仍然那么干，但那也不过是在释放自己无计可施的恶劣心情罢了。

老师的态度是明白的，她一定非常心凉扫兴。但老师和家长不一样，一个孩子失去了希望，还有另外几十个。

冬梅和志山——对。

不管怎么说，这不是互相埋怨扯皮的事情，两个孩子都太小了。

跟志山说，应该容易沟通。男人之间，总有默契。可人家是当父亲的，怎么对自己女儿开口呢？

还是跟冬梅说吧。算了，还是他俩明天直接去找他俩吧。凭二娥和冬梅她俩，总不至于干起来的。

真他妈乱！

仿佛有一根神经提示了郭长民。一回头，儿子果然跟在后面不远。

郭长民真想回去当街暴揍他一顿。

夜里，郭长民没去上班。一早晨，儿子太阳穴上的血管一直绷得紧紧的，一副背靠墙角准备刺刀见红的架势。爸爸妈妈一声没吭，他只好去上学了。

郭长民打电话，冬梅还跟他开着玩笑。

郭长民不说什么事，要和二娥过去，他们四个一起商量。

冬梅的声音立刻有点儿紧张了。

他们两口子找她和志山能干什么？托他俩办什么事情，哪怕是他俩定了房子，借数额比较多的钱，都应该可以在电话里直接说。还能有什么更严重的、更不方便的？

冬梅慢慢想到了孩子。细细回想女儿近段时间的蛛丝马迹，心里越想越怕。

郭长民和二娥到她家时，冬梅已恢复了镇定。她没通知志山。

说起这件事来很艰难。二娥明显哑了嗓子，郭长民的话也很少。

他俩没太强调自己估计的准确性，郭长民甚至苦笑着说："我和二娥有点儿发蒙，没准就是我们神经过敏想多了。你和志山看事儿，比我和二娥准。"

他俩努力控制分寸，避免引起她的误会。这让冬梅更害怕。

第一感觉，这两人肯定有更多的事情瞒着她。不可能仅仅凭着一点猜想就来找她——不会无缘无故，板上钉钉是真的。

他们两口子在利用女儿（怀孕了吗？！）打什么算盘？想胁迫她和志山？只要揪住不放松，他俩像傻瓜似的干了半辈子，也不如在这一件事情上赚得多、赢得多。

所以，志山和自己才是傻子。

又说了一会儿话，冬梅慢慢认定自己想多了。二娥和郭长民真上了火，只是简单来寻找同盟。他俩小心翼翼地赞扬她的女儿，责备自己儿子。

两个孩子太小，这件事情还太早，应该先考上大学以后再说别的。

冬梅也这样想，但她发觉这两口子并无觊觎之心时，心里却感到了一种屈辱。

当然，因为这种屈辱感，冬梅反转地选择舍本逐末，那是电视上才会出现的荒诞剧情。

这杯苦酒必须要喝下去了。在这个事情上，冬梅别无选择，只能与这两口子谅解。

他们三个以一种中年人近乎打掉牙往肚子里咽的体谅笑容，努力向对方强调着他们固有的、持久的理解和友善。彼此都被自己生的孩子逼到了角落，努力幻想从对方那里得到一点同情和帮助。

他们三个都知道，这种强颜欢笑背后的无力和虚假。包括没有在场的志山，他们四个——两对夫妇之间，维持了二十年的简单友谊，被两个孩子葬送掉了。

这辈子，冬梅再也不会去交穷朋友了。

冬梅估计得很准确，女儿怀了孕，大约三个月了。

二娥、郭长民可以模糊回避——他们当然会那么干。志山作为亲爹，眼睛瞅着对面楼的铁皮屋顶，一筹莫展。

她——范冬梅是孩子的母亲。

冬梅对女儿声嘶力竭的怒骂、涕泗横流的哀求，全都无用。

于是，冬梅转而从郭子轩身上寻找突破口。打小她就很喜欢他，在朋友的孩子里排第一。要是一个陌生的生硬小子，冬梅恐怕只剩下唯一一条给女儿偷着下药的路了。想归想，她未必真敢那么做。

她流着眼泪反复和这小子强调着，自己并不是反对他们两个的感情，在这一点上，她比他的爸爸妈妈态度鲜明——仅仅是生孩子这件事对他们现在来说太早了——冬梅不敢过于强调他俩还太小。

苦口婆心，动之以情，晓之以理。最后，终于让郭长民和二娥的儿子而非冬梅自己的女儿，首先扭转了态度。

冬梅以母亲的负责，担当了一件当前大多数中年父母都能认同的事情。

但同时她也给了两个孩子一个负面的自我证明，或者说心理暗示。

冬梅只是强调，他们目前还没有力量肩负一件过早来临的责任而已。

然而，却无意中带给了两个孩子不可预知的复杂和沉重，他们失掉了一种更宝贵的东西。在两个孩子人生道路再次简单明确起来之前，各自走了漫长坎坷的弯路。

做手术那天，二娥也跟着儿子去了。郭长民是白班，早晨醒来在被窝里抽烟，悄悄长吁短叹。他只是单纯叹息自己的隔辈骨肉吧。

二娥可不仅如此。在手术室外面，她切身想起了自己当年的痛楚。

她一掉眼泪，儿子就沿着走廊默默走开了。

二娥总也忍不住。

后来冬梅过来扯了她的手，另一只手拍着她的肩膀，一同流了泪。

冬梅坚强得多。她终于在这件事情上获胜了。她以胜利者的姿态，宽容了对方的愚昧、自私和软弱。

冬梅不甘心，也为女儿不甘心。

然而，下一步冬梅就失了算。她绞尽了脑汁，女儿仍然拒绝再回学校复读。

二娥和郭长民顺从了冬梅。他俩去找冬梅他俩商量，只想了眼前。事态的严重性，往后具体该怎么做，由于冬梅才一步步清晰起来。

先孕只是一件小事情、小挫折。两个孩子这么小，不应过早成为父母。还是促使他俩回学校，继续做同龄孩子该做的事情。首先，当然还是上大学。

他们四个似乎说服了孩子，第一步也做到了。但接下去两个孩子却没听他们的。

做完手术，四个大人都没预料到，两个孩子出现的严重的逆反和消沉。

可能，也是那两个孩子自己都没有想到的。

他俩孕育过一个新生命，给他俩带来过将成为父母的憧憬。可是现实一定要证明，他俩只是小孩子。

两个孩子同意流产，让冬梅错误地估计了事态，误判了自己的主动。她与另外三个大人觉得事情比较简单明确，不幸已被降到最低。他俩再复读一次高二，一年时间而已。

这类事情，出现在当今读高中的孩子身上，也没有什么可太过痛心疾首、无法接受的。他们四个，还觉得自己很是开明包容。

从儿子小时候，郭长民和二娥便再不和孩子吵嘴，他俩误解了儿子的沉默寡言。

冬梅和女儿争执过几次，后来女儿索性也不作声了。女儿自小习惯于和她针锋相对，冬梅以为自己占了上风。

秋季开学前的一天，两个孩子忽然不见了。

冬梅第一反应想到了钱，女儿并没有拿走她的银行卡。仔细核对手机信息的余额，原来女儿从里面取了十万。银行卡被女儿摸过，甚至她搞到了密码，都容易理解。可是，冬梅怎么都想不起来手机曾经离过自己的手。

取款信息一定即时来过，没等自己看到便删掉了。没等冬梅留意余额不对，女儿便已经离开了小城。

她怎么弄的？现在的孩子，就是让你百思不得其解。

冬梅给二娥打电话。二娥说，儿子刚刚给她打完电话，给了她一个银行卡号，让打五万块钱。

冬梅把电话挂掉了。

这就是自己对谁都笑脸相迎的报应。

结果，没有一个人不骗她。

二十年来，她一直以为二娥老实。即便出了这个事情，她还是没想过连二娥也骗自己。

她范冬梅作风正派，忠于婚姻，为了这个家含辛茹苦，却差一点儿没落得一个为人作嫁。她付出了旁人无法想象的处心积虑和坚韧不拔，熬白了一半头发，才终于把志山和那个大洋马似的女人熬得失去耐心，认可了他们的所谓爱情，也不过是一出寻常的奸情而已。

女儿，可是她亲自生出来的。

歪打正着的是，冬梅的体重因这次打击成功减去了二十来斤。冬梅什么地方都挺厉害，唯独管不住自己的嘴吃东西。倒不是由于嘴馋，她脑子里越有事情越需要吃东西。这次，不灵了。

冬梅打来电话时，二娥确实刚接完儿子的电话。别说尚未打钱，她眼泪还没干呢。郭长民只是抽烟，一声不吭。

难过什么呢？

是因为两个孩子做出了这种不如人意的人生选择吗？看来是。

他俩没有冬梅那么愤怒失望，但都打了蔫。

从生下来就在身边的儿子就这么离开了。小狗仔给抱走了，老狗多半也会空落落的。

本来一个，出走时却是俩。

儿子绝不会到志山冬梅家里住，他自己从来没主动去过。

有时太晚了，女孩子直接留宿在那个扒掉了土炕锅灶、恢复了铁架子床的小屋子里。

如果冬梅留意计较，就会不难辨别出，虽互为朋友家的孩子，但二娥给冬梅女儿的疼爱，历来远不及冬梅给二娥的儿子多。二娥是一只母鸡，对自己地盘外的一切很少分心。二娥和郭长民对这女孩子，原本没有太深的印象。

关系明朗化到他俩出走，大约三四个月。姑娘来他们院子的次数，倒也不是特别多，却在他俩跟前格外放松自在。她总归还是个孩子，任何一个孩子在郭长民二娥面前都不会拘谨。

不管儿子领回一个什么样的姑娘，即便在他们作为家长不愿接受的情况下，郭长民也总会流露出由衷开心的一面。他就是那么个人。

二娥也是。

从郭长民认识二娥，便感觉出她反感小个子姑娘。他莫名其妙，大略以为是出于一种高个子姑娘的本能反应。

二娥和这女孩子亲密无间，郭长民很是欣慰。儿子领回来的姑娘，自是家里人了。对待家人、外人，二娥到底不一样。

郭长民和二娥年轻时想法都不多。现在有了些年纪阅历，他们大体明白，一个孩子不管怎样，一般难免要回到自己父母的一些想法，甚至人生老路上去。对这女孩子，两人各自隐隐担同样的心，却彼此避而不谈，全当半路捡了个女儿。

冬梅虽未眼见却有察觉。女儿对二娥和郭长民没有戒心，冬梅心里越发反感这两口子心机太深。

冬梅的伤心怨恨过了一段时间自己调整过来了，脂肪一点一点又回到了她的皮肤底下。在不良情绪里，无尽的纠结越陷越深，最后，牛角的尽头是最狭小的死胡同。冬梅之所以比别普通的女人赢得多些，主要是她善于调整自己，善于主动出击。

在冬梅看来，一个人活着，从根上讲，没有另外一个人能帮自己。苦和难总是出其不意地挡在面前，自己走不出来，绕不过去，便是绝境。

两对夫妻里，她前瞻性最强。大家年轻时从乡下盲目跑到城里来，开头都差不多。二娥和郭长民再勤劳节俭，不过是盲目随波逐流。由于冬梅的眼光，他们一家的生活一直计划有序，有条不紊。二十年过来，山高水低，一目了然。

如果没有她在后面操碎了心，志山累断了腰，又能比郭长民厉害到哪里？可就是这么一个东西，才稍微有了一点儿底子，便狂妄得不知天高地厚……如果自己从怨恨里走不出来，不原谅他，不联合他，志山好不了，自己会更惨。人不能永远活下去，好日子没有多久。

不是年轻时候了，大家都傻乎乎的。二娥和郭长民从这种傻里醒不过腔来也还罢了。孩子们能做到吗？二娥和郭长民的儿子，是自己瞅着长起来的。

当然，生活改造人。一个十几岁的孩子如果在什么地方觉醒，有明确目标，他的前途命运别人说了不会算数。可是这种人——也就大致是她范冬梅这种心胸的人，在最普通的人里，究竟是少数。从郭子轩身上，冬梅看不出这种苗头。

女儿，是她生的。

儿子来电话请示，妹妹领男朋友跑上海来了，是不是把她押回来上学。

冬梅对儿子说："你劝劝她吧，能回来当然最好，从小她倒一直挺听你的话。是我和你爸把她惯坏了。这件事不像别的，她要是实在不回来，你也不要难为她，更不要去找那个男孩子的毛病。好好安抚他俩，帮他俩先安稳下来。在你眼皮底下，总比在别处让我放心。"

冬梅又叮嘱儿子说："她不接我电话，我跟着屁股马上撵过去，弄不好他们就不在你跟前待着了。他俩现在手里是有一点钱，可他俩都太小。千万要留神，发现他们可能缺钱了，赶紧告诉我。等过段时间，她肯接我电话，慢慢来吧。"

儿子年轻，态度鲜明："妈，你和我爸支持他俩？"

冬梅想了想说："不是支持，也不是反对，你妹妹在你那里平安就好。"

"那往后呢？"

冬梅只好说："往后，也是她自己的事情。你尽力照顾你妹妹好就行。你告诉她，让她放心，我和你爸绝不会再干涉他俩的事情，你也别掺和。"

能听出电话那头儿子有点儿开心了。接着，他果然赞美了母亲几句。

志山接过电话，和儿子又聊了一会儿。

冬梅听父子俩仿佛一块石头落了地似的愉快口气，独自苦笑而已。

4

郭长民每个月十个零点班，那十天里有五次二娥不会在家。他下班时间不固定，但二娥准时。

如果他下班晚了，她一准已回到家里。赶上他俩到路口那儿的时间相仿，郭长民便给二娥打电话，以免错过。要是下车早了，他便在那里等她。

一回，通勤车回来太早，他进了公园，坐路边椅子上截她。见她过来，他远远露牙笑。

二娥想，一会儿领他去剃个头，鬓角的白头发挺显眼的。

他不愿意回家。儿子没走之前，郭长民有时回去，屋里也一个人没有。但那时候他不这样。二娥隐约觉得，这是一个脆弱的苗头。

来这小城之前，郭长民一个人兴冲冲跑了大半个中国。他俩到了一起，他窝在别人的家里半辈子，眼看着比主人住的时间还要长，却一点儿也没现出太强烈搬出去的欲念。而今儿子一离开，他连独自待在那个熟悉小窝里的勇气都很难鼓起来。

童年女伴，有人应该已经做了奶奶。

二娥明白，郭长民这是小时候落下的毛病：贪伴、恋窝。

他是孤儿，却是个假孤儿，自小从没真正孤单过。

二娥去过几次郭马架子，怀着儿子时，她的户口到了那里。当时从郭长民伯父一家身上，二娥察觉到这一点，心里踏实了好多。

表面上的理由是放懒，郭长民懒得先回家做饭。他俩在路上遇到，随便进一个小铺子里吃一口就算了。

虽然从她那里多分一点，郭长民仍比二娥吃得快。照例有时间跷起二郎腿，抽一支烟。

他边抽烟，边看着窗外，像是在想着什么，又像是什么都没想。

他这个无忧无虑的习惯姿态，半辈子一直让她很舒服。她觉得，他也只是舒服，什么都没有想。

现在，二娥不免分心。

郭长民从小恋伴，吃得下，睡得香，看什么都不碍眼，没有过真正的志向和贪心。十八九时，忽然有一天连夜弃家出走。不管当时具体因为什么事，但内里更多的原因总是他长大了，那条小山沟里搁不下他了。外边的城市繁华，名山大川对他的诱惑太大，他要出去闯一闯——准确地说，是要去玩一玩。

可是一旦意识到山高水险，他马上承认了自己的无知弱小。为了避免意外死掉、避免遍体鳞伤，他像乌龟一样，缩进了壳子里。他几乎不靠脑子，靠本能就清楚了自己最多能控制多大的地盘。

儿子自小偶尔会闪现对其他孩子的戒惧。二娥有时候宽慰自己，只凭心事重一些，儿子也会比他爸爸有点儿出息。然而说不清怎么回事，即便这父子俩都同样大小，同是自己的孩子，郭长民也无疑会让她更加踏实得多，省心得多，也舒服得多。

儿子太小，一下子扛起来的东西太重，而且跑掉了，没给他俩分担的机会。

二娥吃得很准，看似没心没肝的郭长民，无时无刻不在一门心思想儿子，甚至还会惦记跟儿子在一块的那个丫头。她操的心，他大约一样不少。甚至还可能看到了一些她看不到的东西，他是男人。

也因为他是男人，他心里同样生出的种种心惊肉跳，却一个字没和她吐过。

爷儿俩从来不通电话。快要一年了，可能一次也没单独通过话。他们像别的父子一样感情深厚，但彼此无话可说。从儿子大了，这父子之间变得只会说"事情"，没什么"事情"便不会唠嗑。

"他妈的，咱们爹妈爷爷奶奶那个时候，十六七结婚一块过日子，一点儿毛病都不会犯。"

她从他忽然因嘲讽而翘起来的嘴角和眼神里闪过的无奈，大概读出了他在想什么。当然不会一字不差是这么一句话，但意思差不了多远吧。

这家伙鬓角斑白，脸也见瘦了，可怜巴巴显露出了老年的蛛丝马迹。

今天，儿子和那个女孩子不可能在这个小店的窗前走过，但是电话来了。

郭长民在旁边听了两句，便站了起来，给那个胖老板娘付账。

儿子说想辞职。这是他一年来第三次给二娥打这样的电话。

二娥安慰儿子，一句没有埋怨。她不敢说孩子，她怕儿子以后连这个也不通知他俩。

二娥只好说，那就慢慢找个称心的新工作，别着急，缺钱就吱声。

令他俩稍感宽慰也更加不安的是，儿子自从离开以后，从来没向他俩要过钱。

二娥犹豫着是不是给女孩子打个电话侧面问问，最终她也没打。

她俩母女般的短暂亲密，禁不起离开那所小房子之外的检验。

开头，她俩经常通电话。很快，便热络不起来了。女孩子年轻率性，远未到迁就别人的年纪。

儿子上一次干不下去时，二娥给女孩子打过。那个丫头嘴里也安慰她，说没有什么。但二娥能嗅到一些东西。

女孩子同样换过几次工作，她是主动离职。

俩孩子出走，她拿的钱正好是他的双倍。按现在的话说，她拥有双倍的股权。

往回走的路上，二娥和郭长民都想宽慰一下对方，也想从对方那里得到些许宽慰。但到了家里，也没有再说什么。上炕拉上窗帘，默默躺下，不再言声，希望对方能睡着。

冬梅和志山掌握的信息，要比他俩详细一些，主要来自他们的儿子。男青年之间容易互相理解，儿子和妹妹的男朋友相处不错。他不敢数落妹妹，有时便在电话里对父母为郭子轩鸣不平。

冬梅也只能好好安慰两个孩子：诸如通过实际工作的遭遇，你们现在知道了不上大学的难处。回来好好复读，仍然是最好的选择。

这话无疑是对的。可冬梅自己也清楚，这不过就是自己作为长辈在表态罢了。从两个孩子关系公开化，这个男孩子就和她生分了，自小的那种亲近消失了。

冬梅一直表现着长辈最大的包容、耐心和明确的善意。

快到年底，儿子忽然给冬梅打电话说，妹妹和她的男朋友吵了架，很厉害。他跑到他俩住处，两个人都不见了，打谁的电话也不接。

冬梅和志山打，女儿也不接。男孩子一直关机。

冬梅第一时间通知了二娥和郭长民。

冬梅的女儿总是更懂事一些，接了二娥的电话。她在广州。她说，是轩轩先离开的。他如果肯和她联系，她会马上给二娥打电话。

二娥带着哭腔说："倩倩，那你先回来吧，自己一个人跑广州去干啥？"

那头沉默一会儿，女孩子挂了电话。

二娥把这消息告诉冬梅。冬梅、志山放下心来，反过来很为他们两口子焦急。

谁都没有任何办法。

又过了一段时间，郭子轩的电话成了空号。

他偶尔会给冬梅儿子的微信发两个图，大概是在暗示，父母无须报警找他吧。

女孩子再没给二娥来过电话。也许出于一种奇怪的公平，也不接父亲母亲的电话。她恢复了与哥哥的联系。她在广州找了新工作。

冬梅心里宽慰，但不敢表现出来。

郭子轩一直下落不明。

5

转年夏秋之际，郭长民接到一个来自浙江的电话。对方先询问他是不是郭子轩的父亲，然后说，自己是一个沿海私企电子配件厂的领班：郭子轩在他们这里病倒了。

郭长民和二娥第一次坐了飞机。

那是个为某国际知名品牌提供配件的小厂，儿子躺在一个六张床的工人宿舍里。半个多月前得了肺炎，炎症消了，他依然软在床上，没有力气爬起来上班。

从他生下来，没一天离开过他俩，就那样凭空一下子消失了，整整两年。

他俩进来，儿子把脸从枕头上扭向了墙壁。他不戴眼镜了。二娥抓过他手，浑身战栗，泪水决堤，却不敢哭出声。

除了领他俩进屋的领班，宿舍里另外还有三个年轻人。领班转身离开，有两个当即跟出去，唯一上铺的那个行动慢些，没等出门外，先抬手背抹起了眼睛。

天气闷热，小屋子里空调坏了。儿子只穿一条短裤，近于全裸仰在床上。个子看不出增长，可自小他俩喂出来的肉差不多都丢光了。

四肢如柴，肋骨之间条条凹沟，胸腔支棱着，腹腔一下子塌陷下去，似乎不难辨出肠胃肝脾的形状。鼻子瘦，嘴唇薄，眼眶如井，眼珠沉了下去，头骨轮廓清晰。

这样形销骨立的身体，他俩夫妻几年前送走过一个，那个是这个的曾祖。

郭长民眼窝子比二娥深不了多少，儿子在他眼前模糊婆娑起来。

夫妻俩忘了在延吉上飞机之前什么时候吃的饭，当即不管不顾把他弄到医院。

儿子只是虚弱，没什么病。

两口子慢慢明白过来，这个才十九岁多一点的孩子，经历的打击有多么残酷。他俩，特别是二娥，遭受的苦难更多更重些。可他们年轻时傻，从没往绝望方面想过，也就不曾真正面临过绝望。

他们怎么也理解不了是什么力量，能让一个生龙活虎的年轻人崩溃成这副样子。但那种可怕的威力确凿无疑，活生生的证据摆在眼前。

儿子命悬一线，这一线可能就是他俩。撑不下去了，他终于说了父亲的电话号码。总算，没有抛弃求生的欲望吧。

那三个工友到别的宿舍借宿，把这间屋子腾给了他们三人。

儿子最主要的问题是吃不下东西。宿舍里不允许做饭，郭长民找到两家东北菜馆，但儿子也没胃口，吃不了几口就撂下筷子。

二娥尽量扶孩子下床，多出去走走。

这里的天气，让他们两口子非常不适应。

一次，他们走到大食堂附近，郭长民留意到，二娥盯着一只在他们头顶上盘旋的海鸥。它不时落下来，在食堂后面寻找垃圾。

他想，二娥是在考虑他们是不是回家去更好一些。

郭长民也有同样的念头。

得先去跟大夫确定一下，孩子的身体能否承受这一段旅行。

还有一个想法，从到了这个地方，就不时在他脑子里盘旋。这里是浙江省，说不定二娥的母亲就离得很近呢。在一块儿半辈子，今天到了这里，他才把她的颧骨和眼窝跟男方往一块联系——儿子脸上原来也有蛛丝马迹。

以前，他从来没想过南方跟二娥有什么关系。她的体格个头，特别是脾气秉性，完完全全是个典型的东北女人。

二娥一门心思都在孩子身上，他看不出她分心。因为他没有一丁点儿目标和线索，郭长民最终也没开口。

二娥的判断很自信。回到家里，她很快就可以把儿子的身体养回来。

她做到了。快到春节时，儿子的身体复原了。

郭子轩比两年以前还结实了，虽差几个月满二十周岁，但俨然一个成年男子了。

夫妻俩的心并未完全放下来，儿子复原的仅仅是身体。

他俩偷着和郭老师联系，看看儿子有没有可能回去复读。

郭老师说，郭子轩的学籍早已注销。一个办法是回原初中，重新考高中；再就是入私立高中，以社会生身份参加高考，目前全城还没有私立高中，只能考虑去外地。她答应帮忙想办法。

跟儿子讲了，他眼睛望着窗外，照例沉默。

谈话冷场，让郭长民、二娥不由自主地站向了孩子的立场。他们也年轻过，年轻人生命还长，不会也把两三年的时间看得弹指一挥间、可有可无。不到三年，他们的儿子走过了长长的路，泅过了无尽的河。

对当初那个细高的高中生，他俩也仿佛恍若隔世。

郭长民百思不得其解。他理解不了自己生出来的这个年轻人。

他在郭马架子村与伯父家的孩子们一起长大，并没有觉得孤单过。

儿子在这个小房子里，在他俩的庇护下，没有伙伴，没摸过牛马，没看过庄稼蔬菜怎么出土长大，分不清野生的草木，没像他小时候那样捕杀过小兽小鸟鱼虾。对于男人的成长，郭长民知道这二者里面有区别，但又说不太清楚区别在哪里。

他在井下度过的时间，快到年龄的一半了。往后，一定会超过一半的。即便在活得最艰难的人们眼里，挖煤仍然被很多人普遍认为是最艰苦、最万不得已才去走的一条路。可郭长民从来没有觉得有什么苦不堪言，根本没觉得过活下去有多么艰难。

他知道，有的人曾经有过，情状虽非他和二娥在那间宿舍里看到的那种样子，但大体上是同一种崩溃。

那些沉溺于淫乐的工友，躺在屋子里醉酒、逃避下井干活儿的工友，往往比他敏感聪明，他们应该是想到、看到了更复杂的东西。郭长民很庆幸，自己有二娥和儿子，不必往那里想。

可是，有的人自己的妻儿明明一点不比他郭长民的差，却同样往牛角尖里钻——郭长民只好为自己骄傲了。

有什么问题呢？这年月年轻人上大学是最稀松平常的事情，不也有很多人的儿子没上，去修了车，做了厨师，骑着摩托车送外卖……在郭长民看来，一样活得都挺好。

他在儿子这么大，五湖四海还没有逛够。时常吃了上顿没下顿，却快活得要死。

最后，只剩下一个谜团：女人。

就在这个小城，初次认识二娥那年夏天，有个一起住的斜眼晚上经常出去。招呼郭长民，他不去，对方戏弄几句也就算了。同伙那几个，多半三十岁以上的单身汉。虽然生活混乱，喝酒倒也不总拼他。

后来有一次，他跟着斜眼去了次录像厅。

斜眼觉得自己做了件好事情："都二十多岁了，再不接触接触人事，慢慢该有毛病了。"

终于，他们把他领到了另一个地方。

第一次感觉很糟糕，没有两分钟就被打发掉了。

那个女的怕是有四十上下了。裙子没全脱，撅着屁股就把他应付了。右手还举着一个果汁丰富的梨子，嘴里声音很响。

慢慢适应习惯之后，有时郭长民也跟那几个人似的，晚上喝多了酒，早晨不起来，索性一整天不干活儿。

一回，斜眼一边喝酒一边摇着头叹气："你这个孩子算是完喽。缺乏爹妈管教，就是不行啊！"

要不是跟前别人拉得紧，郭长民非把他那只好眼睛也打斜不可。

自己那时的困扰和混乱，除了男女之间的事情，别的好像也没啥了。郭马架子闭塞蒙昧，当年自己心里那层窗户纸上，蒙了过多的紧张与神秘、耻辱和负罪。

儿子现在的情况更复杂，男女事情，也许只是一个小方面吧。

郭长民发现，自己对此完全无知无奈，一点与儿子沟通的办法都没有。

两小无猜，童男处女洞房花烛相见。他和二娥这茬乡下男女，还有不少人幸运重复了那样的遭际。他若留在郭马架子，仍然大有机会。

有什么两样呢？

在郭长民眼里，不过前戏不同，后面都一样。

他当初，恰好是跟女人有了肉体上的萍水相逢，便仿佛和这个地方也水乳交融了。这个地方随之变得风情万种，血肉丰满起来，他便再没动过离开这里的念头。

然后，有了二娥，有了孩子，常年像个拉磨驴子一样，只剩下了原地绕着圈子，慢慢也跟驴一样傻。

郭长民怎么也看不出，儿子的遭遇，有什么地方比自己当年更糟糕。然而，打击却为何如此巨大！是生活变得更加严酷，还是他们的儿子不堪一击？郭长民实在搞不懂。

这道理，他和二娥也讲不明白。

但他作为男人，内心深处却始终相信，虽然目下煎熬，但儿子前路漫长，总会有活到水到渠成的一天。

眼前桩桩琐屑要操心，多亏有二娥。

二娥不敢往前看，却更善于一粥一饭、一针一线应付当下。

6

儿子在网吧干过一段，从那时开始，晚上便不怎么回家了。

有时候，一两个月见不到影子，在做什么，他俩也不是太清楚。

二娥问不出来，不免埋怨郭长民不闻不问。

郭长民不吭气，他一样理不清头绪。

郭长民从儿子的一些细枝末节，从一些心理感应，以及与二娥的同感里马马虎虎觉得，儿子的不着家，大致跟女孩子有关系。

二娥猜谜一样焦虑，像个侦探似的执着纠缠假想中的种种女孩子迹象，拼凑信息，但怎么也无法还原出一个具体的人物。时间长了，信息多了些，反差反而更大。于是，二娥开始怀疑，前后不是同一个女孩子了。

郭长民拒绝与她共享信息，不就这些细节跟着她一块疑神疑鬼。

只要儿子身边有女孩子，不管姑娘具体如何，始终如一或者改换对象，郭长民就基本放心。

若是儿子身边没有女孩子，才是最糟糕的。

那个不爱操心的郭长民，似乎又回来了。

这多少让二娥心里踏实了些。郭长民无心可操，显示太平无事，这是两个人一起生活给二娥形成的一种暗示。

他无心可操她才睡得着，半辈子了。

得过且过，两个人照常上班。不管怎么说，心情平和多了，不像两个孩子出走那两年那么揪心了。

一次，正吃晚饭，二娥接的电话。

郭长民刚听出好像是派出所打来的，还没弄明白说的啥事，二娥瞬间双睛定住，脸色煞白，遭了电击似的全身僵直，居家衬裤内侧自上而下湿下去了。

儿子和另外一女两男四个年轻人，在长春一个出租屋里结伴熏了木炭，正在医院里抢救。

这次，他俩不用坐飞机。新近通了高铁，省城变得很近。

晚上十点多，郭长民、二娥赶到了那家医院。

进病房那几步，郭长民感觉自己的下肢像要失灵，两条腿关节错位失调，支撑不了上半身。

儿子手上连着吊瓶，在病床上盘腿坐着。

郭长民肢体的协调性和气力瞬间回来，脸色罕见地狰狞起来。

但是，他的极端情绪没来得及释放，旁边二娥身子一瘫，倒了。

多亏四人中有个姑娘，撑不下去打了求救电话。

三个小伙子同样内心胆怯。但三个人的软弱加在一起，反过来放大了东北男子性格里人前的某种虚张声势。如果四个都是男性，他们会为了面子互相比赛较劲下去，最后连电话也打不了。

两口子这次为儿子还网贷，又花了差不多七万块钱。

与他俩的伤心比，那笔钱根本算不上个打击。从不错花一分钱的二娥，对那七万块钱本身根本没顾上心疼。

一夜之间，她嘴角边的弧线变深变长了，皱纹爬上了额头眼角。

万幸没有出事——仅仅这一条，二娥便容忍了，感激一切，付出什么代价都行，哪怕儿子做出了魔鬼的行径，她也会接受的。

儿子一副满不在乎的冷酷表情。

郭长民很清楚，这是最后一层遮盖布了。

因为二娥受不了，他耐住自己的性子，没有冲上去一把扯下来。

郭长民知道自己的软弱，从而也理解儿子以及其他男人的通病。

但他心里实在无法谅解孩子的这个行为，总有什么让郭长民愤恨不已。如果是女儿，也许就算了。说不定，他会和二娥的心情类似。

儿子回家闷了一段时间。郭长民失去耐心唱这出假戏了，脸色总不如以前那样温和平静。

儿子又走了。

后来，他俩连儿子有没有女朋友，具体在干什么，都不大确定了。

二娥缓不过来，很长时间没去上班。一个人在家不知不觉掉眼泪，郭长民下班回来她还能好一点。

7

郭长民梦里，窗子外面有两个女人说话。他醒了。

不是梦。就是二娥和另外一个女人。

窗前那个小花坛，刚住进正房前两年，他们还经管那些花草。后来为所欲为，拔掉了花根。每年清明过后撒点生菜、香菜、茼蒿的种子。这几天小菜老了，昨天二娥念叨，今早市场上买几棵茄子、辣椒的秧苗。

石英表八点四十。半夜一两点钟到家，他一般总是九点左右醒。

她俩声音不高。老房子门窗不隔音，这不是另外三家房户的女人。一种两个女人初次见面、刻意营造的热情友好。如果双方年轻，会甜腻起来。

又躺了一会儿，他想到，她俩大概在等自己醒来。有事，二娥一定会进来叫自己。那么，很可能是来人坚持不让她那么做。

他坐起来，穿衣服，叠被子。

外面阳光很亮。

她俩站在花池子旁边，地上没有菜秧。

那个陌生中年女人穿深紫色的坎袖绒料连衣裙，脚蹬高跟鞋，身板拔得很直，向上绾着头发，但仍比二娥矮了半头。两手在腹前挽着一个精致的小包，手臂非常白。附近平房住的女人，绝少有这样皮肤的。

闻声转过脸来，那个女人向他略微拘谨地笑。他觉得很面熟，但想不起来什么时候见过。

二娥赶忙笑着："这是秦莹莹的妈妈。"

郭长民含糊笑着："呵呵，快进屋吧。"

问题是，秦莹莹又是谁呢。

往门旁让开时，郭长民不禁又看了她一眼。她也正在笑盈盈看他，似乎等着他认出自己来。

她左眼下面有颗痣，算是特征了。他不由得疑惑越来越深。

这种细微的表情变化一定被她捕捉到了，她眼里无声地笑了。

进屋里坐下，主要是二娥跟他说，口气有些急促。

郭长民明白，二娥的语调在彰显对客人热情礼貌的同时，也在暗示他尽量多听着，别在什么地方说错话。

仔细听着，他一点一点捋出一条线：秦莹莹是儿子的女朋友。这个女人是秦莹莹的妈妈。她当然是为了双方儿女的事情而来。

原来，秦莹莹便是那四个烧炭者中唯一的女孩。

秦莹莹的妈妈说，他俩目前还在长春，但眼下又要去济南了。她和她老公都不同意。他们两口子的意思是，帮两个孩子稳定下来，别让他们再这样东跑西颠下去。

结婚？

郭长民冷不丁冒出一个念头：难道，这个女孩子也怀孕了？儿子才满二十二周岁，勉强够法定年龄。这个秦莹莹，岁数比儿子大？

孩子的事情没太想清楚，另一个杂念如梦方醒闪进脑子：刚才在院子里，她身子拔得那么直，不完全因为二娥个子高。他俩是见过一面。姓什么他不知道，但把她名字想了起来：菊子。

菊子生出一个二十六七岁的女儿来，完全正常。

郭长民脑袋立刻有点大。事情来得突然，信息纷繁复杂，他一时面对不了正事的压力，以致杂念活跃了些。

孩子结婚意味着一大笔钱，他俩现在掏不出来。第一件，房子怎么办？

没待他张口，菊子好像猜到他在想什么，把话头接了过去。

相同的话，菊子大约在外面和二娥说过一遍了。所以这次她是看着郭长民说。由于胸有成竹，抑或是潜意识里并不拿他生疏，她讲得很流畅。

开头很注意礼貌分寸，顾及着女儿男朋友家长的自尊。但讲着讲着，菊子心地单纯、涉世不深的一面便隐藏不住，口气不自觉流露出骄傲优越来。

郭长民和二娥虽然加一起，也赶不上一个冬梅精明。可夫妻两个经历过的挫折艰难，远比菊子多。

以菊子开出的条件，他俩也没办法不照应菊子那种良好的自我感觉。

菊子和她老公只有这个女儿。她老公身体不好，已经领养老金了。他们家在公园北门有一个门市房，一百四十多平方米，中间隔开，分别租给了开花店的和做蛋糕的——从他俩结婚开始就这样。

菊子讲这些，用意不言自明。做一种坚实的铺垫，强调一个牢固的基础。

她家有现成的房子给两个孩子结婚。而且是两套，一个一百二十平方，一个九十多。位置离小学和初中全都不远。

由于她家用不着，钥匙到手两年了，仍然都是毛坯。

氛围不能再和谐友好了。说完正事，他们又说了一会儿闲话。

菊子提到，她老公本来也是在这跟前长大的。听莹莹的爷爷说，他认识郭哥，说你以前常带着老人到浴池去，他对你的印象可好了。

郭长民一下明白了这两所毛坯房的来历。

菊子讲她公公认识郭长民时，那神态语气也分明在暗示她认识他。

一种新儿女亲家间的简单示好。

他们三个刚才说到高兴处，郭长民也有过说他认出对方来的冲动。那显然会让菊子更愉快，氛围更加友善透明。

他忍住了，选择了麻木迟钝。

两个女人若年轻二十岁，她俩一定会手拉手了。

聊到后头，郭长民忽然又起了一个怪念头，自己开头可能想错了，菊子应该不是开车来的。

他和二娥送菊子，门房外面果然没有车。

回来，二娥眼神有些如痴如梦，似乎仍然不那么敢相信。

郭长民说："怎么着，你是不是在怀疑人家姑娘有什么毛病？"

二娥醒了过来："你少跟我扯淡。要有毛病，儿子怎么会同意？"

"老话说：前世姻缘天注定，胡思乱想没有用。"

"你说啥呢？"

"随他吧。"

"这也是当爹说的话？"

"我自己觉得是亲爹。"

儿子对郭长民和二娥来说，如同风筝脱手天际。但总算人家菊子手里有一条线。一个多月以后，两个孩子清掉了在省城的瓜葛，回到了他们出生的小城。

第一眼看到姑娘，二娥心里略感失望。秦莹莹应该比菊子更漂亮才对。

随即，二娥又有一些安慰，秦莹莹比菊子个儿高。秦莹莹虽然不如她妈妈漂亮，却要比冬梅家的倩倩好看。而且，这孩子的性子是大略和她妈妈差不多的类型。

潜意识里，二娥对眼睛发亮、心气高的姑娘总不免心有余悸。

秦莹莹也爱她的儿子。有这一个相同之处，便满足了她俩爱屋及乌的条件。

郭长民的小人之心居然歪打正着，秦莹莹确实比儿子大了三岁挂零。

这一个性格更柔顺，女孩气更浓。可是，二娥对秦莹莹，却无法做到像当初对冬梅的女儿那样，痴心傻意地视若己出。

秦莹莹毕竟超过了二十五周岁。

同以儿子女友身份进这个屋门，冬梅、志山的女儿当时虚岁十七，秦莹莹现在二十六。

可能与男婚女嫁距离更贴近的关系吧，秦莹莹更让他俩心里安适一些。

快到八月十五了，节前郭长民和二娥想去秦家拜访一次，大致有正式认亲家的意思。

秦莹莹回家传达，她父母非常高兴，反过来邀请他们一家三口一起过中秋节。

秦家住房也在公园北侧，在他家出租的门市房南边并不远。五楼，七十多平方。全城最早出现的一批商品房。菊子结婚时，价格不低——和同时买的门市房比起来，就是一笔小钱了。

如果秦莹莹的爸爸小时候未得小儿麻痹，应该身材魁梧。郭长民两口子心里估算，他有近一米八的身高。可惜，自小没能两腿站直过，体重显然超过了二百斤，他在屋子里来回走动也要拄拐。

听秦莹莹在郭家说过，她爸爸这些年来，极少下楼了。他比菊子要大十岁开外，虽然长久居家独处，但是很健谈。可能长久接触人少，油然兴奋了吧。

涉世的局限，使他身上明显保留了一些一九六○年左右生人身上的直率淳朴。

他们那一代淳朴的年轻人，今天早已老于世故了——只在八十年代前期拍的青春电影里尚存写照。

二娥仍忍不住想，公园就在客厅窗户下面，他半辈子的好时光，就在这扇窗户后面度过了。说不定自己和郭长民第一次进到公园那回，这个人就在这扇窗后看到过。这五六年，她无数次在窗下的水泥砖铺的甬路上走过，身影可能早被他看熟了。

可是，她却从没在公园里以及城里任何其他地方见过这个人。

那个老爷子，二娥倒分明很眼熟。

老秦抓住郭长民的双手，半天没松开。

离开澡堂子的平房，住进秦莹莹长大的这个七八平方的小卧室，几年的工夫，老秦迅速衰老了。郭长民的手，摸到了二娥爷爷那种腐朽的轻。

"我签的那张合同，您老还留着的吧？"

老秦抓着郭长民的手一个劲儿摇晃。

他俩笑得十分开心，另外五个人却莫名其妙。

老秦的精神头还好。很快，郭长民注意到，老秦的性格比以前柔和绵软得太多了——是真的老了。

秦莹莹爸爸对郭子轩的喜爱程度，简直不逊于自己的妻女。他自己意识不到，其实不一样，菊子是女性，对男孩子的好恶，有某种女性的本能反应。而作为父亲，只要女儿领回来个男孩子，他大抵都会如此的。

在莹莹爸爸的无休无止热情劝酒下，郭长民很多年没喝这么多了。二娥和菊子每个人也喝了起码两瓶啤酒。

"咱们四个多就多了吧，也该他俩照顾照顾咱们啦！"莹莹的爸爸说。

菊子和二娥是女人，更容易受到现场气氛的感染迷惑。

衰老使老秦与世界的纠缠对立近乎消失，他身心能凝聚起来的，唯有做爷爷的单纯慈祥了。

五个大人非常高兴，他们似乎掀掉了压在心头上最大的一块石头，苦尽甘来了。

这个中秋节，很像是电视剧的最后一集，历经了种种山重水复的磨难，终于迎来了柳暗花明的大团圆结局。

8

回到家里，二娥和郭长民仔细盘算了一下。装修一个房子，把里面的应用之物一一填满，加上一个婚礼，让两个年轻人圆满住进去开始新生活。怎么说呢，勉勉强强，不太宽裕，但是他俩能应付下来。

二娥是个很好的伴侣。当初郭长民只给二娥买了一条亚麻布裙子，那是他为婚姻付出的全部物质代价。今天儿子这种情况，虽然要花掉他俩半生的全部积蓄，但他和二娥非常感激，感激女方家出了房子。

现在十有八九的男方家长都不会有他俩这么侥幸。如果加上一个比秦家给的小一些的房子，他们都必须欠一大笔债。

欠债他俩认可，可又到哪里去欠呢？

能够在经济上彼此帮一下忙的朋友关系，一般要从二十多岁以前得到。以后，基本就不会有了。并不是别的同龄人都不行，而是他俩莫名其妙却又自然而然失去了那种能力和资格。

他家只是靠勉强打工生活，一回想才发现，原来这二十多年来，他俩从未与别人在金钱上有过紧密联盟和信任度。无论是对别人的失信与伤害，还是别人对自己，都无从说起。说白了，他们两口子就没和谁家有过经济上的往来。

害人之心不可有，防人之心不可无。这种情形，显然首先是他俩怕被伤害造成的。

二娥方面的亲戚，可以说完全不能指望。好在郭长民有堂兄弟姐妹，都是吃一锅饭长大的。如果开口，有的人家或能多少帮一点吧——只有这么一点未必有很大把握的可怜原始股了。

这是用钱衡量一切的世道，又实在又准确。他俩半辈子活出的分量，明明白白摆在这里。

按男方包揽一切的规矩，眼下他们即便能把儿子的婚事办下来，也会弄得狼狈不堪、负债累累——而且要在日后相当长一段的时间里捉襟见肘、噤若寒蝉。说不定，后半辈子的也难翻身。

房子具体怎么装，当然要听两个年轻人的。

双方父母的意思，最好马上就着手，春节前弄得差不多。转过年来，从从容容择个日子结婚。

等事情真的上了日程，一件奇怪的事情发生了。

两个年轻人，特别是郭子轩，似乎并没有他们父母那么着急。

被他们催紧了，郭子轩和秦莹莹就拌一回嘴，赌一次气。要是大人不催，两个年轻人本来好好的。

一个朋友把郭子轩介绍到了一个小公司，莹莹在附近一个酒店大堂。

因为要张罗结婚，他俩没租房子单住。郭子轩和上次一样，从来不到秦家去住。何况，秦家也没有多余的房间。两人就在小屋里那张铁床上凑合着。

郭子轩是正常白班的钟点，比秦莹莹上班早下班也早。秦莹莹每天晚上七点多，打出租车回来。

两个年轻人错开的时间挺长，倒挺和睦的。

小屋里太小了，除去一张床，别无陈设。如果郭长民上白班或下午班，晚上他俩也过正屋来待着，有一搭没一搭陪二娥看看电视剧。

秦莹莹靠在沙发一头，郭子轩脑袋枕在她左腿上，她摩挲着他的头发，跟炕上的老两口私下里倒挺像的。

有时候，两个年轻人不知不觉还像老夫老妻那样打哈欠呢。

最好，四个当爹妈的都别提结婚的事。只要说到那件事情，不管那一幕怎么提个头，剧情发展到最后，两个小年轻一准要拌嘴。

这幕小戏，反反复复在二娥和郭长民眼皮底下上演着。

慢慢地，郭长民和二娥品出来了，症结主要在他们儿子身上。

若是秦莹莹提出一种装修方案，或者看准了一件家具电器，儿子总不会满意。可气的是，他自己又一样要求也不提。

姑娘总是大了几岁，大多数时候都不跟他计较。

后来，为了维稳和谐，郭长民和二娥便不提了。

当然，他们四个无法像旧社会农家院里的老少夫妻那样，如此和和睦睦无欲无求一直凑合下去。

冬底的一天夜里，秦莹莹终于被气跑了。二娥拉都没拉住，只好摸起大衣给秦莹莹披上，她自己都没来得及好好穿外衣。不过好在没到铁道，就过来了一辆出租车，虽然离家不远，但秦莹莹赶紧上了车。要不陪她走到公园，肯定把二娥冻透了。

二娥回来，儿子还那么在沙发上仰卧着，脸向着电视，郭长民依然盘腿坐在炕上抽烟。

父子俩不像说过话的样子。

二娥为眼前没有发生冲突偷偷松了一口气。

电视剧里的古装人物忸怩作态，矫情夸张。其美艳姿容和华丽衣饰闪烁出的光辉在这个沉默的年轻人额头上变幻着暗光。

说来奇怪，二娥是文盲，电视剧里渲染的深藏心机、含蓄情感她一眼就能够看穿。

这个孩子是她生出来的，她却理解不了——绝不再是个孩子了——他肯定也有些羞愧自责，却在用一种近于蛮不讲理的沉默硬撑着自己。

他在掩饰什么呢？

儿子强壮多了，强壮得有足够力量以简单粗暴来对抗母亲的伤心和父亲的责骂。

他们仨这么沉默下去不是好事。儿子此刻可能正等着他俩怎么处置他。

二娥也觉得有什么东西是该弄明白了。可是，她又讲不清楚。

但是，二娥又极度害怕他俩爆发冲突：仍在盛年的父亲，年轻起来的儿子。一对怒气冲冲的雄性动物，她的丈夫和儿子。那个场面她受不了。

郭长民口气是挺冷，但完全能把怒气压住："你起来过去睡吧，我跟你妈都累了。"

儿子走到小屋的门口，郭长民在他身后又补了一句："你好好琢磨琢磨，自己究竟是咋想的。"

郭长民是白班，二娥尽量不翻身。

菊子有两条项链，一条黄金的和一条白金的，还有一副金耳环。有几套好衣服，应当都不很便宜，跟她也很配。虽然多次见过，但如果不细心，简直品不出她穿重样过。二娥就能察觉出来，菊子的衣服，其实不像现在很多她们这个年纪的女人那样，无边无际地多。

菊子家的楼房，仍是用那种最老样式的装饰板装修的。菊子那个看起来像是叔叔的男人，在那个五楼里困了半辈子，身上总有一些奇怪的东西，不要说他比他们还大了十来岁，就在是五十来岁年纪的人里，也是很少的。

以后，也许就没有什么可奇怪的了。现在，郭子轩和秦莹莹这一代人，许许多多身上并没有残疾的人，却天天捧着一个手机不出家门，已经开始了那种人生。

那个面临闹市的门市房，是当年菊子结婚最重要的一个砝码。他俩靠门市房的房租，一辈子没有出去找工作。莹莹的爸爸已经领了好几年养老金，一个月四千多。再过几年，菊子也开始领了。莹莹的爷爷每个月开的养老金，说不定比郭长民下井挖煤挣得还要多。那个老人，当然不会一直活下去。菊子显然很会支配自家的日子，一旦老秦不在了，她家的钱，依然会富裕得花不完。似乎，连以后小两口的生活，甚至小两口再以后生了孩子，菊子他俩都能负担。

郭子轩没有稳定的工作。菊子从来没有提过这个事情，连一丁点儿的暗示都没做过。莹莹也从来没有对此表示过任何不满。这孩子似乎比她妈的心地还要单纯。

儿子心思重，二娥大致还能想通。可莹莹这么简单一个孩子，当初怎么就和烧炭那种事情搞到一块儿去了呢？这真是一个乱七八糟的世道。

儿子、冬梅志山的女儿，还有这个秦莹莹，这三个孩子若在这个小屋子里、小院子里，二娥心里就有把握，就很踏实。可一旦他们离开这里，能做出什么事情来，二娥便无法想象。

究竟儿子和秦莹莹在烧炭之前就在一块儿了，还是那件事情是他俩到一起的契机？直到今天，郭长民他俩也弄不清楚。

有一回，菊子和二娥说，轩轩和莹莹愿意干什么就干什么，有了孩子就会慢慢刹下心来。再过几年，他俩要是给别人打工腻了，就把门市房收回来。别的干不了，开一个超市总可以的。

菊子轻松满足的口气感染到了二娥，她回来乐观地学给了郭长民。

这家伙竟说："我操，好像连我孙子的一辈子都被安排好了，连重孙子都用不着我操心了。赶明儿，我得好好孝敬孝敬老秦，一天三拜九叩都行，比你爷爷那时候再孝顺十倍，我都甘心。"

二娥能感觉出郭长民这种口气背后的意味，没搭理他。用不着接茬儿，也就是两口子背后磨磨牙。人前，他说不出口的。再怎么说，郭长民没那么不要脸。

和他俩一样，菊子和她的男人被当初那件烧炭的事吓破了胆。他们四个，简直有点像瘪着肚子的饿狗一样，摇尾乞怜当爹当娘。

这几次因为装房子，两个孩子斗气，郭长民好像一直没有说过什么。今天的样子，也并未特别生气。

郭长民看到了什么她没看到的东西？

二十多年前，他就像个孩子，哪怕吃了上顿没下顿，照样没心没肺、嬉皮笑脸。

她比他更操心更要强，好像就比他消耗得更多更快。

二娥觉得，男的总是男的，郭长民活得似乎比她更枝繁叶茂了，很多事情也更游刃有余。

过了半天，郭长民右胳膊伸过来，手往她脖子下面伸。

二娥有点疑惑，儿子也不可能睡着。再说，即便儿子同样赌气离开了小屋，今晚也似乎不应该有那个闲心。

他揽着她，静静过了一会儿，手拍了拍她后背。

她提着气等着。但是他没叹气，而且，一句话也没再说。

第二天早上，父子两个都很平静。二娥更在意儿子，可同样看不出儿子和昨天有两样。她觉得自己可能想多了，但一天下来还是不那么踏实。

吃完晚饭，儿子没回小屋，跟往天一样打开了电视，躺在沙发上。

晚上七点多，秦莹莹准时从门洞进了院子，二娥才舒了一大口气。

离过年没有几天了，装修的事，春节之前再没有人说过。

腊月二十四是个礼拜天，儿子是休息的。晚上秦莹莹回来，儿子拿出来一个小盒子，是一条项链。秦莹莹的皮肤像她妈，二娥觉得，这种脖子才是应该戴项链的脖子。

姑娘非常开心。这条项链也许是他俩到首饰店看过的，也许只是儿子搞的一个意外惊喜。

"都半辈子了，你叔都还没想起来给我买一条。"二娥这话也不纯粹是凑趣儿，她多多少少受到了感染。

"是你不借给我钱。"

接下来的日子，气氛一直相当好。

秦莹莹的爸爸又提出来，过年大家在一起吃团圆饭。

刚好，腊月二十七那天，郭长民在井下崴了一下脚，所以很罕见地没有到除夕就休假了。倒是不算严重，一瘸一拐爬楼梯毕竟不那么方便。

随着正月十五一天一天临近，二娥的心又提了起来，但是她不敢和郭长民说。

很多不祥的念头，她从不说出口，往往真就自生自灭，仿佛消灾免祸了。

儿子有一种异样的平静，郭长民也是。

正月十五那天晚上，因为过节要去看灯，秦莹莹很兴奋。她身上还有一股小女孩子式的纯真无邪，却缺少小女孩子那种狂野。

二娥常常在无形中受到秦莹莹的影响，在一起时间越长，二娥就越喜欢她。甚至，连她的妈妈也一起喜欢起来。

不经意地，二娥发现，坐在炕上抽烟的郭长民，在偷偷打量屋地上欢天喜地的秦莹莹。

郭长民显然尽量在让自己不动声色，但二娥还是看出了他眼里由衷的不忍和歉意。

二娥的心，猛地往下一沉。

又是春天来临的时候，儿子独自去了大连。

不要说加入广场舞了，二娥上下班时，再也不从公园里走了。

郭长民变得更加沉默、话少了。

她在老夜市那儿遇到的郭长民，喝酒逛街，唱歌跳舞打台球，多么年轻快乐。

回想起来，原来从陈大夫禁止他俩同房那时起，他好像就没再跳过舞，酒也不怎么找人喝了，就是因为他遇到了她。

郭长民那时非常非常痴迷摩托车，但二娥始终没让他骑到。其实，二娥也像很多年轻女人那样向往过，自己在摩托车后座上抱紧他的腰，脸贴在他的后背上，风把他们的衣服吹起来。

可是，她总有一种怪怪的感觉，仿佛一旦骑上摩托车的郭长民，就会与摩托车长在一起，成了一匹转瞬就会在她视野里消失的野马。程国军给她留的阴影太深，她对郭长民私心有些重了，把钱算得太细，攒得太狠。

另外，她自己也是年轻，傻乎乎总以为好光景会越来越多，无穷无尽。

所以，二娥没着急给他买。拖来拖去，那个念想头郭长民自己就淡了。

年纪轻时，她一向觉得他身上有一种像孩子似的东西，容易摆布。其实，是他心甘情愿，不是她有多大本事。他心里到底想的什么，她是看不到底的。

二十多年以来，郭长民唯一的乐趣，只剩下了独自抽烟。

年轻时，郭长民那么爱笑。对别人笑，对她笑，有时候抽着抽着烟，不知道想着什么，笑容便自己浮上了脸。

从什么时候开始，再也看不见他自己笑了。当郭长民意识到别人在留意自己的时候，他才如梦方醒似的做出回应。可是，那样的笑容像面具一样。

郭长民一个人坐着沉默抽烟的样子，跟二娥小时候见过的好多前辈人一般，越来越像一头牛、一匹马。

二娥，还有所有认识郭长民的，都从未有人想过，有一天，他会把烟也戒掉了。

9

春节前后，断断续续又犯咳嗽，郭长民没在意，他支气管不大好，已经很有几年了。一到冬天，特别是早晨醒来，咳嗽难免带些痰。咳两口吐出去，呼吸道就通畅了。

这也没什么，东北人嘛，这很常见，何况自己吸烟又频。

正月十七在井下，那口痰噙嘴里滑溜溜的，隐约有点儿咸，吐底板上以后，矿灯光追着，猫腰查看，里面有血丝，他心里紧了一下，左胸那儿有点儿闷。上去一脚用靴子底碾了，也踩掉了那点不舒服。

当时他们搬运铁轨，每根四米长，九十六公斤，两个人合伙肩扛。他咳这会儿，伙伴正好撒了泡尿，还没提上裤带。郭长民一时兴起，自己扛起一根，上坡百十米，到地方从容地下了。现如今，年轻人绝少有下井的，这几个人都四五十岁了。

一个说："嗬，腰还挺好。"

另一人模仿早年间的电视广告："腰好肾就好。"

回家也没跟二娥念叨。支气管扩张严重些，痰里带一点血丝，以前也有过。

第二次也是井下，用灯光确认了以后，他把上一回立刻想了起来，额头泌出一层虚汗，心里隐约发虚，一下午身体也好像有点儿虚。

回家快要吃完晚饭，忽然想起似的，跟二娥说了一嘴。

"明天歇个班儿，去医院看看吧。"

"开春就好了。"

说了，心里就轻快下来。第二天早晨，正常恢复了体力。

三月上旬，一天早上刚要吃饭，郭长民又上来一阵咳嗽，扯得腔子疼。狠咳上来一口，他没到院子去吐，嘴里衔着，找卫生纸。然后，招呼二娥来看。

"啊呀！你吐血了。"

"什么吐了血？就血丝比上回多了点儿，总唠叨我什么事也不跟你讲，小孩子蝎子蜇了似的。"

纠正了她，吃完饭仍去上班，比往日出门还早了几分钟。

天阴着，没有风。不适总不消失。疼似乎集中在后背靠左的地方，形成了一个点。

道口正在封闭中，他在一辆小汽车屁股后面站了一会儿。

老麻退休以后，老黄当初很讨厌新来的看道工。这两年，才不怎么唠叨。这个人的老婆被人领跑了。接替老麻的这位，不搭理人，冬天不允许任何人进小屋里烤炉子。

老黄说，老麻被他的大姑娘接秦皇岛去了，那里的海滩对脑血栓后遗症的恢复非常有好处。老黄骄傲的口气，就像在讲自己姑娘似的。

麻丽敏跑那里开的仍然是早餐馆一类的店铺吗？

无法亲眼确认了。说不定，再也没有机会见到她了。

一间八平方米左右的小屋子，一个铺着花格子床单的角铁架子床。她把初夜给了他，廉价得如同一件促销品。

仿佛一桩无头案，这么多年过去了，郭长民始终搞不清楚，或者说不愿意面对那件事情对于自己还有麻丽敏的命运意味着什么。她是他的很小一部分生命，像一粒微不足道的尘埃，流失了。

火车头鸣着长笛，拖十多个车皮威武冲过来。满载的原煤高出车皮敞口，太阳底下乌幽幽闪着暗光。

说不准，有哪一块，就是他亲手挖出来的。

上个月他开了七千八百块钱，平生最高的一笔工资了。他和二娥都很兴奋——他最好的青壮年生命，就是这样丢失的。

老黄夹着小包过来了。

"兜里带钱没有？我刚想起忘了点儿事。你到矿上，捎带给我请个假。"

郭长民等 X 光片，忽然身上一阵发冷。为抑制打冷战，他任由胸中涌起一股怒气，一种患者对医生和医院骗钱的愤怒。

片子出来，拿回诊室给张三。他挂的外科，他没说痰中血丝的事，只讲腔子有点疼。似乎从胸腔找出点问题来，就一了百了了。

张三不接，看电脑屏幕上的图像，然后向门口扫一眼："你一个人来的？"

"自己。"

身旁，另一个候诊女人猛抬头吃惊地看着郭长民，不错眼珠。她体态矮壮，头发棕红色，两只大眼睛像猫似的距离有点儿近。

张三没建议他转内科，而是字斟句酌地说："我建议你最好由家属陪同，到专科医院再复查一下。"

"我没家属。"

张三不记得他了："哦。以我的经验，单从片子上看，左肺这儿——这里——肿瘤的概率是很大的。所以，你最好去趟州里或者省里的专科医院，再确一下诊。"

打医院出来，他一步步往西走。

空气不那么冷，天上雪花飘飘落落，落脸皮上，凉意消失，湿留了下来。

下了半辈子井，他连手指都没受过伤。

从没去想过，好运气终于会有用光的一天。

烟，安慰了他半生，迷醉了他半生，帮他忽略掉了那么多烦恼，填补了那么多空虚，带来了那么多平静。

终于，露出了它的毒性一面。不声不响，不留余地。

大家唠嗑都说，肺癌是最容易确诊的，有个大夫就能看出来，没听说过有谁误过诊。

傻子似的往前奔往前奔，从没想过，前路会忽然绝了。谜底，原来是这样的。

也没有什么可特别奇怪的，很多人都这样。只是活蹦乱跳的人都仿佛在看别人的故事，从来不会想有朝一日，倒霉会落到自己头上。

这应该是这个冬天，最后一场雪了。没准，也是自己这辈子最后一场雪吧！

拥挤的楼房夹缝间，小虫子似的爬着来来往往的车辆，人熙熙攘攘。没人会留意，他个子似乎比一个小时之前矮了，脸瘦进去了一圈。

郭长民的身体机械地躲着车和人，对什么全视而不见。

脑子里闷疼，不太清楚，迷迷糊糊想着自己从小出生长大的村子。

三十多年，一眨眼工夫。

五

1

郭马架子村靠西山，朝东山，两山最低洼处，一条小河沟子，曲曲弯弯。溪水两边的平地，比上下地段稍阔些。

最早，一户姓郭的山东逃荒人，在西山根就近弄些草木和泥立了一所马架子房，附近人便随口那么叫开了。而后，陆续有几户人家跟着聚那里住。当年日本人合并村落，也觉得这块地方更适合做一个村庄。

"文化大革命"时期，村子一度有六十户、三百来口人。郭长民的爷爷奶奶去世早，他伯父用二百五十五斤玉米，为兄弟娶了亲。本来讲定的二百五十斤，那个数目不好听，便添了五斤。

那时东北山沟子里，大多数人家以吃粮为主，妇女过谨慎日子的人家，有能通年吃饱饭的。山东大多数地方，农民主要靠地瓜糊口。

那年入冬，郭长民的太姥爷，听信乡亲信上的话，从黄县举家搬到郭马架子。爷爷奶奶父亲母亲，男女五个孩子，一家九口很全和。十八岁的大孙女，本来转年便可以到生产队当社员挣工分，但全家先要度过眼前漫长的冬天。那一麻袋半玉米粒子，背到碾子房，推石碾子碾碎，米糠舍不得从面粉里分离，掺点儿黑盐粒子擀的碎末，煮稀面糊。郭马架子不种地瓜，老乡家借了一点米，用小盆子端来，也就是个礼数。

那个寒冬，老奶奶捣着小脚，在极寒的天气里，领两个最幼小的、刚会蹒跚走路的孩子，到附近几个村庄挨家要饭。当家的爷爷解放战争时期曾是一位有名的支前模范、在老家当过村干部的老党员。老人家一个冬天都在莫名的耻辱里羞愤不已。

转年开春，正当他们即将在生产队挣工分，他兄弟听说这里的情况后，从老家给他们来了一封信，寄了路费，劝他们搬回去。兄弟家里也一分存钱没有，那钱何其艰难金贵，他们真就回去了。

五个月前来东北九口人，回山东去八口。那个最大的孙女，已经怀孕了。

郭长民三岁，母亲又生了他的妹妹。也在那年，他父亲盖了三间房。

赤贫年月，村子里一般人家，盖两间房搭一铺炕，眼下凑合够住就行。他父亲盖了三间，且三面土墙，前脸还是砖的，是当时山乡最时新的一面青房子。木格子推扇洋玻璃窗户。十多年以后，分田到户日子好多年了，那里农民盖砖房，开始还都是那种窗户。

转年早春，他父亲去山里割编筐条子。在一处山腰，捡到大半头被吃剩下的狍子。枯叶上的血还没怎么凝固，俯下身摸，狍子的胯部还没凉透。他四下望望，从腰间解下细绳，拴住狍子后蹄，往山下拖。狍子的内脏先被吃掉，躯干大部分都在。

没走多远，果然一头狼坠在了后面。他不觉得很意外，稳稳摁摁腰里的镰刀把，脚步不歇。狼一点一点靠近，他继续保持着原先的节奏，稳稳当当。他年轻健壮。那头老狼瘦骨嶙峋，背上有一大半披着没褪干净的过冬长毛。

又往前走了一段，另一头狼蹲地上，舌头耷出左唇外，拦住他的去路。那个地方比较开阔，狼蹲得比较远，似乎默契地不想在一个隐蔽窄塞的地方与他狭路相逢。他只得停下，身后的狼也停住。他从腰间抽出镰刀，在两头狼四目注视下，俯下身默默割断狍子腿上的绳。把略短了一点的绳子，重新盘腰上。

他没转身向林子里钻。于是，那头蹲着的狼起身让开了路。

别处割够黄榆条子，捆了扛回去。把遇到狼的经历说给别人听，有人说他吹牛，他给大伙展示绳子的割茬。

过了几天，他忽然急症发作，像条狗趴在地上号叫，对欲接近的人做出要撕咬的样子，显然发了疯狗病。社员们把他捆绑起来，送到公社卫生院，大夫们毫无办法。又煎熬两天，他死了。虚岁二十六。

都没见狗咬过他，有人联想到他前几天说的山上经历。大夫估计，他可能在上山时，刮破了手指什么的，细微伤口触碰过狼嘴咬过的狍子。

不过是个推想，但谁也没法辩驳。因为他发病时四肢着地狂抓乱挠，手上血痕斑驳。

反正，死了就是死了。

丈夫烧了百天，郭长民的母亲改嫁给几十里外一个三十多岁的山东人。她原想带两个孩子回老家，可她胆小，不管在老家还是这里，平时连外村都不敢一个人去。虽然坐过一次火车，却混混沌沌什么都没记住。她自己文盲，求不到给娘家写信的人——确切地讲，是搞不清老家的地址。当年劝他们搬来的老乡，仍住郭马架子。那位她爷爷的早年伙伴，眼睛瞅着炕墙脚下，说他家把信皮弄丢了。

她改嫁，大伯子坚决不让带走郭长民。兄弟唯一的后，得由他来抚养。

当年入冬后，母亲抱着妹妹，回来看过郭长民一次。母亲前脚改嫁，伯父一家随后就搬进了那三间一面青房子里。

早前有个规矩，改嫁女人"出了这个门"，不能再进原先的家门。在邻居家借了一铺北炕，母子三人住了一晚。她第三次怀孕了。在搬回山东之前，回来看看自己头生的孩子。

她跟后任丈夫回他的老家，还是联系到了自己的娘家人，郭马架子没人说得清。

当年一些人背后嚼舌说，郭长民伯父收了兄弟媳妇托人写来的信，却从不和侄子说。

那个变故之年，郭长民虚岁五岁。因为有大人们说起，他才记着有那么回事而已，对母亲、妹妹完全没有印象。

也是那年春天，父亲死后不多日子，他伯母生了小女儿满桌子。满桌子是早年人给第四个孩子通常起的一个乳名。

郭长民的伯母连生了四个闺女，娘家一个姐姐偷着出了个主意。他伯父在伯母娘家人印象里太过深沉强硬吧，所以这样的体己话，姐妹俩只能背后说。

一个古来传下来的民间经验是：若一个女子婚后多年不生养，或生养之后孩子总是夭折，最好领养一个孩子，有时可带来幸运福分。

那个有智慧的姐姐觉得，这条真理可以在肚子实在愚蠢不争气的妹妹身上变通一下，她甚至还建议妹妹给郭长民改名叫领弟。郭长民的伯母在丈夫跟前，鼓了好多次勇气终于没敢张嘴。对改名字，郭长民当时有些大了。

郭长民到伯父家，头几年很受宠爱。伯母有时候会单独给他煮一个鸡蛋。他伯父有一回去供销社，给他买回一双小黄胶鞋子。此类待遇，比他小好几岁的满桌子都没有。

他伯母第五胎果然生了个儿子，娘家姐姐很骄傲，口气愈加权威：你往后更要格外对人家孩子好，老天爷看着呢。

那话又中了，第六胎又是个儿子。

肚子不再蠢，人也不那么窝囊了。伯母结巴了多年，口齿又利索起来，偶尔在外人跟前，和自己男人居然有了性子。郭长民的伯父便向人摊着两手，面露苦笑，口气无奈里却有些得意似的：你瞅瞅、你瞅瞅，这个老娘们儿，敢情是要"上房揭瓦"了……

郭长民小学五年级毕业，没去念初中。郭马架子是大队所在地，村里有小学校。初中在公社，十四里地，得骑自行车。郭长民和三姐同班，两个孩子同时辍学。他们那一茬山村孩子里，能念初中的不到三分之一。他伯父觉得自己没什么不妥，那年正好包产到户，两个十四五的孩子，是人手了。

旁人背后说：要是他自己的儿子，砸锅卖铁，一定得买车子的。

过几年，满桌子也没念初中。那两个小子，后来确实骑自行车到镇里上学了。但那时却没有人背后说什么了，日子明显都比生产队时候好得多，家家户户的活计多得干不过来，顾不上闲嚼舌头了。再者，谁家买个自行车也不再是什么大不了的事情。

那年夏锄时，一天早上家里人醒来，发现十九岁的郭长民不见了。村里人谁也说不清，这几日在他身上发生了什么事情。

回想起来，那之前几日，他似乎不怎么说话，人有些消瘦，本来就长的头发更长了。

多日之后，生不见人死不见尸。一天，他伯母到村口，向山外的方向，坐地上两手拍着大腿痛哭了一通，直到被另外两个也被引出了眼泪的妇女像劝阻哭丧的人一样把她搀扶回去。伯父好长一段时间一袋接一袋拼命抽旱烟，沉默寡言。

三姐连续夜里饮泣不止，几天工夫，一个丰满的大姑娘，瘦成了一个像还没抽条发育的小女孩子。一些女人啧着嘴感叹，俩孩子打小就要好。后来天数多了，没人敢人前再说这样的话。有的女人的眼睛，甚至偷偷打量姑娘的腹部，偶尔和别的女人对一下眼光，赶忙又岔开，怕沾到危险似的，轻脚快步溜走了。

数年过去，杳无音信。郭马架子的人们，渐渐以为那个孩子已经不在了。到第八个年头，小儿子渐露出大小伙子的样子了，郭长民的伯父心里盘算，是不是拿兄弟留下的这三间旧房翻盖新屋。

村里一些人，现在也记得很清楚，那年旧历八月初四，郭长民领着腹部隆起的二娥忽然回了村子。他俩进院子，正好遇到伯父从房子里出来。

老爷子睁大眼睛，嘴巴哆嗦半天，却不敢把他的名字叫出口。郭长民叫"大爷，我是大民哪——"，伯父立马哭了。郭马架子活着的人里，没有人见那老人哭过。

三姐嫁在本村，当时也正好怀着第二个孩子。闻讯挺着大肚子往娘家跑，头发都跑乱了，满脸涕泪抓住郭长民两口子的手死命摇，手劲痉挛，腮肉横起，随时要抽搐昏厥。

二娥落户，两个人结婚登记都不急，可肚子里的孩子来到世上，需要一张准许的证明。本来打算一两天把这些手续办完就走，但被家里人留着，过了八月节。其间给父亲和伯母上了坟，在两个土坟跟前，郭长民尽管年轻气盛，但还是没有忍住眼泪。

郭长民在异乡有了自己的孩子后，渐渐体会出伯母伯父一直都非常疼他。山里人说话做事没有那么光滑，慈爱善良常被粗鄙笨拙遮蔽，私心却常被流言扭曲放大。

伯父明确地在两个儿子和侄子两口子跟前讲：那些年他们住过的三间老屋是侄子的，郭长民名下的责任田一共六亩七分，河边那块肥沃的四亩平川地，再加上拐过南山脚下的那块岗地。

郭长民说，自己绝没有回来的打算，房子和地都不要了。

伯父说："你的就是你的，我一口气当面和你们说明白，死了和你爸见面也好说话。"

三姐娇小，比二娥矮了大半头，自己的衣服弟妹穿不了，她特意起早坐客车去了一次县里。临别摘下金耳环硬给二娥，二娥不要，三姐不管不顾的癫狂劲头又上来了。才过门不久的长军媳妇丽红，讥冷不由得在脸上挂出来。

那次回乡心情的复杂强烈，郭长民事先完全没有想到。

二娥也生了一种认同感。二十多年以来，和别的女人闲唠嗑，总是说，老家有三间房，两块地。

一次过春节，伯父去世，三姐家孩子结婚，他们两口子又回来过几次。平时，先是写信，后来电话，一直联系。

由于无人居住，缺少人气滋润，那三间老房自己坍塌了。长军种着老院的菜园子，和郭长民的土地。这些年国家给土地直补，每年春节前后，兄弟俩通电话，长军都说好土地承包的行情价格，连直补款，打给郭长民。钱不多，事情清楚。

四月的一天，长军忽然接到郭长民的电话。郭长民说，他们夫妇要搬家回来。长军的声音马上洋溢，叠声说好，虽然他预付了当年的承包款，但还是一个劲儿地说："哥你种地很方便，车什么的咱们都现成，我捎带手的事。"

"不种地。"

说完仿佛没什么话，那头挂了。

长军觉得有些不对头，正好三姐推门进来，看看他，问怎么了。长军说了电话的事情，三姐听了，两片薄嘴唇闭得很紧。姐弟俩一时无话。

后来长军说："我开车去接他们，搬家回来东西多。"

三姐说："你三姐夫你俩去吧。"

2

大伙在长军家吃了一顿团圆饭，聊到很晚。满桌子家离郭马架子三十里路，两口子开三轮车贪黑回去了。等三姐三姐夫回家后，郭长民二娥去了隔壁，住以前伯父伯母那间老屋。长军没去接他们之前，先拾掇好了锅灶和炕。

"人家都往出走，他们干啥搬回来？"熄了灯，丽红仍然憋不住。这话，长军去之前她就唠叨过。她又说，"嫂子怎么瘦成那样？那个颜色，是不是得病了？"

"是哥病了。"如果是早年小夫妻时，长军很可能会烦躁一句。

特意借了一辆双排座，可东西并不多。要是他俩不千里迢迢开车去，哥嫂便只带些简单的行李衣物，再寄几个包裹就完事了。炊具电器，值不几个钱，随便卖给收废品的就行。看一眼那个院子房子，长军就知道了那两口子这半辈子过的是什么日子。

"不去医院回来干什么？"

长军左手从枕头那边伸过来，指尖在她嘴唇上按了一下。

丽红噤声听。

房子一百二十多平，给老人那头单独有房门。深夜里，动静还是挺清楚的。很轻，后来门响了一下，脚步从院子里走了出去。

"咋会呢，哥体格多好啊？"丽红说，"是不是得做手术……化疗？"

"哥说，见谁治好了？到头来，还不是人财两空？孩子回来都给气跑了。嫂子有个以前和她一块儿卖过菜的南方邻居，前年因为这个病跳楼了，老伴和三个孩子看都没看住。嫂子也不敢硬逼哥了。"

将近午夜，村子里依然有几个房子亮着灯。山村也和城里差不多，有人会玩手机到后半夜。一个院子铁大门半开的房子里，几个人一边哗啦哗啦洗麻将牌，一边粗声大气议论着刚才一张什么牌该出不该出。

郭长民悄然从铁门前走过去，仿佛怕惊扰房子里溢出来的灯光。

离开以前，在郭马架子没见过麻将。他脑子里回想着，自己小时候是否听说过这个东西。

记事时，全村唯一可见砖瓦的地方，就是他们家的房子。今天只有个别的低矮土房，零星夹在砖房中间，黑夜也掩盖不了破败寒酸。土房他一眼就知道是谁家的，砖房则需要想一想，联想一下那地方原先的老房子，才能算出现在屋子里住着什么人。平时三姐、长军打电话，说起家家户户的变迁，是一个主要话题。可眼前的砖房总让他陌生，黑夜似乎增强了那种感觉，郭长民恍惚置身于一个陌生的村庄。

除了那个打麻将的房子，仍然亮灯的人家玩手机的未必是半大孩子。那两户的男人，全出去打工了。

老房子原先的木板院门早就不在了，用铁丝绑着两根木头横杆。摸到干裂翘起的皮，是棵落叶松。长军绑这两根杆子挡牲口。一年到头，他也就在种收园子里的玉米来几次吧。

阴天没星星，也接收不到那几个房屋窗里透出的光线，那里黑乎乎的两堆。

房子东边，一尊黑黢黢的巨大石头拔地而起，体积差不多比房大两倍。房子五十年前盖的，大石头亿万斯年那么矗着。土里还有多大，没人知道。

前年伏天雨大，长军在电话里说，老房子土墙和砖墙总是两体，门窗又大都在前墙，土墙没事，砖墙却先倒了，屋顶塌了下来。

郭长民站了一阵子，手抓紧上面的横杆，左脚踩着下面的，翻身进了院子。

两面山墙还立着，前坡屋顶塌下来了，椽头一直戳到地面上。他的脚尖，先踢到了跌落的老式红瓦片。眼睛适应了些，伸手碰了碰，屋顶立着灰菜和红蓼的茎秆。想来屋顶的土质很肥，空间自由，那几株植物枯干的茎秆很粗壮，经历了一个寒冬，根子依然抓在屋顶，身姿直立，如同在任何一块地面上生长着一样。与倒下来的屋顶，呈现一种很奇怪的角度。

自己夜里被尿憋醒，伯母一般那时候仍在油灯下纳布鞋底子。冬天，伯父早上醒来就咳嗽，得一直把气管里清理通畅。自己这十来年，也差不多那样子。

吹了灯，北炕姐妹们往往还要持续一阵子压低的笑声和叫骂。大姐、二姐打小干了无尽无休的家务活儿。

那些满院子连跑带叫的猪、鸡、鸭子，一茬一茬，一个一个，那么鲜活，仿佛还在眼前。

深夜里，锅台跟前有只蛐蛐，一叫起来就没个完。从来，谁也没有见过它的影子。

一年深冬，健壮的大黑狗无缘无故就被伯父吊在猪圈门梁上勒死了。三姐大哭了一场。晚上，自己端着一碗狗肉正吃得满脸淌汗，她的手忽然在自己左脸蛋子上狠狠拧了一把。

小时候便听人说过，这房子是自己爹妈盖的。那时，想不明白那有什么特别的，也想不出自己在伯父伯母跟前长大，和别的孩子哪里不一样。

父亲、母亲，还有那个妹妹，连一点模糊的影子都没有。

有一回，邱五娘指着她家相框里的一张照片说："大民，你瞅瞅，那个就是你爸，眉毛多黑，眼睛多好看……"

小时候总爱找明琴一块儿玩，现在想来，主要是愿意去她家。她家比别人家干净得多，窗户台上养着几盆花。有一盆月季冬天也开，粉红粉红的，女人、孩子们都喜欢得不得了。漫长的冬天里，全村子家家户户屋里屋外，连荒郊野外天地之间都算上，再也找不出来第二种那样娇艳的颜色了。

那棵月季栽在一个用旧了的红漆盆子里，一定是盆底漏得不能再用了才栽花，盆身有一块扇贝形状的疤。盆子总是擦得很干净，邱五娘平时把那块疤转到背面。自己一上炕，总爱把花盆转过来，拿指甲抠那块掉漆的地方，那块疤一点都不藏泥垢。

邱五娘从没管过他。她喜欢小孩子，除了自己的孩子，好像最喜欢他了。经常让他坐自己腿上，抓他头发里的虱子。她身上很软很热乎，味儿也好闻。那时候村里的婶子大娘们，年纪多数三十上下，有的连脖子都不洗。

当时，同样并不觉得父亲长得有什么好看的，和身边几个青年样子都差不多。因为照相，还临时梳了分发，布衣左胸别着发亮的钢笔帽。

也从来没好奇过，伯父家里为什么没有父亲的相片。

人渐渐懂事了，后来心里长了那么大的一个疙瘩。

而今，母亲也有七十来岁了。盖这个房子时，父母和自己现在比，简直就是两个孩子。

除了手术和化疗，别的地方郭长民都遵医嘱，准时定量吃保守治疗药物。

满桌子打电话说，她男人一个远房表叔，也不手术，也不吃药，只用白桦树长的瘤子熬水喝，从确诊癌症到现在，已经活了十三年。

郭长民听了不出声。服药的同时，他天天吃芦荟。村里一般人家都养，有的是。听说他要用，很多人家都连盆抱来。植株上掰一块，嚼了就咽，跟吃水果似的。

长军上山弄回来一些桦树瘤子，二娥熬了水，郭长民也喝。

一天，儿子从大连寄来一个包裹。是四盒药，盒子上全是外国字。

二娥脸上激动得血色红润，嘴里却絮叨着，弄不懂用法剂量，会不会和日常吃的药抵触。

丽红拉她去镇了里赶集，买了二十只拳头人的小鸡。转了一圈，丽红又折回去，买了十只小鸭和十只小鹅子。

二娥当小女孩时，只是见别人家养过，她摸这些小东西，手有点儿笨拙。

丽红禁不住笑："你怕啥？又不是豆腐做的。"

小鸡和鸭子、鹅侍弄不到一块去。鸭子和鹅在一块，也得人照管干涉。不然鸭子弱小，很难在鹅子跟前成活。谁都明白，丽红是给二娥找点事做。

开春的日子，好长一段时间，背痛消失干净了。长军夫妇开始拿活儿，郭长民试着跟着干，感觉相当良好。

播种时，他取代了往年丽红拖拉机挡泥板上面的位置，长军两口子拦也拦不住。他比下井时候瘦了一些，从拖拉机副座上跳上跳下的，身子反而更灵便了。长军担心他体力顶不下来，便少干一点。反正农机具的功率大，土地不多，不像以前牛马牲口种田抢农时那么紧和累。

郭长民合计，下半年自己能回到煤矿照常干活儿。

二娥乍听这话，吓了一跳："可得了吧你，最少也得歇一年哪。"

确诊以来，她的白头发一下子添了不少，心态更是大变。

往后，只要能把病控制住，眼前这样的日子一直维持下去她就心满意足了。有一天孩子成了家，他俩在这里盖一间小房，种几亩地，原来是最好的日子。拼死拼活半辈子，可到底挣多少钱是多呢？

没病谁也不会凭空这么想。真有了病，这话又说不出口。

郭长民晒黑了，像是和三姐、长军一样，从来没有离开过这个村庄。

种子入土，郭长民松了一口气。这点活儿跟井下比，实在不算什么，可他挺累。现在身上有病，体力恢复难免时间长一些吧。

一天早上洗完脸，他在镜子跟前站了一下。

那个木框镜子上面还有红漆写的毛笔字，依稀能看出来"奖励：劳动模范郭凤堂"的字样。这面玻璃镜子他们小时候就有，是伯父伯母很少的几件旧物之一了。

镜子里，自己黑瘦了。下井这么多年，太阳晒得少，下班洗完澡换上衣服，瞅着跟城里人的样子差不多。这一阵子干农活儿黑了一些，但透着结实。这两个月来明显瘦了。当然，光是上火也得瘦。脸上肉少了，竟有了些许年轻时候的轮廓。

到十八九岁时，老辈人都说，自己和父亲当年真像。

那些人说这话的笑模笑样，就跟昨天似的。

又端详一阵子，镜子里的自己脸色变了。

郭长民从镜子跟前走开，后背那里立刻有点儿不舒服起来。

那一天忍着不出声，晚上发起低烧。一宿没咋睡好，到凌晨还是热。

二娥发觉了，给他找药吃了。吃完早饭，逼他试了体温，她才大大松一口气，出去放鸭鹅了。

郭长民没出屋，站在窗子跟前，隔着玻璃，远远望着村前空地上的二娥。

草丛里突然蹿出来一只老鼠，或者蛤蟆吧，小鸭子、小鹅忽然向一侧扭扭歪歪乱跑起来。二娥去截，脚下绊了一下，打了个趔趄。站稳了身子以后，接下去，她的腿脚仿佛就不怎么利索了，怎么都没调整过来，磕磕绊绊，像个老太太。

他背痛加剧了一下，扯着心脏疼。

那年，他俩住在一起，简单重新扎了一次根，便仿佛把过去的一切全抛弃了。

虽然有些自欺欺人，可新的生活，便那么开始了——年轻真好。

他俩内心，可能自以为是勇气，但更多的也许不过就是淳朴粗率罢了。某种本能分别告诉他俩，怎样才能让自己活得安全踏实一点。

头一年冬天，他们住西厢房。二娥打糨子糊了窗户缝，郭长民在窗子外面钉了塑料布，屋顶和墙还是透风。夜里睡觉只得身子紧紧贴着，借助彼此的体温。

二娥的病是一条绳子。

后来是孩子。

始终阴魂不散一般，对贫穷的焦虑。

钱，其实还真就是按他俩的计划越攒越多的。可奇怪的是，种种越来越穷的不安反而越来越深。

他俩，如同两只被蜘蛛精捆在一起的小虫子。

上了四十岁以后，连面相神态一些什么地方，都说不清地越来越像起来。

回到郭马架子之前，他们的身份始终是盲流子，虽一直住在那个小院里，却从没有离开过那个小城的念头。尽管，他们一直没能在那里置下一所房子、一寸土地。

是他的病——准确地说是他的死——终于迫使他们离开了那里。

最多这个冬天，他俩就分开了。

这次，二娥还能像上一个男人死后那样，去找谁去抓住什么吗？她的阴部已经出现零星的白毛，下坠的乳房像两条空了的布袋，腰胯的赘肉拖得她疲惫不堪。

郭长民不去想二娥了。自从病了以后，脑子里一出现这些，他就努力去想些别的。

可脑子里进来的却是自己年轻的时候，掏十块钱出卖童身的那个中年妇女、咬梨子清脆声音里，那种透骨的封闭孤独。

又脏又笨的老式垃圾箱、路基两侧枯寂的荒蒿、两根伸向远方的铁轨、黄白清冷的夕阳……那个舞厅里和自己现在年纪相仿的业余舞蹈教练尸体瘫在那个画面里，就那么一小堆。

确诊之后，对死亡的无理到来，那种本能的不满和绝望，在回乡前，他已经和它和解了。像平生遇到的很多事情一样，他只能接受。

一辈子，原来就是这样的。

自己这一辈子其实过得也挺好，一直有二娥陪伴。

当初他俩小，凑合搭个伴儿，过一天算一天吧。这是漂流外乡与从小生长的地方，让人本能生出来的想法。

刚二十出头，二娥心里对男人的安全感差不多丧失干净了。可她毕竟年轻，没到心如死灰的地步。年轻让她去找了他。

她从没说过理由。

仅仅是因为在她眼里，他体格长相都不错，一说一笑的样子挺好看的吧。

他们年轻，没有经验，当时还不知道，在生命深处，彼此的要求和希望是一样的。

同时也正是由于他们年轻，什么都来得及。

他们当初虽然并不明白，可后来的日子，就那么一起过来了。

他在衰弱无助来临之前，年富力强时溜掉了，像个背弃誓言的毁约者。从他个人角度，未尝是一件坏事。不必重复二娥爷爷那样，所有一辈子的苦都吃完，被自己生养的人看成多余。

自己逃走了，把一步步走向衰老的孤单凄清都扔给了她。

这段日子，只是肥皂泡一般的假象、一个自我欺骗的脆弱幻觉。

但该来的总得来。自己决定回来时的打算必须得着手做，怎么也不能让她连个最后存身的地方都没有。

3

溪水拐了一个胳膊肘弯，形成的小湾流，这里人叫崴子。

郭长民小时候，村里孩子众多，崴子水面也大，老远就很打眼。现今，崴子重又掩在柳树丛中。对岸是一片面积不很大的草甸子，草甸子边再往外，连着东山脚下的灌木。

连长的五头牛，散在草甸子上和灌木丛之间。那块能放牛的地方不大，但不比头二三十年前，村子里家家有牛马。现在，全村只有两三户人家还养牲口。这块地方，成了连长的地盘。

傍午，太阳高热起来，一头黄色的怀孕母牛到崴子跟前，在一棵高大的稠李树底下的荫凉里趴下来，眼睛水汪汪看着崴子两边的人，嘴慢慢嚅动反刍。它天天趴在那里，树下泥土干硬瓷实，那块地方没长出草，绿色的草地中间像是塌陷下去一个坑。

雁鹅翎子做的浮漂一动不动，郭长民的目光有时顺鱼竿溜上去。小时候大伙就笑连长长了个猴子头，现在两腮肉更少，褶子皱皱巴巴，更像了。那根鱼竿也就两米多长，拿一根曲柳条子去皮做的，前半截儿铁丝绑了一段竹梢子，仿佛还是四十年前那根。

这里是他们小时候洗澡的地方。把柳树枝条遮盖了的部分都算上，水面三四米宽，六七米长，最深的地方至多到一个八九岁男孩的脖子，是上下三五里地范围最深最大的一个崴子。男孩子们多数都在这一小块水域里练会了狗刨。

那个最简单的游泳方式，保护郭长民二十一岁那年，在松花江一条著名的支流里没被淹死。以后这三十年，他再没有进深水里洗过澡。

这些日子郭长民从村里出来，四下望望，虽然有时看不到草甸子上有牛的身影，也听不到连长吹唢呐的声音，但他仍径直从玉米田中间穿过来。

他把自己留在这一岸，一次也没再往上走一段——从溪水上面的两根横木上走过去。

他们两个看着浮漂，常常半天不说一句话。

回村子时间长了，郭长民的话少了，二娥倒跟大伙儿越来越熟络，好像在这村子里做了半辈子媳妇。郭长民心里很安慰，这也是他决定回来的主要原因之一。从今往后的二娥，在城市里再也没有遇到类似刘姐和陈大夫的机会了。

坐了小半天，连长才钓了两条手指粗细的柳根子。

小时候，从开春到结冻，连长就在这个小崴子钓鱼，他们总拿干扰他取乐。

长军说，前些年冬天，村里有几个人在这里砸开冰窟窿，用从拖拉机卸下来的柴油机带动水泵，把崴子里的水全部抽干，竭泽而渔。连长一整冬天，都不怎么走出他的小破屋。有时两手抄在棉袄袖子里，佝偻着腰出来，也不怎么抬脸搭理人。

这几年好了，喜欢打鱼的人多数搬家到外地去了，剩下的岁数大了，也不再稀罕吃那几条小鱼。夏天根本没有孩子来这里洗澡，柳树毛子茂密旺盛，水面比小时候窄小多了。

很多年以前，连长便把自己的地包给了长军，他每年卖一两头牛。冬天，每天早晨，牛撒开，田野山边随便走，晚上会自己回来。地里有庄稼时，他才在这里看管看管。

连长十九岁那年跟别人搭伴去县城干活儿，晕车晕得太厉害，胃里吐空了以后，又一口一口吐苦水，挨到下车几乎死掉。那是他平生病得最厉害的一次，病好了，他一天活儿没干，从城里一步一步走了回来。以后，再没出过山。长年累月在郭马架子，连拖拉机也不必搭。

六亲无靠，加上体格长相不济，连长很年轻时，便认定了女人是自己活着最大的麻烦和累赘。

"你回？"

"回。"

头几回，郭长民起身走时，还会问一句：中午了，你走不走？

连长便从水边拎起细柳条穿着的鱼串子给他看，笑嘻嘻说还要多钓几条，晚上够炸小半碗鱼酱。他的门牙，已缺了两颗。

郭长民其实有点儿犯馋，只是嘴上不说。

鞋底踩在垄沟里，玉米梢快到膝盖了，一天比一天新鲜。过不了几天，会迅速放粗放扁，拔节蹿高，密密麻麻长起来。

这块地是玉米，别的地块也都是。

不要说小麦谷子稻子，今年就连黄豆也没人种。"五一"节前后，一些没有把地租出去的人回家来。拖拉机在地里吼叫了几天，然后村子和田野又安静下去了。

夏锄古来是乡间最忙累、最生气勃勃的时节。除草剂的出现，把这个环节完全省略掉了，玉米也与别的东西差不多，由机器简单生产制造了。

两块地之间，夹着一块更小的水洼子。小时候，生产队从外县请来一户姓崔的朝鲜族人当技术员，在他身后刚走回来的这块地里种过几年水稻，水洼子是当年的引水渠留下的。涨水的时候，流水从小河里分过来，绕一圈，再回到河里去。干旱一些日子，活水就没了，沤着一股腐臭的味道。

郭长民脚步不停，在死水的气味里咳嗽了几声。这里离村子较远，即便二娥站在院子里，远远盯着他也听不到。

后面连长的唢呐声响了，是以前秧歌队那个欢天喜地的调调，反而衬出天地原野的安静寂寥。从小时候就是这样，连长只有自己一个人时才吹。

郭长民把气管里的拥堵，吐进开着碎小黄花的水芹旁边，水面"啪"地击出细微的波纹。一只烟褐色的瘦虫子，舞动长脚快速在水面上逃走了。他看也不看，在连长的唢呐声里，不住脚走了。

长军给玉米喷洒除草剂，本来用不着帮忙的，拖拉机操控着六个喷雾头，一走一过的事。但郭长民待不住。

这块便是伯父当年划给他的那块山岗地，分的时候三亩多，现在面积沿着山脚向上扩张了快一倍。玉米中间，长着三棵臭桦、两棵白榆。这五棵纯粹的野生杂树，早年在这块田之外，跟旁边的杂木林连着。五棵树中间，刺菜、野稗草、看麦娘密密匝匝，把坟包围得平塌塌几乎看不出来了。

长军笑说："以前背着喷雾器打药，我也捎带给七奶家的院子，弄干净一点，现在这种喷头没法子了。"

郭长民想了想，坟里这个奶奶辈分的人，死的时候也就四十上下。长军比自己小五岁，当时不会记得。

那是郭长民唯一认识的、自缢身亡的人。郭马架子以前还出过两个吊死鬼，也都是女的，其中一个也是奶奶，她和长军的亲奶奶。

以前，上吊身亡的人差不多哪个山村都有过吧，很少听说有男的。

这个他们叫七奶的，因为没有儿子，只好葬在这里。她是开春的时候死的。

这块地还没分给个人，生产队那年也种的玉米。

秋天以后，玉米棒子收走了，他在旁边那块豆子地里，根据垄沟之间堆起的新土，正在研究怎么捉到土堆底下那只鼹鼠。死者的两个女儿，自己都叫姑姑的，大的十四五岁，小的和自己差不多，挎着筐子，在玉米秸秆堆里翻动着，搜寻女社员们前一天偶尔遗漏的棒子。

平地里忽然起了一股旋风，枯黄的玉米叶子急劲旋转飘舞，如同一个巨大的漏斗，说明着风的形状。那股旋风向那姐妹俩，疯狂转过去。妹妹丢下筐子，跌跌绊绊往姐姐跟前跑。姐妹俩抱在一起，在纷乱飞舞的干枯黄叶里，埋头蹲坐在垄沟里。

山里人向来说，旋风是死者的魂灵。

"志莲还出去打工吗？"

"她们村里人说，这几年，两口子一直在大连呢。"

"她二姐呢？"长军未必知道志英的名字吧。

"八成还在黄家窝棚，头几年张校长闺女上大学，在镇上见过一回，店里人太多，也没唠上几句嗑。她比我得大十多岁，也是唠起来才认出来。"

黄家窝棚在郭马架子西边，中间一撇一捺隔两道岭，两道岭往上延伸三里路，汇在了一起。早年志英回娘家，从村前往上走几里，翻过山梁，也从郭马架子前面进村。山坡陡峭，两村直线相隔才四五里路，可相互认识的人不多。直到有了中学校以后，有的孩子各自顺着自己的山沟往下面走，到山谷交汇处的镇子上学。志英初中早恋以后，才弄明白两个村子原来这么近。

郭长民在山根底下站了一会儿，然后顺着林间小路，慢慢朝坡上走。他怕再拖延下去，体力也许会让自己慢慢失去这个念头。

地上匍匐着茎蔓坚韧的苜蓿，车前草叶子很低，中间举着穗子，另外一些在泥土路面上经常见的低矮杂草，从小很熟悉，到而今还是叫不上名字。草茂密旺盛，这个夏天从来没有人和兽践踏过似的。还没长出小树苗来，起码算林间小路的遗迹吧。

青枝绿叶间坠落的阳光，不时从郭长民身上爬过。中间坐下来歇了两气，身体内外凉快平稳了些。到山顶，他对自己的表现很满意，在山岭交汇处一株老柞树下，又坐了好一阵子。

这棵老树样子和以前差不多，可真耐老，怎么也看不出，时间在它身上，转眼过去了三十多年。

从树下，正好可以俯瞰谷底。

一只鸟长长叫了一声，谷里余音半天不绝。郭长民屏息凝神等着，可它一声不响了。

等了许久，慢慢开始怀疑，自己刚才耳朵是不是出现了错觉。

黄家窝棚那面山冈平坦一些，当年夏天总有人到谷里放牛，声音很热闹。他从郭马架子西边翻过去，挖过生麻、苍术、穿地龙。放牛人之间的话语，吆喝牲口，牲口牙齿扯断草茎，有时候近得似乎就在十步八步之外。他总是闻声避开。

这么个小山洼里，也不缺泉水，发源的地方就在下面一堆赭黑乱石跟前。一回他顺着浅浅的水沟，放轻脚步绕开两个隔着树木说一个显然是男青年名字的两个少女。不想，却撞到了第三个。

那个姑娘隐在茂密的榛子丛后面，两个光脚丫子浸水里，屁股压着鞋子坐在一块石头上，清澈水流勉强淹没过脚背，她的裤脚却高高挽到大腿根。姑娘漫不经心地往腿上撩水，悄无声息陷入梦境一般，出神沉浸在另外两个女孩子的戏谑笑语里。

他到跟前惊了她一跳，两手慌乱往下放裤腿，遮盖两条修长健康的腿。那时的姑娘家，仍常年穿长裤子，脸和手晒成深色，被衣物遮盖的皮肤格外白得亮眼。近前有女伴的缘故吧，她没害怕，眼光闪烁，嘴角张开，抑制不住一种窘迫笑容，脸绯红了起来。

那个夏天，年轻的郭长民不知多少次一个人翻过村西的山冈，寻着年轻姑娘的声音悄悄靠近，却从不暴露自己。

直到秋天来了，黄家窝棚的牲口吃起了庄稼的秸秆，他也再没有见过那个姑娘。

当年的郭长民最远就到过这棵老树底下，在树叶渐渐稀疏的秋风里，远望黄家窝棚，再没有勇气往下走一步。

从那时起，郭长民梦里的女人，总有两条健康好看的长腿。

他没有运气复制一次黄家窝棚和郭马架子的爱情。后来，在千里之外一个陌生的地方遇到了那样的腿。

几十户人家，散落在一个慢坡上，黄家窝棚原来比郭马架子还小一点。

这么小一个村子，当时能有几个放牛的姑娘呢？郭长民轻轻地笑了。

志英家在一处高坎上，她不在家。她男人的右臂用夹板吊着，显然骨折了。郭长民进院子时，他正在篱笆根下蹲着，用不太灵便的左手插几根白榛柴架条，顺着几棵刚甩蔓子的黄瓜。

"这是老黄家吧？"

主人闻声回过身来，咧开嘴笑："这个村子这么问，多半错不了。"

"得说郭志英家？"

"郭……志英？你说的是我大孙子他奶奶？我一时还真有点儿蒙住了……不过，我跟姓郭的倒是都挺亲的。"

当年他们的恋爱纠缠，很有些惊世骇俗，闹出的动静很大。像是戳破了一层窗户纸，起到了一种示范作用，把四十年前的年轻人们搞得激动不安。

现在，他竟被她的名字蒙住了。

郭长民也笑："我就姓郭。"

"哦？"主人眉头有一点蹙，"我实在想不起来……在郭马架子见过你。"

"我是长军的叔伯哥哥，走多少年了。我该管你叫姑父。"

"快进屋、快进屋！咱俩一边抽烟一边聊。你姑到后屯开家长会了，刚走。"

"别找烟，我戒了。你这院子高敞，风凉，真挺好的。"

郭长民的眼睛落到下面，中间隔着另外两家的一个院子里，篱笆中间的园里长着青菜，没有房子，一个戴迷彩帽子穿迷彩服、从腰身看和他俩年纪差不多的男人，牵着一根细胶管，往地基里灌水。

主人嘴巴动了动，像是把到了嘴边关于戒烟的话咽了回去，口气依然轻松："别外道。咱俩还是进屋唠吧，翻山越岭过来，连口开水都不喝，你姑回来我不好说话。"

"我真没外道。头一次到长辈家，空着两手就来了。"

两个人笑起来。

"我溜达到我们山根，想起个事儿，顺脚过来，想跟我姑打听打听。"

"她没带手机，走，还是进屋吧，我找号码给老师拨一个电话……"

"不急、不急。一屋子老师家长的，不方便，跟你说说也差不多。你应该听我姑说过，我七奶是怎么没的。那时候我们都小，我今天恍惚记着，她娘家老爹和兄弟好像都来过，连哭带骂又打又砸的。现在回想起来有点儿怪了，我七奶的模样语气我一点儿也记不起来，她娘家人的山东口音却有印象。"

"对对，我听你姑说过，她妈老家是山东的。"

"我从前听老人说过，我姑的姥姥家和我姥姥家好像是一个地方的人。"

"哦哦……"

"我过来就是想随便问问，我姑和她舅舅家的人是不是还有联系。"

主人吸了一口气："结婚以后从来没有。好像听她念叨过，在我们结婚之前，她姥姥家早就搬走了吧？"

"我来时想，多半也差不离。"

一个女人抱个白钢电热水壶，进了那家院子，在穿迷彩服的人旁边一个板凳上撂下，一旁待了一会儿，好像没说话又走了。

"哦，你联系不上……"

"主要是我妈。我姑跟你闲唠嗑时肯定也说过，八成年头多你忘了。我爸没得早，我妈改嫁了，我大爷大娘带大的我。"

一个这样面色，另一个吊着胳膊。说巧不巧，他俩怎么回到家乡来遇到的，两人都避而不谈，仿佛视而不见。

主人面皮粗黑，圆脸小眼睛，体格敦实，体毛从背心口露出来。郭长民心里算计着这家女主人的年纪，对面这个男人怎么也有六十来岁了。

他莫名其妙地想，这对年纪可算老年的夫妇，在这间房子里，可能仍然有着不错的性生活。

这种感觉怪怪的，算不上是忌妒。对方虽然受了伤，但遮掩不住的旺盛生命力，对郭长民的衰病，总是一种刺激和提醒吧。

郭长民默默端详着房子。好的，安宁的，长久的日子都差不多的。夫妻俩有一个房子，生儿育女，孙儿绕膝，相守一生。虽然，今天他也要出去打工。

两人看着那个灌地基的人。

隔了一会儿，主人又轻轻啧了一声，似乎要说点什么，恰好郭长民先开口了："先把地基灌好，沉上一段时间瓷实，能过一个冬天，就更好了。"

"人家不光自己弄地基，整个房子都要一个人盖。"

"自己？"

"大半辈子尽给别人家盖房子了。瓦匠活儿、木匠活儿，从起墙到装修，没有一样不精的。走南闯北干的建筑活儿不说了，我们村里街坊四邻……"主人脸转回来，"就我这房子，他也操过心。"

"那他也不缺帮工的人。"

"人家偏是要自己弄，不要外人插一下手。"

郭长民怔了一怔，两个人继而相视笑了：总轮到自己家盖房了嘛。

那个人攥着管子朝这面扬了一下脸，好像他一直在偷听他俩讲话，此刻要搞清他俩前一句话说的是什么似的。

在他俩还没有转移目光之前，那人又先把脸转开了。这个距离，根本听不到的。

山村常年很少有陌生人来，大多数人都会盯着多看几眼的，打个招呼，问一嘴什么也不为过。

郭长民离开时，从那个院子旁边经过，那个人背对着他，仍然攥着水管子。不光衣帽是迷彩布的，连脚下的胶鞋也是。有三四个月没有剪发，后颈子的头发压在领子上，鸟尾般翘了起来。

郭长民想：这么个活儿，把水管子丢下，让水自己淌就行，大不了，隔一阵子换个地方嘛。

4

三姐蹲垄沟里给茄子打底叶，老邱太太停下和她说话，三姐便住下了手。一会儿二娥和鸭子鹅过来，篱笆里一个，外面两个，三个妇人声音就高了好多。

"姐，你还是忙你的去吧，咱这样子，好像电视剧里我们俩来探监……"

一只愣头愣脑的白色蛾子在二娥额头上撞了一下，她一惊："呀！这蝴蝶瞎了怎么的？"

三姐大笑："就是只扑棱蛾子，还蝴蝶，可真有你的！"

哪怕最普通的菜粉蝶，二娥嘴里也一概叫蝴蝶。可能当小女孩时，跟同伴们较真留下的习惯吧。

蛾子仿佛撞晕了，醉了酒般在土豆垄上旋一阵子，才恢复好节奏，越过篱笆飞走了。

小鸭子、小鹅对闲聊没兴趣，把二娥牵走了。

老邱太太嘴里说着别的，眼睛不时瞟二娥的后影。二娥和鸭子鹅们走远了，她说："你兄弟媳妇好像比刚回来时候胖了些，啧，那时候她那个脸色——他俩回来可就对了。"

三姐脸上笑意没了："嗯。"

"说他们要盖房子？"

三姐又"嗯"了一声。

老邱太太隔了一隔："盖什么房子呢？现在村子里闲着的好几座，一文不值的。"

"嗯。"

明摆着的，郭家小弟长国的房子同样空着好几年了。不过老太太毕竟是那种自己的话必然要说出来的性格："前儿晚上，我们昊昊他妈给我打电话还说，昊昊想我上火，两口子要接我去楼里住。我可真舍不得我们一百二十平方的大房子，房子总是不住人，空着就不好了。"

"……"

"儿媳妇总是担心我一个人住。"

"多好。"

"昊昊妈说，五万块钱就算了，我可真舍不得。"

……

老邱太太和三姐结束唠嗑，临离开前脸朝这边瞅瞅，还冲郭长民挥了挥手。

那么大岁数了，背影腰杆还那么直溜。还跟早年那么利索，那么干净，那么精神。前几天，郭长民打老太太院子外面过。园子门里边，大朵大朵的芍药挤着，开得正好。芍药旁边一棵美人蕉，叶子深绿，使劲往高长呢。

那年八岁吧，在一块玉米地跟前逮蚂蚱，她正好从玉米地里边出来，他问："五娘，你拉肚子了？"她脸上有点儿红，眼睛忍着笑，抿嘴唇，手指轻巧地在他脸蛋上捏了那么一下。

又长大几年，他也渐渐知道，她从高粱地玉米地这头出来，伯父便会从那头出去。多少年都那样子，大白天的，那就算避讳人了。她家明琴冷不丁斜着盯人的那一眼，跟三姐一样一样的。

全村子那么大岁数的老辈人，就剩她一个了。

老房子的墙土，都原地弄平整了。木料清理出来，堆在障子根。盖新房子都用不上，只能做烧柴。尽管还有一些红松质地仍很好，一点儿也没有腐蚀。

五十年前拿简易的铁丝弓子，手工一块一块割出米的旧砖头，样子有点儿笨，大小和现在的砖一样，可更沉手，还显得很结实。收拾完，还有四千来块是好的，也远远靠篱笆边上码好了。

郭长民想把盖房子大包出去，这些旧砖也用不上。

一回哥俩儿在一块，长军还是说了："我看，四十多平方就挺好了。"

三姐也说过，刘全老婆子和自己暗示过，她家房子只卖三万五。七十多平方不大不小，年头不算很多，园子也大。

只有他俩，私下能和自己讲这样的话。也是斟酌以后，方才说出来的。

日后二娥一个人住，四十平方没什么不够用的。就算新盖四十平方的小房子，等住进来，起码也得按五万块钱打算。

郭长民还是决定六十六平方，不能再少了。他不在乎所谓吉利好听，关键是六十六平方，刚好可算做一个过日子的正房，勉强够比较合理的格局房间。

下过一场透雨，晴起来天湿热湿热的。没几天，玉米梢头就出了雄蕊，把土地填充得密密实实。

没有风，阳光将蓄在泥土和丰茂植物里的水分逼了出来，却不立马烘干带走。

牛不像驴子，难得听到它们的叫唤。连长和牛在崴子那里，被玉米隔到了另一个世界。偶尔的唢呐声，曲子喜庆，声音却显得闷滞，远得若有若无。

早年有个游方瞎子，由一个八九岁男孩牵着棍子来到郭马架子，在老贾家住了一宿，吃了两顿饭。瞎子说，当时六岁的贾家孙子八字正官正印，驿马远方。长大了，会到南方当一个军官。

瞎子抹抹嘴巴走了，贾家爷爷摇头晃脑自豪多日。村里人觉得连长是不小的军官了，便那样叫小顺子，一叫就是一辈子。

再放十年八年，连长一辈子管的牛，大概足够一个连了。

郭长民憋在屋里，胸口发闷，盼望痛痛快快再来一场雨。

他曾在安徽和河南搭界的一个小镇子上，遇过一回类似的天气。他们几个躲在一个地下室一般的地窖里，几个当地人就着胡琴，起劲号一出本地的坠子戏。

正月提媒二月里娶

三月生了个胖儿郎

四月会爬五月会跑

六月南学念文章

七月进京去赶考

八月得中状元郎

九月领凭去上任

十月告老还家乡

冬月得了一个冤孽的病

腊月三十见了阎王

当时小，只觉得他们侉声侉味的喊叫很难听。现在回想，那声调戏谑中哪里透着苦。

眼下，比当年更呼吸难受，却无处藏身。这样的天气郭马架子年年都有，是他适应不了了。

汗水在周身淌着细流，连着几天持续低烧把郭长民搞得疲倦不堪，看见吃的东西都恶心，却呕吐不出来。

儿子又寄来了药。二娥以为他心情会好一点。

郭长民却恨恨来了一句："早晚，把他自己那点钱折腾光了完事。"

二娥赶着鸭子、鹅出去了。

电扇搅动着热气，空气动了一些，同样挺难受的，好像一种心理安慰吧，他尽量待在风流范围内。电风扇能挪动，可有时候，鸭子、鹅会把二娥带到他眼睛看不到的地方。

他难受这几天，她也被拖得很憔悴不堪。

5

山村建房的热潮，头些年已经过去。

长军各村打听了不少人，即便三五个守着本乡本土的建筑工也凑不上。

郭长民总想着黄家窝棚那个穿迷彩服的。那个人的背影，或是什么别的说不出的地方，让他一直没张嘴和长军提。

镇里，派出所正在重建一幢新的三层楼。所长是长军中学同学，最后工头答应了，建筑队抽空派工人来几次。

长军回家告知郭长民时，嘴里仍骂骂咧咧的。只一个空壳房子，包工包料一平方一千块钱。

有时候得中午管一顿饭，长军没提。管饭，他们两口子张罗就是了。

郭长民爽快地答应了。

他没想到在山沟子里盖房，反而比城郊还贵一些，但这价格算不上高得离谱。至于用什么物料，可以直接从派出所工地挤出一点儿拉过来，利润，也就是人工费，应该比物料还高之类不必纠结，那是包工头自己的事。

长军费了不少劲，又处处怕自己上火。

郭长民心里也多次切实盘算过，像黄家窝棚那个人似的，整个过程都自己动手干，二娥打打下手。他把逐个步骤都想过了，没有自己干不了的活儿，那样四万块差不多就能住进来。而这样给人六万六，只是一个空壳房子。

他没和任何人提自己动手的打算。他不是顾虑二娥他们不同意，自己真干，谁也拦不住。只是怕身体顶不到后头，扔下个烂尾房子咋办。平常盖个房子，好人也累得扒层皮。

包工头看了所长面子，才接下这个小活儿。长军还要欠他同学人情。

长军安慰他："哥，不管怎样，狗日的都狠挣了咱们一笔。他敲了咱们竹杠，反过来再请我同学吃顿饭什么的也说不定的。反正咱们花着大头钱，还得低三下四装孙子。现在就是这么个世道，看破别说破吧。什么事，只要大处顺情顺理过得去，小的地方也不用多寻思。不寻思好像不甘心，寻思过味来还闹心。临了，也得忍着。"

郭长民再没说过什么。时代真是教育人，长军是他们这一茬人里，极个别从来没离开过田土的，一样想事很明白。

郭长民年轻时候，爱赶个新款时髦，买过几件价钱贵些的衣服。二娥是年轻女人，却总穿路边最便宜的。有了孩子后，慢慢地，他自己也不知从何时丢掉了天天照镜子的习惯。

该怎么个活法，她比他早知道，直觉比他准。

买最便宜的东西，吃人家挑剩下的菜，口积肚攒，二十几年机械干活儿，渐渐活成了傻子。最便宜节俭的消费，所以一辈子都是穷人的感觉。

没买房，没供孩子上大学，三口人从来没住过医院，跟身边情形差不多的人家比，两口子过日子算是厉害的了。回来时，一共攒下了三十万块钱冒一点儿头——是够厉害的了。

一下子，就被人净挣去三四万。

没有法子，这是盖房子，不像别的琐事，关上自己家房门躲屋里，能将就对付过去。

预付了五万块钱，工头派来一辆微型多功能钩机，按郭长民要求的位置面积，挖出一个方框沟子。几辆沙石车应时呼啸而至，卸了砂石又呼啸而去。

钩机师傅把地基填满，还不到中午。长军请他在靠近房后、对应厨房的位置挖个坑，等砖来时砌个下水井。

钩机师傅没听老板提过合同里面有这项，说着去掏手机。

其实是长军先前忽视了，他伸右手做一个按对方胳膊的姿势，觍着脸笑："哥们儿，你挖吧，挖出来就在合同里了。"

中午喝酒，钩机师傅讲了一些灌注地基的要领，以及一些琐碎的、应该和工头耍心眼儿的地方，都是一些酒话罢了。当下农民，除了连长那样个别的人，对建筑民房的常识要领大都掌握。

郭长民原本想，在沙基上面砌一圈毛石。但当初长军谈的时候，包工头断不答应为那点儿事情单派工人跑一趟，给打一圈混凝土地梁，已经相当不错了。

工头当着所长的面质问过长军："现在到哪儿去找三五个人临时凑起来的小土建队？一个小民房谁还有功夫摆弄毛石？其实就算不打地梁，在沙基上起墙之前，先砌一些斜的毛砖，或者砌几层水泥灰口的'金刚砖'，有什么不行的？谁敢说房子挺不了五十年以上？我敢赌咱们这些人死之前，一丁点事儿都不会有：一赔十，一赔一百也行，你敢不敢赌？"

长军无言以对。确实，有不少房子省略了石基和地梁，直接那样砌墙的。

连日下了几天雨，天晴起来，大工程也够忙的，那头好像把这个房基础给忘了。

郭长民不让长军打电话催问。

6

一天傍晚，儿子忽然从天而降。娘儿俩总通电话微信，他事先却没跟他妈说。郭子轩在大连这段时间具体干什么，两口子也弄不明白。

儿子六岁时，和父母回郭马架子过了一个春节。郭长民伯父死在二娥接爷爷前，两口子回来，将他托付给邻居照料。三姐孩子结婚时，他上了高中，郭长民和二娥没敢打扰他学习。

郭长民绝不做手术和化疗，儿子很激动，一气之下走掉了。至少，表面的情况是那样的。

这几个月父子俩通过几次话，彼此依然说不出太多的话。

儿子个子虽然比当爹的高，瞅着哪里却总不那么结实似的。心里装的东西太多太杂了吗？郭长民也说不好。

在郭子轩这个年岁，郭长民在异乡遇到了二娥，郭长民的父亲在郭马家子盖了一座最时新的房子，儿女双全了。

郭子轩进村，直接打听清楚了父母住哪个屋门。两口子正吃晚饭，他背个大双肩包进了院子。

"哎呀，我儿子——"二娥饭碗一撂，赤脚跳下炕，趿拉上拖鞋，往房门外跑。

她在女人里个子不矮，头顶刚抵孩子下巴。

儿子左臂搭过母亲肩背，左腮在她额头蹭了一下。目光从她头顶越过，看立在房门口的父亲。

他的目光被刺了一下。乡下的太阳太毒了，几个月工夫，把父亲两鬓一下染白了那么多，脸皮晒得黢黑，连脸肉也吸走了。才几个月，郭长民变脸般现出了老年人的样子。原先算不上有脂肪肚子，可中年的腰身挺粗壮，现在细溜下来了。从记事起，儿子就没见父亲这么单薄过。

郭长民上两天在镇上药店称体重，轻了三十来斤。

长军两口子从另一个门出来，大伙儿进了屋，不久三姐也过来了。孩子面容清瘦，有些木讷，五个大人嘴上说些不打紧的平常话。

闭了灯以后，三个人不再讲话，没有一个真睡得着。

第二天早上起来，郭长民带儿子去房场。儿子看了一眼那个长方形的沙基，一句话不说，站在那里把目光移开了。

爬满架的豆角，黄瓜叶子出现了黄斑点，向日葵开了黄花。

他父母亲手种植侍弄出来的，和邻近园子里的没什么两样。

在城里认得爹妈的郭子轩眼里，有些不可思议吧。

郭长民去看地面，悄悄吞了一口气。

这一天恰好是农历七月十五，他昨天买了一刀烧纸。长军今天有事去镇里，早饭前自己去坟地烧过了。

吃完早饭，父子俩默默往山里走。

走过田地，进了山林。在房场儿子没有说，但把话在山间路上讲了，眼睛依然不看他："盖房子干什么呢？"

从郭长民生病后，这是孩子第一句说到日后。大致是我妈还有我的意思吧。

　　"能用上就用，用不上就放在这里。你妈才五十，也就血压稍微有点儿高。"

　　空气里有翅膀响动，一只蓝色的鸟从他们头上飞过，到前边一棵暴马丁香枝上停下来，看着父子俩。

　　暴马子花味道浓郁，郭长民几十年没闻到过了。

　　他们走近，细枝一颤，那只蓝鸟又飞走了。

　　从树下经过，郭长民不自觉地搜寻暴马丁香的气息。可是，鼻子好像不那么灵敏了。

　　"我病来得太早，看不出你结婚以后那步棋怎么样。"

　　郭子轩说："不对我妈好，我也不会让……"

　　"到时候，你妈也不会让你那么做。"郭长民打断儿子的话。

　　又走了一段，郭长民说："昨晚上你说，想要去青岛办啥事。我想起来，黄县离青岛好像不远。你奶姓张，叫张秋萍，属牛，建国那年生人。也不知道当年她回没回黄县。我打听明白了，我太姥爷叫张加良，都说山东老人寿命长，可现在绝不能在了。我姥爷叫啥名字，这里一左一右年岁大的，倒没人记得住。你姑小名叫俊，你奶走时，连大号还没有起呢。这些年，我一直觉得自己想找她们，可拖来拖去，直到有了病，心里才当回事寻思寻思。

　　"我跟你妈商量过了，万一将来你奶和你姑来找咱们。我给你奶留了两万块钱。这个房子马马虎虎弄完住进去，总得八九万。我的事情过去了，咱家满打满算，怕是也剩不了二十万块钱了。你用钱在后边，这点钱起不了多大作用。再往后，就全靠你自己了。我对不住你妈和你奶，可人活着，都是尽量为岁数小、日子长的人做打算。"

　　自打冬梅和志山女儿那件事以后，六七年了，郭长民头一回和儿子说了这么多话。

　　儿子慢慢走着，一直不出声，也不看他。

　　郭家的坟地，在村南四五里地外一个小山坳里，祖坟后面树影掩映，越往下坡这面越开阔。到郭长民父亲这一辈，共五代人，辈分越小坟包越多。六七十座坟呈塔状排列，格局清楚，像个小村庄。

　　最下面一排，有好几个坟头立了石碑。长军兄弟给自己父母也立了，刻着名讳生卒。旁边郭长民父亲的坟年头多，显得小一些，没有那么气派。

郭长民给列祖依次象征性地烧几张纸后，将大多数黄纸焚烧在这两个坟头下。

火光扬起，零星黑色的纸灰片随着热浪飘飞，渐渐落在坟身的绿草上。

郭长民跪在草地上，给两个坟分别磕了头。

儿子在一旁木然地看着他做这些程序，插不上手。郭长民一样没有吩咐他，也不回头看他。到磕头这个步骤，儿子身子隐隐动了动，随后跪在了后面。

郭长民拿一根木棍拨弄残火，确保每一张都焚化透彻。

他有些疲乏，站坟前面缓了一小会儿。

一只蓝鸟在旁边一棵桦树枝上，看着他俩，像是很好奇。人眼里，鸟的样子都差不多，也不知道是不是刚才路上遇到的那只。

他十来岁时吧，在下面他俩过来的山湾里，拿弹弓射杀过一只这样的鸟，用圆硬的青李子做的弹丸。大人孩子都知道那丛李子树，那里以前有过住家。伯父听老人说过那家的姓氏，郭长民忘了。

那只自己纯粹为了好玩误打误撞射落的鸟，与这一只有没有亲戚呢？

人在一个地方的时间，跟树和鸟没法比。

父亲坟前，刚才下跪那一小块地方，稀疏的山草中，夹了一株筷子高矮的植物，叶子绿硬，仿佛掺杂有金属质地，边缘都是细齿。

那是一种他早年挖过的草药：苍术。晾晒干透，借自行车送到镇子上供销社开的收购站，两毛七分一斤。

坟里多为夫妻两个，个别还有夫妻三个的，郭长民的父亲自己一个人有些特别。但他有郭长民这个儿子，便有资格埋进来。同样的道理，郭长民也有资格。

坟里的百十多号人，都在这个地方活过，做过这样那样的事情，绝大多数从生到死，一辈子没有离开过这条山沟。跟他们比，郭长民在这里活得很短，连头带尾加起来，也凑不上二十年了。

父亲和伯父后面的坟是他爷爷的。据说，爷爷个子不高，人也老实，年轻时两口子不怎么和睦，他一赌气跟过林彪的队伍。打完锦州没等进关，大冬天的就自己跑了回来，是个逃兵。没等跑回家里，妻子就先吊死了。大挨饿时候，他省下自己嘴里吃的留给俩儿子，榆树皮吃得太多，浮肿死的。

再往后面是曾祖父，郭长民更没见过，却仿佛更熟悉，印象更深。

他从小多次听伯父和他们讲过，曾祖父去世时的故事。

那时伯父八岁。

在那三年之前，那个老人得过一次重病。他在炕上向坟地方向祷告，求爹妈，求列祖列宗保佑再给他三年寿命。儿子身体不好，屋里没个女人，俩孙子太小，自己再帮衬几年，好歹大家活过去。

三年后，他生病到死都很从容坦然。人们见他断了气，便把他装棺入殓。抬进棺材将要钉棺材盖子时，他缓了过来，里面手拍棺木又能说话了，人们又把他抬回到屋里去。

回到屋子里，他精神明显好了起来，居然能在炕上稳当坐着，平和，慈祥，安静。摸着郭长民伯父的小脑袋告诉他，有人送的干粮果子，还在棚杆子上那个挂着的小筐子里放着。

那时正是盛夏，老人穿的寿衣是新做的黑布棉服。他一边笑眯眯地讲"我这一辈子，就穿了这一身新衣服"，一边左手摘下右手的白花旗布手套，左手一头捏着，右手拇指和食指轻轻摘白布手套上棉絮结的细小疙瘩。

老人家安详说了很多话，气力慢慢衰弱，最后躺了下去，和众人轻轻说："再把我抬棺材里去吧，这回，我真走了。"

伯父说，他爷爷一生都很穷，但一生都干净利索。郭长民的伯父自己也是。

郭长民想把这个故事说给儿子，但讲不出来。当年伯父是把这当成一个闲话，在夜晚油灯底下，一边剥线麻一边和他们说的。

二娥、郭长民都感觉到，儿子这次未必是在外头遇到了什么不顺心，也未必真有什么去青岛的打算，就是回来陪郭长民的。

可过了几天，儿子又离开了。

二娥说，村里连个岁数相仿、一块玩儿的年轻人也不好找，窝在山沟里头，他也真待不住。

一边叨咕一边觑郭长民。

他没啥反应。

红砖墙框一天就砌了起来。

过两日上了房架子，钉上红色的铁皮瓦，好像一下子凭空出现在了大石头旁边。

二娥一连几天围着房场，让鸭子鹅啃那几处可怜的青草，眼睛离不开。

郭长民坐小客车去县城里，买各种小五金什么的。镇上前几年还有一家建材商店，现在这类东西镇上商店都是顺带卖一点，七拼八凑倒也能对付买全。长军说，他们进的货质量不好。

一家建材街道南边的店铺，向北的门脸很窄，进店门才发现，原来里面比在大街上看大多了。店里左右不宽，但深度长，幽深的同时也光线暗，大白天亮着节能灯。货物挤，柜台挤，柜台后面，售货员也快肩膀挨到肩膀了。有个胖子，负责水暖件什么的。

"哥们儿，青苞米下来了吧？"到仓库里，胖子给郭长民割塑料水管时顺带问。管子占地方，店铺货架上只有一段样品，大捆的都在库里。胖子领他出店铺后门，按需要的长度割下来，扎成小捆。

"下来了，早都下来了。"城里街边上，夜市上，应该到处早都支着烤黏苞米的炉子了。

"不是，我说的不是黏苞米，是笨苞米，大田种的那个，大马牙子，最好的是小金黄。"

"都是大马牙子，现在谁还认识小金黄？"

"大哥，下回你要再来，给我捎几穗来呗，我给钱。"

"哎呀，"郭长民失了一笑，"几个棒子，还钱不钱的。"

"不是、不是……"胖子也笑，似乎有些许忸怩。

回到家里，把这些东西放下。郭长民也似松了一口气，劲头一缓，后背又疼起来，一呼一吸，一举一动，牵扯着那块肺叶。他一声不吭。

第二天早上，晕乎乎的眼神乏困，面皮有点儿像喝酒上脸。二娥忙给他找药吃了。她出了屋子，他自己又吃了一片。

从邻居家接一条长线插座，郭长民拿角磨机在砖墙上割下线槽，满屋砖灰弥漫。

长军从山上回来，前脚一进房门，就又赶紧缩了回来。郭长民闭了电源，从里面出来。戴一顶儿子以前的棒球帽，身上脸上全是红黄的砖面子，给满脸的虚汗和成了泥。

长军想，他半辈子在井下，天天八成就这副样子，只不过脸上的泥该是黑色。

他对他咧嘴笑，露出白牙。

长军心里一疼：这是拿自己死猪不怕开水烫了啊。

看长军拎着新鲜的白桦树瘤子，郭长民苦笑着摇手："我说，你可消停点儿吧。还是让它们好好留在树上吧，树没了瘤子，没准儿反倒活不成了。"

二娥熬出水来他没喝。上个月，他就不吃芦荟了。

这回发烧总反反复复不过劲，他忍着不作声，一点一点把那些管线弄完。不弄利索，工程队的人没法过来抹墙灰和给地面打垫层。

玉米叶子老绿下去了，长出了斑斑点点，干了的雄蕊花粉落下来，叶子上落了一层灰。玉米胡子焦干枯萎，棒子粗壮硬实起来，生生把壳子撑开，顶端的粒子迫不及待挤到阳光雨露下面。

雨淅淅沥沥断断续续，一连好几天。炕上铺了褥子，他后背被褥子黏住，浑身每个骨头节都酸疼得要散，快要融化在褥子上了。

看玻璃外面的雨天，睁着两个眼睛白日做梦。

一种虫鸟般细微的感觉能力，他小时候未离开时郭马架子本来很发达敏感，三十几年在外面几乎全忘掉了，回来以后，这种触角又慢慢长了出来。

这种感觉，使日子仿佛变得缠绵。郭马架子的几个月，似乎比外面好几年更丰满悠长。

雨水该把玉米上的脏灰冲洗干净了，可它们再透不出一个月前那种翠绿了。

有一群獾子进了玉米地，抱住玉米秸秆狠咬上一阵，然后把玉米推倒，撕开包裹玉米棒子的壳，手舞足蹈地饱食狂欢。

过了一天，它们怀着一切动物对土地那种盲目的本能信任，兴冲冲故地重游。

很快，獾子们个个皮下全都聚集起厚实的脂肪，在月光底下舞蹈追逐，爬胯交欢。

郭长民去退剩余的水管，进店见到柜台后面站着的胖子，才想起满口答应过人家。

胖子的眼神陌生，明显对他没有印象了。做完交接，郭长民走了。

小时候，天天都吃热气腾腾的大碴子粥，夏天门窗洞开，在院子里，甚至街道上，香味儿扑鼻而入。天然的浓郁味道，无论多高级的厨师，也没办法调制出来。他家的碴子粥里，顿顿都放芸豆。伯母偶尔在粥锅里扔咸鸭蛋，不分长幼一人一个，省去了切咸菜，也是一顿好晚饭。自己是大碴子粥喂养大的。他们这个年纪以上、乡下生长的人，一般都是。现今是一种消失了的粮食，消失的味道了。

玉米淡出了饭桌，人们一般只是出于尝尝鲜，才到街边的摊子前，去尝尝品种不断改良的黏玉米。

上次真不是支应这个胖子，可他出了店门，便忘得一干二净。

脑子里总是推不掉幽深店铺里，惨白节能灯光下面，那张略显呆滞疲倦的松垂胖脸。胖子自己也不大有信心，不觉中口气有些淡化，眼里却掩不住热切。

今年，他到底吃到嘴了没有？

快快走回车站，买了票，坐等回山里的小客车发车。一个背着牛仔布大行李包的矮壮半老男人，向他走过来。候车的人不多，身边没别人，郭长民还是把目光垂下。即便在他们镇子上，他也是个陌生的外地人。

那人在他眼前站下，笑说："我老远瞅着就像你，怎么你不记得我啦？你咋比上回瘦多了？刚才到县医院检查了没？弄这些东西，是不是也在盖房子？啧啧，这段时间累着了吧？"

是志英的丈夫，穿着出门的干净衣服。胳膊不挎夹板了，反倒认不出来。他恢复好了，虽然大他十来岁，但人家仍能出苦力，长久活下去。

江苏有人打来电话，让他过去干活儿。

看郭长民不像那日活泛，他继而自己说道："虽说快要秋收了，但那点庄稼往年也是你姑自己收，过年前还能干几个月。"

郭长民马上想到了那个穿迷彩服的人，有些房子的细节问题，可以问问他。打打电话，毕竟没有什么的吧。

"嗐！你还要他的电话号码？你是忙，没顾上想咱俩为啥没在镇里遇着，坐一个客车进城来。他死了，刚火化完，他家里人和一些帮忙的带着骨灰回去埋，我这是从火葬场直接过来了。"

"他不是……"

"对，今年他没出去干活儿，就在家里一心一意盖房子。一砖一瓦把房子盖完，装修自己弄得也遂心顺意。好好打扫干净，把新电器沙发厨具窗帘什么的买回来，就住人了。可就是前天下午，他却在新房子里边上吊死了。就拿一根你这样的四平方电缆，搭在客厅灯挂上，一头系脖子上，另一头自己拿手拉着，自己把自己勒死了。大伙儿都奇怪，等人脑子缺氧迷糊，手劲儿咋就没松呢？啧啧，可真是的，能工巧匠就是能工巧匠，连死法儿别人都想不出来。"

"……"

"他年轻的时候人也活蹦乱跳，岁数越大话越来越少了，什么事都吞在自己肚子里。平时大伙儿各奔前程，谁顾得上留心别人。不像以前，都在一个屯子里种地，猫冬，东家西家串串门唠唠嗑啥的。不过话说回来，不论啥时候，一个人心里咋想的，别人也闹不清。"

小客车从客运站出来，郭长民看着车窗外远去、消失的县城。

到家，郭长民一头又扎炕上了，要不是怕二娥惊慌，真不想坐起来吃饭。

晚上烧得厉害，摸黑枕头边吃了药。有一阵子，好像还是烧糊涂了。

也是傍晚，夕阳从新窗户的玻璃投到屋里。没打垫层的泥土屋地上，扔了一段四平方红胶皮铜芯电缆。那个穿迷彩服的人，站新房子窗户外面冷冷地看着他。郭长民担心他会进来，自己体格虚弱，没有以前力气大了……

"哎、哎，"二娥推他，"魇着了？是不是那里又疼厉害了？姿势不对劲儿吧……"

郭长民拒绝去医院，长军只好开车去后村接一个村医，给他打点滴。

躺炕上下不了地，他心里开始后悔，这次进城没有去医院，拿诊断直接把杜冷丁开回来。

他，一个山里孩子，却在一个县城那样的小城里生活了大半辈子。

城，再也看不到了。

老邱太太忽然死了。人老了，和瓜熟透了一样。

头一天下午，还和二娥、三姐三个一起在她家院子里有滋有味说笑来着。她正在擦着豆角丝儿，青豆角满满一大洗衣盆。每年秋后，城里都来取好多干菜。

还好，老太太一向对自己比别的老人略微娇贵些，觉得不对劲，当即给儿子挂了电话。要不一个人死屋里，过几天别人知不知道，就不一定了。

郭长民迷迷糊糊的。两家房子隔得远，出殡时女人的哭声也显得远，鞭炮声很响，响一阵子，过去了，哭声也听不见了，外面很空很寂寥。

哭声里有明琴吧，这三十多年见着她了吗？没有。

自己走那年冬底，她就结婚了。没法子结婚不早，她随她妈的地方太多。

出走前一个多月吧，在前屯看《少年犯》，当女记者儿子的手在桌子底下一摸姑娘的腿，他就硬了起来，直到电影结束，再怎么也软不下去了。人挤挤的，明琴贴在自己右前方，夏天衣服都薄，肩背和屁股肉肉的。

他那时已经怀疑他俩的血缘了，想抽身躲开，可四周都是人，只好在左裤兜里用手抓着。

明琴不时回过头来，兴奋地说着电影，大说大笑，招引周围人的注意。嘴里，喷过来一股韭菜味儿。

8

外墙做完保温板，刷上涂料，工程队就撤干净了。

二娥一门心思不想让郭长民动手，可还是没处去找一个干零工的瓦匠。

起灶搭炕，刮腻子，大白滚乳胶漆，地面和厨房墙壁贴一些瓷砖，诸如此类，都难不倒郭长民。

郭长民笑说："尽量少干一些就是了，累了就停下呗。再说累死反倒光荣一点。"

后一句是心情放松、信口开河出来的。自觉失言，他转身去长军的仓房里找瓦刀和刨锛。

二娥把鸭子、鹅推给丽红，帮郭长民打下手。

屋里干了没几天，又停下来忙外面。

一般人家盖民房，都是最后一步收拾外面。房子周围垫土是个大活儿，趁自己体力好抓紧先干。院子里施工留下的那些乱糟糟的，郭长民尤其看不了。

长军把车开到河边，那里是沙土，容易挖一些。长军心里又是自责，当初谈合同时把这个也给忽视了。那个场面，包工头气场强大，把他给镇住了。

大型拖拉机车厢也大，他们仨装完一车土时间不短。二娥、长军不忍看郭长民脸上的虚汗，既然拦不住他，他俩也不说什么，一天只装一车就算了。

房子周围土填满了，长军开着拖拉机反复碾压，郭长民拿平锹一点一点修理平整，直接给院子铺红砖。剩下的整砖，工程队一块不剩拉走了，只剩了些半拉砖头子。

他又细数了一遍老房子剩下的红砖，计算后够用，就将每块砖侧着立起，土上浇水，一块块靠紧，拿胶皮锤子砸实。

比平铺砖地面厚度增加了一倍，他估计强度会不止一倍，大于一般的水泥地砖，承受长军的拖拉机拉着重载应该没问题。从前，手工一块一块做出来的砖是结实。

买水泥砖，总得到县城里，找水泥制品小作坊。

儿子上了小学，决心不再做矿工那几年，他们养过一辆双排座农用车。一回，从一个水泥制品厂装了两千两百块那样的水泥彩砖，往乡下一户人家送。

到那家时，忽然下起雨来。郭长民用砖卡子好好码摆，装车时候主人并没有过数。主人说："雨太大了，你俩进屋歇歇吧。"他们两口子要赶下一份活儿，主人就不让他们好好码了，雨挺急的，尽快弄下来就得了。郭长民仍然埋头好好摆，但主人从破仓房里自己找了卡子，领头胡乱扔起来。三人仓促把车厢里的砖卸干净，郭长民就钻进驾驶室，二娥却没上来。原来她趴在新房子的窗台上，背上淋着雨，往屋里瞅呢。那个主人很淳朴和善，要是有一丁点儿装，她也不会那样。隔着驾驶室和雨，郭长民还是有点儿挂不住，车喇叭叫唤了两声。

快有二十年了吧。

屋里那些小活计看着不起眼，弄起来却非常琐碎，收拾利索住进去，已经秋天了。

二娥留了几只鸭，把鹅子给了丽红和三姐。她叫二娥，从小即使馋也不吃鹅肉。

从伯父伯母旧屋回新房那天，郭长民对着那张旧镜子，照了照脸。

病前他面部丰实，现在除了眼睛，找不到和以前能对上号的地方。又细端详端详，隐隐看到了骷髅。

正好那一刻秋风初起，很强劲。打开屋门出去之前，先稳稳身体才迈出去。从前一直干重体力活儿，饭量很大。现在，估计不到一百斤了。

就是估计，从夏天镇上那次以后，他再没称过体重。离开伯父伯母的屋子，以后也再没照过镜子。

窗帘、家具、冰箱、电视、洗衣机等，郭长民都买了新的。在城里，房东家搬走，旧电器都留下了。二娥难得出血买了一台新电视。房东那台双桶洗衣机一直用到他们回来，只是冰箱从来没连电，三十年前的吉诺尔，太费电了。

这些东西加一块儿，花不了郭长民两个月工资，他们一直没有自己的房子罢了。

住进去以后，郭长民躺在炕上，一连多日大白天也不怎么出屋。疲乏像冻果子里面的霜寒，从里向外缓了出来。

一天晚上，他梦到了母亲。母亲是和自己分开时二十来岁年轻媳妇的样子，站在崴子边那棵老稠李树下，隔着秋天遍地的玉米茬子，脸朝着郭马架子。

自己越赶越近，母亲的形象越来越清晰。近前了，隔着崴子两个人对视。母亲的面容沧桑起来，与三姐、二娥像是姐妹。

母亲嘴角下面有一颗黑痣，她闭着嘴唇不说话，眼神像是召唤，又像是拒绝。

他想过河去，但水深阔起来，清浅溪流变成了晦暗的大河。

次日，满桌子回来看郭长民，她家里的庄稼活儿忙得差不多了。二娥硬拉她住一宿，与三姐、长军夫妇大家一起吃顿饭。

也是刚端起饭碗没多久，儿子又进了院子。这回，他依然一字没提自己在路上。

一同进来的，还有位中等个子的中年妇女。屋里七人不约而同撂下筷子，从桌前直起脖子，隔着窗玻璃盯着那个陌生女人看。郭子轩把她推前面先进的屋。

她站住，看屋里的人，一眼一眼，似乎瞅不过来。大约一进村子就那样看着，什么都陌生，又看得太过于用力，样子反而显得茫然。

郭子轩站她后边并没说话，奇怪的是，另外八个大人也讲不出什么。

二娥从来客手上接过包，嘴里还是说不出打招呼的客气话。见三姐、满桌子奔过来，二娥不由闪到一旁。

姐儿俩各捉住她一只手，三人你看看我，我看看你，嘴唇哆嗦，嘴里出声之前，眼睛先红了。

不用说，孩子定然没有找错人。

五个兄弟姐妹抹着眼泪鼻涕，悲喜交集之际，话都无从说起。二娥、丽红、三姐夫也眼泪汪汪，还能讲些常情的话。

妹妹虽说不姓郭，但大名里仍留着一个"俊"字。她一口山东口音，攥紧郭长民的手，半天，说了句最眼前的平常套话："哥，恁病好多了吧？"

她说，偏偏娘前两月得了脑血栓，半身不遂说不了话，实在回不来了。姥爷身子骨倒硬朗，非要跟着来，但岁数大，大家好歹才劝住。

郭长民看着妹妹，一刹那，忽然觉得自己花眼了，再定睛细看：俊嘴下面靠左一点，果然有一颗痣，和梦里母亲嘴角下的那颗一模一样。

那天夜里闭了灯，黑暗里，他明白过来：母亲早不在了，大约就在自己和俊现在的年岁。

过了几日，兄妹两个单在一块时，郭长民让俊回去。家里也忙，二女儿刚去南方上大学没两个月。

俊说："哥，没事，都挺好的。"

郭长民垂下眼睛，再没有说过这个。

他也很想知道妹妹这半辈子吃过多少苦，遇到过怎样的人，怎么活过来的。

三姐、满桌子、二娥也许问过，可没人对他提。

与大家默契不说母亲一样，他也一直没问。

一次他下地，她弯腰从炕脚下给他拿拖鞋。他刚好看见，花白的发根从她染过的头发底下新长出来，发根中间掩着一条小指长短、缝过针的疤。郭长民扭脸勉强忍住，才没让眼泪流出来。

他闭住眼睛安慰自己：缘分就这么两小段。当年小，谁都不记得。现在是老天额外给的，还难受个什么呢！

三姐从来也没有离开过这个她出生长大的村子，身上天真的东西保留得最多。她是全村那茬姑娘里长得最好看的，明琴也比不了。

打小嘴像刀子一样快的她，十几岁时忽然不再骂人了。别的女伴欢快跳绳打口袋，她觉着再没什么意思了。只在一旁安静发呆，心里的滋味却说不出来。看新开的花好得不行，嘴里也不知该怎么说，有时看着看着觉着哭一场才痛快。她仰脸看他的样子很快活，到前后村看电影，不愿意离开他身边。把他介绍给邻村的姑娘时那么开心，眼里有掩抑不住的骄傲。

那时，她不知道他是不一样的。他的脸无缘无故忽然红了，不是她想的羞涩，而是一种更直接的火烫。有时为了掩饰尴尬，他嘴里说着别的眼睛看着别处，右手若无其事伸在裤兜里，隔着口袋布，变相把那个东西装裤兜里。

到底有一次，他躲在大石头北面的角落里，在亢奋里太忘我投入，发觉不对劲，一扭头，看到她的背影一闪。过了几天，郭长民晚上跑了。

他领二娥头次回来，三姐鹰爪一样抓死他的手，号哭里面有长久压抑的歉疚，有对当年懵懂和粗暴的悔恨，有惊魂未定的悸动和感激……她说不出口也未必能说清。所以，她只有哭。哭他的命，哭他们的命。

他当时就听懂了，但直到今天同样也说不清楚。

三姐，二娥，俊，不管她们每个人各自经历了什么。今天，她们到底走到了女人的秋天。

长军家有手电锯，儿子连带长线电缆一起拿来，把老房子拆下来的木料，截成一个个小木墩，劈成木桩子，靠着篱笆码垛。

郭长民屋里看他快要干完了，开门溜达出来。郭子轩把桩子朝外这一面，码得像外墙一般齐整。这个细节，跟他那些从没见过面甚至没听说过的、在这个村子里活过的先人们倒是像。码好桩子，儿子清扫干净了劈柴火弄出来的碎木屑。

父子俩没立刻回屋，在院子里站了一会儿。

当爹的先说了话："你妈跟我说，她听你聊手机，觉得你好像有对象。"

"算是吧。"

"是就是，不是就不是。啥叫算是？"

儿子沉默了。

郭长民涌起一点儿悔意。

过会儿，郭子轩说："爸，我还没跟我妈说。要跟她说了，没准儿她怕气你身子，就不让我对你讲了。可我想，还是先跟你商量一下好。"

"你说。"

"她比我大六岁，有个闺女上幼儿园了。"

郭长民闭紧嘴巴，盯着儿子的脸。

儿子接着说："我们去年冬天就在一块儿了，我在面食店认识的。今年春天，她在金州一个小区门口，自己开了个小铺。"

郭长民半天说不出话。有那么多年，他们两口子迷醉在一个聪慧少年美好未来的梦里。虽然他们说不清具体怎么回事，知道不会像电视剧演的那样圆满。但他俩一直相信，儿子会上最好的大学，懂许多他们不懂的事，活出他们活不出来的活法来。

这张脸，自己原来好几年没有细看了。面皮上哪里现出了一种成年男子的粗糙，眼角出现了细微的纹络，神态和父亲早年那张梳着分发的照片，还有自己这个年岁的照片，什么地方挺像的。

他说不清楚心里是什么感觉："离婚？"

"嗯。"

"她家里知道？"

"还没说呢。要不，我让她过来，你见见吧！"

"啥叫你让她过来？"

"……"

"你要这么想，你俩先商量商量，让她问问她爹妈。"

"……嗯。"

郭长民对儿子有满腹的话，却照例什么都说不出来。

好在郭子轩对他说的话，还没有讲完。他也去了趟浙江，打听到了外祖母的消息。二娥的母亲还在，但是她小女儿的意思是不想让老人再受到打扰。

郭长民能够感觉出来，儿子未把细节说得太详细。二娥这个隔山妹妹，不想牵涉到太复杂的纠缠里面去吧。有经济上的考虑也说不定。

郭长民想，儿子的自尊心在这个过程中也许受到了伤害。在对方眼里他们很穷，不免流露出了厌恶和戒心。如果自己这么年轻的时候，对方稍有蔑视，自己转身就会走掉的。

父子相同的年岁，郭长民总是以为儿子比自己更自卑脆弱——这孩子，终于在这个世界上根子扎得更深了些。

儿子没跟他母亲说，先和他商量。

可是，自己又怎么表态呢？二娥的母亲当时也才是个孩子吧。不管怎么讲，自己的母亲再也见不到了，他不愿意二娥同样遗憾。但是，二娥妹妹的态度也同样是一个局中人的态度。

"现在你妈没这个心情。等我的事情过去，你再跟她慢慢商量。既然找到了，你就别自己做主瞒着她。用心品品她心里到底怎么想的，顺着她的心意吧。"

他说不好，但没有关系。自己不在了，二娥和儿子慢慢就知道怎么做了。

他们会活下去，生活依然继续。

郭长民最后又说："往后，你妈不论是遇相当的人再找个伴儿，还是跟你在一起，哪怕最不济在郭马架子自己一个人过，你都要听她的。除了到老糊涂那一天，她想咋办就咋办。这话，你要记住。"

郭子轩低头不语，看不出是否走心。

郭长民还想说：我像你这么大，也觉得自己懂得很多，年纪大的人全愚昧过时。到了四十多岁，我才明白，你太姥爷一辈子有多了不起，我没有造化活到那个岁数，也就赶不上他了。原来一辈人一辈人只是朝前活下去，常常会不知不觉回到一条路上来。往后，你也会心软，也会像我这样想。

可郭长民终于没说出口。

自己回到了家乡。如果儿子有一天也眼前无路，能去哪里呢？

郭长民想不出来。

收割机从田里经过，玉米纷纷倒下，粮食当即入袋，秸秆粉身碎骨，从机器后面的喷口里喷射飞扬，重新撒落田野。

没有玉米阻隔，狭小的谷地一目了然，连长的唢呐声近了不少。

风吹来，欢快的唢呐声里，枯黄的叶子在萧索空阔的土地上飘起落下。

树叶落了，山里野物的活动从容舒展多了。

夜里，那几只四处游荡的獾子，来到玉米地里，却找不见一穗玉米了，连一棵玉米秸也没了，光秃秃的地垄上只剩下玉米茬子。它们失足 般，贸然置身于裸露之地。空和静，使它们不由得敛声屏气，身体挤在一起，瑟瑟发起抖来。它们醒悟过来后，赶忙灰溜溜地掉头，争先朝林子里逃走了。

今年它们再也不会从林子里出来，在寒冷来临时，它们会潜入山洼底下、乱石遍布的洞子冬眠。

土地静静地躺在那里，枯叶在泥土里等待腐蚀分解，封冻之前，爬虫和田鼠仍在悄悄改变着土地的形迹。

谁，能总清楚地上有过的事情呢？

9

肿瘤终于彻底占了上风，疯狂报复起他来。

痛苦上来，打一点杜冷丁。先是半支，然后一支。加到一次两支时，癌贪婪地把郭长民身上的脂肪吸干净了，皮像一身宽松的衣服，在骨头外面松松垮垮。全身只剩七十来斤，不到确诊时的一半。

偶尔大便，他也一直撑着，由儿子搀扶去外面的厕所。

后来终于撑不住了，他再也没有力气下地，任由二娥侍弄打理，软弱得犹如一个婴儿。

躺在炕上，身下垫了一层海绵垫子。隔了一会儿，二娥、俊、郭子轩就得帮他翻身，要不身底下就硌得受不了。

他的舌头似乎变瘦，声道变窄了，声音涩滞呆板，失去了光滑弹性。唯独眼睛变大变深了，像井里的月亮一样，亮汪汪，仿佛蒙上了一层水。

他吃一口鸡蛋羹或者喝一小勺稀粥，就闭嘴摇头。家人看他嘴唇动弹，把耳朵凑到他跟前，才能勉强明白他的意思。渐渐地，他眼里的月亮，像躲到了缭绕的云雾后面。

廊坊的大姐和长国结伴回来了。长国没收拾自己家房子，他俩住在郭长民和二娥住过的那间屋里，满桌子也在郭马架子不再回去了。除了远在西安身体不好的二姐，他们兄弟姐妹在他们出生的地方团圆了。

一个晚上，郭长民睡了一会儿。他记不清自己有多少日子没有正经睡过觉了。身体疲惫到顶点，生理机制就本能地抑制一小会儿，可病痛又把他刺激醒了。

梦里的二娥还那么年轻，眼神火烫，生气勃勃。梦里，他也很清晰地意识到自己将要死去，升起一种很强烈的忌恨。

醒来，黑暗中想着二娥真切的憔悴面容，心里为自己的软弱愧悔。

他伸出手去找她，二娥被他摸醒了，便回应他。

即便是他俩生命中这最后一次牵手，也不是完全默契的。

她以为他陷入了濒临死亡的本能恐惧，像孩子怕黑一样。郭长民更多的是不舍与不放心，流了生命中最后两行泪水。

病痛很快就把他最后的一点意志力也摧毁了。

他连眼皮也不愿意睁开了，在药物的刺激下，分不清现实和幻觉，也没有力气分别。

父亲在两条饿狼的注视下，弯腰割狍子腿上的绳子。周围，春寒料峭的晦暗杂木林，一片叶子都没有。

母亲站在河对岸的树下，眼巴巴望着自己横跨狭小的谷地，一步步走近。

伯父在油灯底下，一边带他们剥线麻，一边为他们不枯燥犯困说着闲话。

伯母从菜板底下的咸菜坛子里，拿出一个咸萝卜，掂量着，换了一个。

爷爷在寒天雪地的夜晚里，两手插进袖筒，脖子缩着，一个人跨越吉林大地，向北走回来。

曾祖父穿着新寿衣坐在炕上，眯着眼睛，仔细摘白布手套的线疙瘩……

郭长民不害怕。那些逝者越来越真切，越来越近，和眼前的亲人没多少区别，他就要和他们团圆了。

一天上午，窗户玻璃外面灰蒙蒙的。郭长民眼睛朝着窗户，嘴唇和手指在动。

二娥和俊扶着他起来，让他的身体靠她俩的胳膊，呈现出一个坐着的姿态。三姐过去擦了擦窗玻璃，新窗户玻璃很透亮。

她俩扶着他，如果没有皮罩着，里面的骨架马上就要散了。

郭长民对着窗户看了半天。

二娥把耳朵贴着他嘴唇，听到的是：

"是又下雪了。"

这个举动让他累得不行，躺下，马上又闭上了眼睛。

梦醒混淆间，郭长民感觉自己变成了一只温暖湿滑子宫里的獾，闭着眼睛，紧紧靠着身边的同伴。